男主角養成法則

陌櫻晴
——
著

目次

楔子　他與他的女主角

牆上的掛鐘指向五點三十分，兩名男學生分別坐在教室的前後座。前座那人側身，將頭撐在後座桌上，另一手滑著手機。後座那人則百無聊賴地轉著筆。

天色將亮未亮，自地平線隱隱浸上稍許橙墨，晨光緩緩滲進雲朵間的縫隙，靛藍色的蒼穹微曦，整座校園仍是沉寂，唯獨他們所在的教室亮著燈。

「聽說這次來的是個厲害角色？」莫向海一邊閱讀著手機上的文字，一邊道。

「嗯，據說是對主角很有研究的樣子。」轉著筆的佘遠漫不經心答道。

「要是真能找到完美主角就好了……這都第三年了。」莫向海嘆了口氣，略顯倦怠。

「是啊。」佘遠手中的筆停止轉動。「自從我們進來，已經失敗兩次了。」

他將視線移向莫向海，勾起嘴角，眼神流露出玩興。「我也很期待這次會是什麼樣的人。」

莫向海回望，看見對方又露出常見的促狹神情，已經習以為常，便不再說什麼。這人雖有某些部分讓人難懂，但多數時候，就只是幼稚。

暗自在心裡腹誹的同時，手機的通知鈴聲響起，兩人同時。

叮咚。

他們各自滑開手機，一條通知跳了出來。

【系統提示】：您的女主角已上線！目前位置：校門口。

「來了啊。」佘遠瞥了眼牆上的時鐘，再過半個小時左右，就會有學生陸續進入校園。雖說來得有點早，但留點時間說明情況也好。

「我還是第一次看到這種通知。」莫向海看著那行通知皺起眉，隱約覺得這句話哪裡不對勁。

另一人倒是毫不在意，站起身。「走吧，莫向海。」

莫向海抬眼。「去哪？」

對方揚起嘴角，神態從容。「去迎接我們的女主角啊。」

「你又想湊熱鬧？」通常這種時候，都會有一大票人前去觀賞被系統選中的女主角，其中多數是抱持著希望成為男主角的想法，試圖在第一時間就與女主角打好關係。然而莫向海討厭人多的地方，到現場也只會遠遠觀望，對此事不甚熱衷。

「走啦走啦，看看又沒有損失。」扔下莫向海一人在座位上，佘遠拎起空無一物的側背包，斜掛在肩上，踏著愉悅的步伐離開了教室。

每次都會演變成這種局面。莫向海看著他的背影，嘆了口氣，只得起身跟上。

第一條　女主角降臨

——這兩個人，雖然顏值過關，但一個是屁孩，另一個看起來又不好親近，勉強要選的話……

『我不會離開的！』

『別管我了，你快走！』

『不！我絕不會丟下妳一個人……』

火光熠熠，搖曳在兩人臉上，他與她深情對望。

「易巧蓓同學？易巧蓓同學？」

感受到肩膀被戳了戳，易巧蓓轉頭，見鄰座林舒辰以眼神示意前方，她連忙拔掉耳機，從疊得山一般高的書堆後方抬起頭：「是！」

身材福態、有著禿頭的數學老師一臉無奈，似乎已經叫了她好久。「妳又在上課時追劇了？」

「沒有、沒有啦。」台下傳來一片窸窸窣窣的笑聲，害易巧蓓自己都有些不好意思地笑了。

數學老師彷彿早已習慣，沒多說什麼，手中棒子朝黑板一揮：「上來解這題。」

易巧蓓按下影片暫停鍵，掃了一眼題目，走上講台。

雖然她剛剛都沒在聽老師上課，但這個單元補習班已經教過，對她來說不成問題。

她拿起粉筆，不到一分鐘就解完題目。

數學老師看完她的算式，推了推眼鏡，彷彿司空見慣，說了句：「很好，回去繼續追吧。」

台下又是一陣笑聲。易巧蓓在眾人欽佩的目光下走回坐位。

「巧蓓，妳又在看什麼劇啦？」下課時林舒辰好奇地湊過來，看易巧蓓的手機螢幕。

「我最近發現的，似乎是十年前的陸劇，叫《烽火麗人》。」易巧蓓點開劇情簡介給林舒辰看。「是以民初的上海作為背景的故事，劇情設計蠻有張力，尤其是那個反派，壞得讓人牙癢癢。」

「哪個是反派？我看看。」林舒辰點開劇照。

「這個，長得算帥啦！這也是成功的點。相較之下男主角是耐看型的，而且在前期個性超討厭，一副紈褲子弟樣，大概只能給及格分六十分。」易巧蓓邊說邊從書包拿出她的隨身小手冊，拿筆開始記錄。

「妳還是一樣這麼認真分析啊。」相較這齣劇，林舒辰反而對易巧蓓的小手冊比較感興趣，視線馬上黏了過來。

「當作興趣囉，我研究這個也有些年了，說不定哪天會派上用場呢。」易巧蓓用筆抵著下巴，沾沾自喜道完，在手冊上寫下男主角的性格分析。

身為一個重度追劇成癮者，易巧蓓除了上課看劇、中午看劇、回家看劇，也會記錄下自己的看劇心得，尤其是對於劇中男女主角的評論一直是她最有興趣的。她認為一齣劇的成功與否，在於角色塑造能不能吸引到觀眾，只要角色贏得觀眾的心，基本上就成功了一半。閱劇無數的她，對主角的研究小有心得，不但幫各種主角類型分門別類、打上分數，甚至還整理出了「成為主角的必備條件」，總之這本小手冊可說是應有盡有，是易巧蓓追劇五年所集結成的心血結晶。

「身為學霸，筆記本裡竟然都寫這種東西，還真是難以想像。」林舒辰搖搖頭，邊感嘆邊挖苦道。

「就是因為是學霸，才不需要記筆記啊！」易巧蓓理直氣壯道。

林舒辰翻了個白眼。「妳再跩一點啊，第一次聽到有人說自己是學霸的。」

易巧蓓笑出聲，刻意將聲音放軟：「哈哈，好啦，我只是順著妳的話說嘛。」

「不管，下次妳考全班第一名就要請客。」

「哪有這樣的！」易巧蓓嘟起嘴，一副委屈樣。

「賣萌無效。」對這表情免疫的林舒辰無情說道。

高一上學期，易巧蓓三次段考中拿了兩次第一名，這學期第一次段考也是第一，說是學霸當之無愧，然而大家看她平常也沒多認真學習，在書桌前端堆了一疊高高的書當做「掩護」，上課鐘聲一打，別人拿出課本，她架起手機專心追劇，一點好學生的樣子都看不出，紛紛將她成績好這件事當做傳奇，直到現在仍是難以置信。

其實眾人有所不知，易巧蓓並不是只知道上課看劇，她會觀察這名老師的課值不值得上，收穫不大的就拿來追劇，有內容的就專心聽。像是數理這種有補習的科目，她在補習班比誰都認真，在課堂上就爽爽耍廢，反正內容聽過一遍就會，按時做題目練習就行。沒有補習的國文、英文，她便抽空在家讀，寫練習講義，作業從不缺交，學習完還有時間就追劇。由於吸收快、效率高，通常都會剩下不少休閒時間。

簡言之，除了資質好，更懂得自律。

今天是星期三，不用補習。易巧蓓放學回家有兩種選擇，捷運或公車，她這次選擇了會繞遠路的公車。放學時間的公車擠得像沙丁魚，易巧蓓連扶手都不用抓，穩固地被卡在人群中，翻開追劇小手冊開始欣賞。

這本小手冊被易巧蓓視如珍寶，通勤時她習慣隨手翻翻，看一下從舊到新的紀錄，有時候還能被過去的自己所寫的評論逗笑，就像在閱讀日記一樣。

大約過了二十分鐘後，公車上擁擠的人潮便會逐漸散去。易巧蓓的家離市區有點距離，加上公車繞路，大概要花四十分鐘才能到家，而越偏離市區，公車上的人只會越少，這時她便有位子坐。

她走到車廂後半段，踩上階梯準備坐下，卻發現靠窗的座位上擺了一本筆記本。

紫色霧面硬殼筆記，和易巧蓓的追劇小手冊外觀一模一樣。

是誰掉了筆記本？

易巧蓓四處張望，要下車的人都已離開，詢問座位附近的人，他們也只說不知情。

於是她翻開內頁，想看看有沒有失主的聯絡方式，一如她在追劇小手冊第一頁註明了自己的姓名和手機號碼。她暗自想，跟她用同款式的筆記本，這人必定品味不凡。

結果令她大失所望，不僅沒寫聯絡方式，這本筆記還從頭到尾都是……空白的？

難不成是剛買就掉了？也太粗心了吧。

失去興致的易巧蓓正準備闔上筆記本，卻忽然感到一陣天旋地轉。

起先以為是公車開得太不穩，但她視線逐漸朦朧，扶住額角，方知是一陣突如其來的暈眩。她以前沒犯過這種毛病，毫無頭緒，莫名所以。

隱約中，筆記本潔白的紙面浮現出密密麻麻的字樣，可她眼前一片模糊，什麼也來不及看清楚，意識即在此時斷片，陷入黑暗。

◆

易巧蓓在搖晃的公車上睜開眼，發現車上空無一人，她手中抱著筆記本，剛剛似乎是睡著了。

她低頭看了眼自己懷中的筆記本，一陣警覺，立刻翻開來檢查，看見自己的字跡才放下心來，還好不是那本空白的筆記。

是說剛才那本空白筆記本到哪去了？還有剛剛車上明明還很多人，現在怎麼連一個人也沒有？

行駛的公車漸漸減速，最後停靠在路邊，車內傳來司機的廣播：「同學，到終點站了，下車吧。」

什麼？終點站？

易巧蓓從座位上跳起來，快步走向司機。「已經開到終點站了嗎？」

「是啊，同學妳是睡過頭了吧？這班車已經不提供載客了，妳下去等回程的公車吧。」

易巧蓓心中一陣晴天霹靂，敲了自己的腦袋，在心裡怒罵自己怎麼會蠢成這副德行。

「好的，謝謝您……」易巧蓓垂頭喪氣走下公車，她家附近都算是郊區了，終點站可想而知是鳥不生蛋……她頓步，抬頭望了眼前的建築，公車在她身後呼嘯離去。

似乎有哪裡不對勁。

磚頭砌成的圍牆、寬廣的入口、門旁邊的警衛亭……

這裡是一間學校？

易巧蓓抬頭，看見磚牆上鑲著大大的金色字樣：市立景明高級中學。

她不禁皺起眉，印象中沒聽過這名字。

抬眼的同時，她也注意到了天際泛起些微光亮，自地平線冉冉滲上一抹霞彩，黑幕即將退色，在與朝霞交界處融出一片魚肚白。

她立刻看向手錶，現在凌晨五點三十六分。

不是吧？

她明明是放學時間搭上那班公車的啊！就算睡到不省人事，公車也不可能開一整個晚上吧？

一定哪裡有問題……易巧蓓轉著腦袋，想給自己一個合理的解釋，但不論從哪個角度切入，都會碰著說不通的邏輯關卡。

不管了，就當自己在做夢吧。這乍看之下是最合理的解釋。她捏了捏自己的臉頰，會痛，這個夢做得還挺逼真。既然如此，就先在夢裡搭回程公車回家再說。

易巧蓓環顧四周，看見不遠處的公車站牌，正要挪動腳步，書包裡的手機忽然發出響亮的通知聲。她記得她的手機是設靜音的。疑惑之際，還是先拿出來查看。螢幕上亮起一行訊息：

【系統】歡迎您來到書中世界，您的身分已被系統認定為「女主角」。

啥？易巧蓓直覺反應是自己不小心下載了某個遊戲，正要關掉螢幕，第二行通知又跳了出來：

【系統】請您不要隨意移動，很快會有人來向您說明情況。

……

有人在監視她嗎？易巧蓓怯怯地環顧周圍，心裡一陣毛骨悚然。

過了不久，果然看見兩個人從學校裡面走出來，是兩名穿著制服的男性，看起來危險性不高，但易巧蓓仍是戒備著，又因為那條疑似監控的訊息而不敢輕舉妄動。

這裡的一切都太過詭異，或許那兩個人能給她答案。

兩名男學生越走越近，其中一人舉起手，露出親切笑靨。「嗨！同學。」

看清楚他們的容貌時，易巧蓓微微一愣。

兩個帥哥！

和易巧蓓打招呼的那位，目測身高一百七十，五官俊俏，神情悠然，嘴角噙著一抹有些慵懶的笑；旁邊那位目測身高一百七十五，容貌俊帥冰冷，臉上不見一絲笑意，眼神漠然注視著她。

易巧蓓憑著審視劇中角色的本能，第一眼就給這兩人的外貌做了分析。

那人續道：「我叫佘遠，他是莫向海。」他用拇指比了旁邊那位冷面男子，語畢，將手插回口袋，身姿前傾，朝易巧蓓湊近：「妳叫什麼名字？」

易巧蓓忙從那張俊顏底下回過神來，越好看的事物通常越危險，她才不會輕易向這兩個突然出現的陌生人透露姓名。「……等一下，你們能不能先告訴我，這裡是哪裡？」

「這裡？景明高中啊。」佘遠理所當然答道。

易巧蓓亮出手機螢幕。「那這個又是怎麼回事？」

佘遠瞧了一眼。「喔，系統跟妳聯絡啦。」他忽然勾起嘴角，露出高深莫測的微笑。「那妳應該知道，『這裡』是什麼世界了吧？」

易巧蓓重新看了一次系統訊息，蛾眉顰起。「……書中世界？」

「Bingo！」佘遠彈指，眉開眼笑。

「這是開玩笑的吧？」一看就是線上遊戲的噱頭，或是整人活動？

「這裡真的是書中世界，不覺得很有趣嗎？第一次進來吧？」佘遠敞開雙臂，像在展示這個世界給易巧蓓看，臉上笑容興奮得像個小孩。

……易巧蓓在心中懷疑，這人是不是腦子有點問題？

一旁的莫向海忽然拍了佘遠的肩。「你這樣會被她認為我們在開玩笑。」

「欸？」佘遠轉頭望了莫向海一眼，又看向易巧蓓。「妳不相信啊？」

「當然不相信！」易巧蓓堅決答道。正常人都不會輕易相信吧！

佘遠悠悠歎了口氣，將雙手背至身後。「真拿妳沒辦法……」

原本以為他要拿出什麼極具說服力的證據，但他只是拍了莫向海的後背，將他往前一推。「莫向海，解釋就交給你了。」

莫向海朝他一瞪，眼神清楚傳達：為什麼又是你使喚我？

但佘遠臉皮厚，接收到了也不為所動，只是勾了勾唇。

莫向海暗自嘆息，啟口道：「簡單來說，妳和我們一樣，都是透過某種方式穿越到這個世界來的。這個世界有系統，會自動連上我們的手機，發送訊息給我們。根據系統的說法，這裡是一本書的世界，我們都是書中角色，故事由我們自行創造。」

易巧蓓靜靜聆聽，雙眼綻放星光。這個叫莫向海的人說話沉穩，聲音低沉有磁性，比旁邊那個給人感覺不正經的屁孩好得多，加分！

「這個世界的規則，就是要在一個學年內，找出故事中的男女主角，若是能完成被系統認可的結局，就可以離開這個世界。」

「……我們自己在裡面演戲的概念？」雖然是從沉穩的帥哥口中說出，但聽起來還是有夠荒謬。

「差不多。」佘遠接話。「附帶一提，結局有兩種版本，一種是普通結局，只有完成的男女主角可以離開；另一種是完美結局，完成後所有人都可以離開，不過至今好像還沒有人通過。」

「所有人？意思是還有很多人，呃，穿越到這裡了？」易巧蓓還是認為整件事太不科學，如果他們是在騙人，她現在的發問豈不是顯得很蠢？

但倘若真的是隨口胡謅，繼續問下去一定能問出破綻，這同時也是易巧蓓的計策。

「嗯，穿越來的人都會被分配到景明高中的二年級，這本書大概是校園故事吧。」佘遠神態自若，看起來完全不像在瞎扯。「不過還是有混入一些書中人物，包括妳的父母，大概都是系統設計的角色。」

聽到父母，易巧蓓頓時緊張起來。「這個世界也有我的家人？」

「一切景物、人物都會和現實世界一樣，唯一多出來的就是景明高中這所學校，也是這個世界的核心，所有故事都在這裡發生。」莫向海道。

「那現實世界的我們呢？大家不會發現有人不見了嗎？」易巧蓓立刻發現疑點，照理來說，應該會看到接二連三的失蹤案這種報導吧？

「根據系統所說，成功離開的人會回到『穿越當下的時間點』，也就是我們在現實世界的存在仍然是連續的，對我們而言，時間大概就像暫停一樣吧，不會有突然消失的問題。」莫向海解釋。

這話聽起來有些抽象，但易巧蓓理解能力佳，大致能懂莫向海的意思。

也就是說，他們在這個世界待的時間是多出來的，不會佔用到現實世界的時間。

只要能成功回去，一切就像沒發生過一樣，不會有任何人察覺。

能做到不留痕跡，這種技術作為綁架手法實在是太高妙了。

易巧蓓不禁也開始讚歎這超現實的現象。

——前提是這一切都是真的。她的問題還沒完呢！

「你剛剛說要找出故事中的男女主角，要怎麼找？」

易巧蓓明明是對著莫向海問，但佘遠搶在莫向海前賴皮扔出一句：「妳就是女主角啊。」

易巧蓓不客氣道：「抱歉，我是問他，不是問你。」不知道插嘴很沒禮貌嗎？果然是屁孩，扣分。

佘遠挑眉，不發一語勾起嘴角。心道：這麼快就作出選擇了？

莫向海答：「男女主角都是由系統的標準判定的，系統會在故事進行途中選出一名女主角，再根據這名女主角的人際互動決定誰是男主角。」

意思是她能間接決定男主角是誰？有這麼好康的事？

「但這次它大概也急了吧，想趕快找到能創造完美結局的人，所以一開始就決定好女主角人選了。」佘遠悠悠說道。

易巧蓓看向他，神情不解。「為什麼是我？」

佘遠微笑，指著她懷中的筆記本。「妳不是一直有在研究主角嗎？還整理了男主角必備條件？」

易巧蓓心頭一震，將手中筆記抓得更緊，本能後退一步。「你……你是怎麼知道的？」

不知道是不是故意的，易巧蓓後退一步，佘遠便往前一步，盯著她的臉興味盎然，彷彿在欣賞稀有生物，讓她神經越發繃緊。

最後他欺在她身前，笑得從容，刻意壓低聲音反問：「妳覺得我為什麼知道？」

易巧蓓眨了眨眼，這張散發帥光的臉忽然湊那麼近，眼神又隱約透著危險，害她思路霎時斷線，一時之間都忘了該說什麼。來人啊！誰快把這張妖孽般的臉拿開！

「因為，我早就調查過妳了。」佘遠繼續微笑。「趁妳不注意的時候拿了筆記本，妳都沒發現吧？」

易巧蓓皺眉苦思，她不記得有看過這人啊？

「我又不認識你，你什麼時候拿過我的筆記本？」

「當然是經過偽裝，以另一種身分接近妳囉。比如說，妳的同學？」佘遠歪頭。

易巧蓓臉色驀然變了。

要是這真的是另一個世界，不管什麼離奇的事情好像都有可能發生了。

「你到底是誰？」她的聲音有些顫抖。

他嘴角一勾。「神。」

易巧蓓愣了愣，一時反應不過來。

「別鬧。」莫向海沉穩的聲音在佘遠後方響起，帶著些微惱意。

佘遠似是忍俊不禁，忽然笑出聲來。

「這樣妳也信，真是白痴。」

「什麼啊，你騙我？」易巧蓓將眉頭蹙得更緊。

「不然我看起來像神嗎？」佘遠反問，笑得更歡快。

看他那副欠揍笑臉，易巧蓓心裡一把火。「不像，像神經病！」

這人是有什麼毛病？她是腦袋秀逗才會相信他吧！

站在後方的莫向海只是輕輕嘆口氣，略顯無奈，彷彿已經很習慣了。易巧蓓在心中默默為莫向海感到可憐，有這麼一個奇怪的朋友，真是難為他了。

只見佘遠拿出手機，垂眼操作了一下，又亮在易巧蓓面前。「我不是神，是系統告訴我的。這下妳總該相信我們了吧？妳剛剛一直在試探，我都看出來了。」

易巧蓓用不信任的眼神瞪了佘遠一眼，搶過手機，仔細看過系統發送的通知信，上面的確寫了這次的女主角有一本《追劇寶典》，呃……雖然不是叫這個名字，但當中情報八九不離十，系統確實知道她的小手冊裡都寫了些什麼，也特別註明裡面的「主角養成法則」是此次故事的希望。

易巧蓓越看心裡越毛。這個系統……到底是何方神聖？為什麼會知道她這麼多事情？她之前就一直被監視著嗎？從什麼時候開始的？

佘遠側頭瞧她。「妳的臉色不太好喔？」

易巧蓓回過神，將手機還給佘遠。「呃，我只是在想，這個系統到底是誰……」

佘遠沉吟片刻。「大概是真正的神明吧？」

「神明？」為什麼這傢伙這麼喜歡談到神啊？

「嗯。想知道答案的話，就趕快找到男主角，破解這個故事不就好了？」佘遠手插口袋，說得輕鬆。

找到男主角……

只是要找男主角的話，對她來說應該輕而易舉吧！畢竟她可是「閱男主角無數」的易巧蓓啊。

這樣看來，應該很快就能順利回去了。在這個世界待上一年，不會佔用現實時間，又能體驗她一直嚮往的青春校園愛情喜劇，而且還是擔任女主角！似乎怎麼想都不吃虧。思及此，易巧蓓忽然樂觀起來。

「誒？奇怪，都過這麼久了，怎麼還是只有我們兩個啊。」當易巧蓓正在幫自己做正向心理建設時，佘遠忽然拋出這句疑問。

「我早就覺得不對勁，收到通知的，好像只有我們而已。」莫向海看著手機回答。

佘遠思考片刻，神情豁然開朗：「喔！意思是這次的男主角人選就是我們兩個囉？」

蛤？Excuse me？易巧蓓心中一陣晴天霹靂。

「不會吧……」莫向海扶額。

你在無奈什麼啊！可憐的人是我吧！

只見佘遠一個拍掌，神情雀躍。「太好了，這麼快鎖定目標，競爭對手也少很多呢。」

「等等等一下，為什麼男主角一定是你們兩個？」這範圍太侷限了吧，強人所難啊！

「其他人沒收到通知，不知道妳是女主角，當然不可能發展什麼愛情故事，你說對吧？」佘遠轉頭看向莫向海。

「按照之前的經驗來看確實是這樣。只有收到通知的人有機會。」莫向海一臉遺憾地道。

易巧蓓的臉頓時垮了下來。這系統是整人嗎？身為女主角，和男主角的第一次邂逅場景居然是這樣？編劇太不專業了吧！而且這兩個人，雖然顏值過關，但一個是屁孩，另一個看起來又不好親近，勉強要選的話……

「所以說——」佘遠伸手指向一旁友人。「莫向海，就決定是你了！」

「蛤？為什麼是你來指定啊？」莫向海始終淡漠的容顏第一次有了較大的表情起伏。

佘遠走到他面前，雙手環胸，神情嚴肅，伸手將他從頭到腳比劃了一番。「你長得這麼帥，又這種身高，這種冷酷性格，哪裡不是當男主角的料？」

「還真是謝謝你在這種時候才會誇獎我。」莫向海淡定吐槽。

「而且啊……」佘遠話鋒一轉，勾起笑容頑劣。「我這是在讓你，不然憑我的本事，你怎麼贏得了我？要是我們兩個同時競爭，兄弟鬩牆也不太好吧。」

易巧蓓在旁邊聽都快翻白眼，怎麼會有人自戀成這樣？若不是為了女主角的矜持，她絕對立刻衝上前表態，說你們兩個要選當然選冰冷帥哥。

「所以，這個機會就給你了。」佘遠拍了拍莫向海的肩，說出結論。

「謝謝，不需要。」莫向海果斷拒絕。

易巧蓓聽到「不需要」三個字，心中燃起一把怒火。現在是把她當皮球在踢嗎？堂堂女主角，居然淪落到要被這兩人互相嫌棄的地步，她的自尊可不允許被這樣踐踏！

「夠了！你們兩個不要太不尊重人了！」易巧蓓上前跨一步，指著佘遠的鼻子道：「你這傢伙表面上裝清高，其實就是不想當男主角吧，放心好了，我才不會選你這個屁孩呢，就算只剩你一個人我也不會選！」

罵完佘遠，食指迅速移向莫向海。「還有你，長得帥就這麼高傲，跟你搭檔我才覺得委屈呢！我就不信人選只有你們兩個，我自己去找更好的！」

暢快宣洩完所有不滿，易巧蓓頭一甩便往學校裡走。

被罵完的兩人雙雙望著她的背影，佘遠事不關己道：「看來你的路還很長。」

「不是我的。」莫向海反駁。「她要走去哪？她知道教室在哪裡嗎？」

佘遠看向他，這才想起這個問題，連忙走進校門。

第二條　普通哲學

——「像我這麼普通的人，怎麼可能是男主角？」

易巧蓓在校園內遊走著，這間景明高中和她原本就讀的學校格局頗為一致，她很順利走到一年級的大樓，現在大約六點，幾乎還沒什麼學生，不過零星遇到的兩三個人目光都刻意在她身上停留。難道是她身上散發著女主角的光輝？

「二年級在對面喔。」易巧蓓聞聲，放慢腳步，一人從她身後款款走來，與她並排。

轉頭一看，是帥哥中的屁孩。她記得他一開始有自我介紹，但那時她思緒混亂，沒認真聽進去，倒是後來一直被喊名字的冰冷帥哥她有記住，叫莫向海。這名字不會太平凡，有記憶點又不俗氣，以主角名來說算是及格。

「我是二年級？」易巧蓓指著自己。她在現實世界還沒過完高一下呢。

佘遠微笑。「妳失憶了吧？我剛說過，穿越來的人都會被分配到二年級，妳和我們同班。」他說完扔了一套衣服給她。「這是妳的制服，換好到對面那棟的二樓，二年四班。」

沒等她回答，佘遠轉身要下樓，又突然想到什麼似的回過頭：「對了，我家莫向海就是傲嬌，但沒別的意思，我們都很歡迎妳來當女主角。」

「呃，嗯。」這是道歉的意思？

「妳之後就會發現他的優點的。」佘遠說完一哂，下樓了。

這兩人感情還真好。易巧蓓下了此結論，又看了看懷中的制服。

原來剛剛那些人盯著自己，是因為她身上的制服不一樣。易巧蓓在心中自嘲，當上女主角之後不知不覺也開始自戀起來了。根據普通哲學，主角可是不能太自視甚高的。

換完制服，易巧蓓照了照鏡中的自己，發現制服上已經繡好她的學號和姓名。

這效率也太快了，她才穿越進來幾分鐘……不對，一定是事先準備好的。仔細想想，這一切倒也像是個早就計畫好的陰謀，等著她自投羅網。
不過，既然進來了，在找到辦法出去以前也只能走一步算一步，身為一個總是會莫名其妙惹事上身的主角，隨遇而安也是必備的特質。
易巧蓓深呼吸一口氣，強迫自己打起精神，應付這個全新世界的挑戰。
她走進二年四班教室，先掃視了一下環境，果然看見那兩人坐在第五排的第二、三個位置。易巧蓓忽然想起制服上都繡有姓名，於是朝他們走去，在帥哥屁孩面前彎下腰，看他胸口上繡的字。
「幹嘛？」佘遠警戒地拉開距離。
「佘遠？」易巧蓓念出她看見的兩個字。
佘遠立刻發出噗哧一笑，易巧蓓奇怪瞪他一眼，再仔細看，便後悔了。
佘遠仍憋著笑，擺出悄悄話的姿勢對莫向海說道：「欸，你的女主角好像不識字。」
「我才沒有！我只是一時看錯！不就叫佘遠嗎？別以為我不會念。」易巧蓓紅著臉解釋。唉，她易巧蓓居然也會犯這種低級錯誤！
「別說了，妳剛剛念什麼，我們都聽到了。」佘遠搖搖頭，嘆了口氣，一副此人朽木不可雕也的模樣。
易巧蓓見他這踐樣就來氣：「我叫你佘遠又怎麼了？至少比你本名好聽多了，什麼佘遠，我還捨近求遠勒！」
佘遠突然愣住了，抬頭看著易巧蓓沒說話。
易巧蓓見這突然的沉默也忽然不知所措起來，她玩笑開太過了嗎？她看向莫向海，只見對方也略為傻眼地注視著自己。
這時佘遠又忽然大笑起來：「哈哈哈哈哈，我第一次聽到這種綽號，捨近求遠，哈哈哈哈。」他拍了拍前方的莫向海。「欸，你覺得怎麼樣，蠻厲害的吧？」

一向正經的莫向海這時居然點頭附和：「嗯，是不錯。」

佘遠又朝易巧蓓比了個讚。「不錯喔，易巧蓓同學。」

易巧蓓見他們一個笑得無法自拔，一個像在嘲諷似的點頭稱讚，覺得自己快被這兩人搞瘋了。

「喜歡是吧，以後我就叫你捨近求遠，比你那難聽的本名好多了，哼！」易巧蓓說完踱步離去，回到自己的座位上。

怎麼每次跟這兩人說完話都會生氣？不行，這樣有損她女主角的氣質形象，以後要少跟這兩人來往，她還得去尋找屬於她的男主角呢。

教室陸續進來許多學生，坐在易巧蓓旁邊的是一位綁馬尾，留著妹妹頭，黑髮直順烏亮，臉蛋白皙可愛的女孩，她還沒坐下就跟易巧蓓打了招呼：「妳好，我叫安曉琪。」

她的聲音輕輕柔柔，和長相十分搭配。

「我是易巧蓓。」易巧蓓微笑。

「妳也是穿越來的嗎？」安曉琪的眼裡閃著光芒。

呃，這麼快就開誠布公討論這事了？

易巧蓓謹慎地點頭。「對，妳也是？」

「我就知道！我看妳的樣子就覺得妳很特別，說不定還會當上女主角呢。」安曉琪拉著她的手，笑逐顏開。

易巧蓓心中一陣驚愕，這個人是星探嗎？看人的眼光會不會太準？

但剛剛聽那兩人說，收到通知的就只有他們，代表其他人都不知道誰是女主角。在還沒搞清楚狀況前，她決定還是先別透露身分，這裡還有太多事等著她確認了。

易巧蓓也回握住她的手，故作喜悅道：「真的嗎？妳太會說話了！我覺得妳也很有可能是女主角！」

安曉琪搖了搖手。「我不是啦，而且我也不想當女主角。」

「咦？」還有人不想當女主角的？不是只有當上女主角才能出去嗎？

「巧蓓妳是第一次進來吧？」

易巧蓓點頭。「嗯，妳不是嗎？」

「我已經進來一年了，這是我度過的第二個高二。」安曉琪愉快地笑道：「很棒吧？在這裡就可以永遠過高中生活了。」

「很……棒嗎？」易巧蓓一愣，有些遲疑。

「高中生活是最青春、最難能可貴的回憶。雖然有些人會受不了像這樣不斷重複高二輪迴，但我並不介意喔，時間停滯不前也挺好的呢。」

「可是妳不會想念家人嗎？還有現實世界的朋友？」易巧蓓想起爸媽，還有放學前才聊過天的林舒辰。

安曉琪歪頭：「家人？家人也都在這裡呀。」

等等，佘遠，不對，捨近求遠不是說，家人也都是書中的虛構人物嗎？

易巧蓓還想再問，但班導師這時走進教室，是一位年輕男老師，身材修長，穿著休閒服，長相俊逸，一進門就吸引多數同學目光，包括易巧蓓在內。

老師調了調掛在耳旁的麥克風，開口道：「各位同學好，我叫何昇，是二年四班的導師。這裡應該有很多人彼此認識了吧？」

台下迸出些許笑聲。

「看來是這樣沒錯。不過按照慣例，等等還是要先來自我介紹，接著選班級幹部。」

何老師的說話方式親切隨性，舉止間不經意散發的慵懶更為他增添了幾分魅力。易巧蓓看著講台上賞心悅目的何老師，再想到她那位地中海禿的數學老師，突然有些理解安曉琪的心情。

然而照何老師的說法，這個班上有許多早已被關進書中世界的人，所以才會彼此認識，而且老師本人也知情，代表老師很可能也是穿越進來的。

易巧蓓有些納悶，大部分的人都知道背後的套路，這故事還會寫得好嗎？

由於何老師相當隨性，自我介紹基本上只要在黑板上寫下名字就可以下台了，沒有什麼讓人印象深刻的記憶點，除了捨近求遠在介紹自己名字時，說了「我叫佘遠，不要唸成余遠」，並且全程看著易巧蓓說，令她很想去扯下他臉上那道欠揍的微笑。

「好了，我們來選班級幹部吧。有沒有人自願當班長？」何老師問完，班上靜默了五秒。「一定沒有，好吧。本來想叫班長上來主持，看來只能我自己來了。」

何老師無奈的語調惹得台下發出笑聲，說完，轉身在黑板上寫下每個幹部的職位。

「欸，莫向海。」在等待老師寫黑板的同時，佘遠悄悄對莫向海道：「等一下你就提名易巧蓓當副班長。」

「為什麼？」

「沒為什麼，你就提名就對了。」

「不要。」

佘遠受挫般地吁了口氣，語調轉為哀求：「為了你主角的地位著想，拜託啦。」

「就跟你說我沒有要當主角。」

「收到通知的就我們兩個，你不當誰當？你不是一直想離開嗎？」

「那你呢？你幹嘛不當？」莫向海反問。

佘遠頓了一會兒，才道：「我不是說過了嗎，你長得比較帥，會成為完美男主角的一定是你。」

「少來。」莫向海翻白眼。

「哎唷，拜託啦拜託啦……」佘遠撒嬌般地搖著莫向海的肩膀，只要莫向海不答應他的請求，他便會使出這招，煩到對方妥協。

何老師已經在黑板上寫下全部的職位，轉身對大家道：「再問一次好了，有沒有人要當班長？」

全班仍是一陣沉默。

「沒有，跳過。副班長呢？」何老師的視線再次掃過眾人。

「莫向海！」佘遠用氣音催促著友人。

只見莫向海默默舉起手。

佘遠看見這一幕，感動萬分，露出如釋重負的笑。

「喔？莫向海你要當嗎？」何老師看他。

「不，我提名佘遠。」莫向海道。

「啥？」佘遠的驚呼令全班都知道他被陷害，窸窸窣窣低笑起來。

佘遠推了莫向海一把，氣急敗壞：「莫向海，劇本不是這樣寫的！」

莫向海鎮定回望，冷眼吐槽：「哪來的劇本。」

何老師已在黑板上寫下佘遠的名字。「沒有其他人要當的話，那我們就恭喜佘遠……」

眾人已經預備拍手，佘遠卻在此時舉手：「等一下老師！我要提名！」

大家都認為是被害者的反擊，紛紛抱著看好戲的心情，連何老師也饒有興致：「你要提名誰？」

既然莫向海不依，他只能自己出手了。

「易巧蓓同學。」

聽見一個出乎意料的答案，眾人顯出訝異的神色，易巧蓓更是帶著森煞的面容轉頭怒瞪佘遠。

何老師挑眉，轉身寫下易巧蓓的名字。

「既然候選人有兩位，那就一個當班長一個當副班長好了，完美解決問題。」何老師滿意說道。

佘遠聽了差點沒吐血。

「高票的當班長，現在開始投票，要投佘遠的舉……」

佘遠打斷何老師。「老師等等，這樣不太對吧？我們沒有想當班長，但莫向海說他想當。」

「我沒有。」莫向海一秒否認。

「他說他沒有。我們繼續投票吧，佘遠同學請不要干擾會議進行。」何老師說完，繼續進行投票。

「……」佘遠感到人生絕望。現在是怎樣，為什麼老師站在莫向海那邊？

他原先的完美計畫，是讓莫向海提名易巧蓓當副班長，自己再提名莫向海當班長，造就一對班長與副班長的佳話，讓他們以後更有機會因公務接觸彼此。

結果事態發展有如失速的列車，完全偏離他的預期。

投票結果出爐，佘遠擔任班長，易巧蓓擔任副班長，莫向海全身而退。

何老師請班長上來幫忙發資料時，佘遠的頭還抵在桌面，不願面對這一切。

「班長陣亡啦，那副班長來發吧。」何老師一副見過大風大浪的模樣，看了佘遠一眼，只是如此鎮定說道。

佘遠這時終於抬起那宛如千斤重的頭，緩緩從座位上起身，心不甘情不願走到台上接過資料。

「下一節是我的課，等一下麻煩班長副班長到我辦公室搬講義。」導師時間快結束時，何老師如此吩咐道。

不知為何，易巧蓓總覺得何老師很滿意這樣的幹部安排，而且還特別喜歡叫他們兩個，這種事不是應該小老師來做嗎？

懷著萬般無奈的心情，她與佘遠並肩往導師辦公室走去。佘遠手插口袋，望著前方不發一語地走著。易巧蓓原以為他會挺多話，現在卻格外安靜，反而令她有些尷尬。

於是她嘆了口氣，率先開口：「都是你啦，捨近求遠，沒事幹嘛提名我當副班長？」

「喔，我原本是叫莫向海提名妳，然後我打算提名他當班長，誰知道他背叛我。」說到背叛，佘遠的語氣略帶不滿，像個嘟嘴賭氣的小孩。

「……也不至於這麼大費周章吧？」背後居然有這樣的計畫，易巧蓓有些傻眼。

「抱歉啊，沒能讓妳和莫向海搭檔。」佘遠只是這麼說，仍看向前方。

「幹嘛道歉？我也不是很想跟他啦……」

「那，想跟我嗎？」說這句時，佘遠才終於望向易巧蓓。

易巧蓓一愣，沒料到他會這麼問。

「怎、怎麼可能想。」和他對視後，易巧蓓連忙別開眼，直視前方。

佘遠見到這一幕笑了出來。「妳好像緊張了一下。」

「才沒有！」易巧蓓矢口否認。這傢伙怎麼這麼煩，看太仔細了吧？

佘遠不再說話。兩人一道進了導師辦公室，佘遠熟門熟路領著她到何老師的位置，地上有一紙箱裝著他們班的化學講義。

他們兩人合力抬起紙箱走出辦公室，易巧蓓問：「何老師也是穿越進來的嗎？」

佘遠以讚許的眼神看她。「看不出妳蠻聰明的嘛。」

易巧蓓額角冒青筋。是在說她看起來很笨嗎？

「所以你認識他？」

「算是吧，第一年也是他教我們化學。」佘遠想了想，補充道：「我和莫向海穿越進來已經第三年了。」

「三、三年？！」才進來一個小時，易巧蓓就開始想念現實世界親朋好友，她難以想像被困在這三年該是什麼心情。「你們……想回去原本的世界嗎？」

她以不確定的態度詢問，是因為想起安曉琪剛才說過的話。或許在這待太久的人，反而會因習慣而不想改變。

佘遠定看她半晌，扯出一個微笑：「當然想啊，所以妳跟莫向海要好好努力了。」

易巧蓓有些不服。「為什麼你那麼肯定是莫向海啊？不是應該由我來決定嗎……」

「莫向海不好嗎？」佘遠反問。

易巧蓓沉吟了一會兒。「也不是這麼說，我根本就還不夠了解你們，很難下定論。」

「妳還有一年的時間。」佘遠看著手中的化學講義道。

易巧蓓盯著對方，思忖片刻，還是決定問：「捨近求遠，你為什麼不想當男主角？」

佘遠抬眼，不可思議地看她。「妳想選我啊？」

「不是，少自戀了！我只是想知道大家都是怎麼想的。」

「我覺得自己很普通，不適合當男主角。」佘遠很快地回答。這時手機突然響起了通知音，但他暫時騰不出手來。

「你認真？我以為你很自戀欸。」易巧蓓不太相信這番話。

佘遠沒理會她，繼續說：「而且，直覺告訴我莫向海會是完美男主角，妳要是不好好把握就太沒眼光了。」

「開什麼玩笑，我最會看人了，竟敢說我沒眼光？」易巧蓓在這方面還是挺有自信的，她可是研究了五年。

佘遠勾起嘴角。「那我就期待妳的表現了。」

終於將化學講義搬進教室，佘遠拿出口袋裡的手機，滑開一看，臉色驀變。

【系統提示】恭喜你獲得主角屬性：「普通哲學」。

易巧蓓欲從他身旁走過，忽然被他一把拽住。「你幹嘛？」

「這什麼？」佘遠把手機拿給她看。

易巧蓓看完，倒抽一口氣：「系統怎麼會知道這個？」

「等一下，出去說。」佘遠說完就把易巧蓓拉出教室外。

兩人倚在走廊的欄杆邊，佘遠雙手環胸，面無表情望著她，似是在等待她的解釋。

易巧蓓於是清了清喉嚨：「咳咳，看過村上春樹的《挪威的森林》吧？」

佘遠點頭。

「《挪威的森林》裡的主角渡邊，被形容『說話方式很特別』，而根據我的觀察，他的風格是站在極為不起眼的立場，將自己定位為『毫無特色、極度普通』，並且打從心底這樣認為而坦然接受，不求改變。這種特質，我稱之為『普通哲學』。而在現代漫畫和小說裡，這種特質是男主角的趨勢之一。」

「這也能算？」佘遠聽完有些無言。

「這在我的追劇小手冊裡有紀錄的！」易巧蓓拍了拍裙子口袋，才想起她把小手冊放在書包裡。

「不過為什麼我會收到這個？」佘遠扶著下巴，盯著螢幕思索。

「你剛剛不是說『我覺得自己很普通』嗎？」易巧蓓提醒他。

「那樣也行？」佘遠望向她，一臉不可置信。「這太隨便了吧！講一句話就能中啊。」

「我也覺得它的標準太寬了，而且我覺得你剛剛只是亂說的。」易巧蓓越來越搞不懂這個系統了，能知道追劇小手冊裡的所有內容，但評判標準又這麼隨便，交給她來評斷不好嗎？

佘遠正好看見走出教室的莫向海，連忙叫住他。「欸莫向海，過來一下！」

「怎樣？」

「你是不是覺得自己很普通？」

莫向海沉默了半晌。「……這什麼問題？」

佘遠崩潰扶額。「你猶豫太久了啦！要馬上說是啊！」

莫向海蹙眉，不明所以看向一旁的易巧蓓，卻見她忍不住笑了起來。

◆

第二節下課時間，兩人把事發經過和莫向海說明了一遍。

莫向海得出結論：「所以，男主角的評斷標準就是依據妳所列出的主角條件？」

「好像是這樣。」普通哲學是易巧蓓取的名字，這系統應該不會那麼巧和她想出一樣的。

佘遠朝她伸出手。「妳那本手冊在哪？我們好好研究一下條件有哪些。」

「這可是我的心血，也是隱私，怎麼能隨便讓你們看。」對於兩個認識才不到一天的人，易巧蓓合理拒絕。

「現在還管這些嗎？知道要怎麼成為男主角，不就可以順利完成完美結局了？」佘遠反問。

「……說的也是。」易巧蓓想不到可以反駁的地方，但她總覺得，劇情就是該順其自然發展才會好看。

「那就快點拿來吧。」佘遠催促道。在這事上他顯得比莫向海要上心許多。

易巧蓓轉身要回教室拿，手機在此時又響起通知。

她拿出來看，動作忽然定格。

「怎麼了？」佘遠問。

易巧蓓僵硬地轉過身，面容慘澹。「它……它威脅我……」

佘遠從欄杆上跳下來，搶過易巧蓓的手機來看，莫向海也湊上前。

【系統】請不要把主角養成法則洩漏給其他人，否則將革除您女主角的資格。

「喔？想不到系統還有這招，真厲害。」佘遠看完，驚嘆道。

「太可怕了，它怎麼什麼都知道？」易巧蓓左顧右盼，覺得系統現在定在某處監視著自己，不由得毛骨悚然。

「我就說它或許是神明之類的。」佘遠盯著手機，仍是神態自若，一旁的莫向海也始終波瀾不驚。起初佘遠說系統是神明，她還當作玩笑，現在卻不得不半信半疑。倘若真是神明，那她在這裡豈不是無所遁形？光用想的就覺得不太好受。

「系統也會像這樣監控你們嗎？」易巧蓓問。
佘遠搖頭。「不太會。就像遊戲裡的NPC那樣，它多半都是告訴我們這個世界的情報，妳只要把它想成這個世界的創造者就行了吧，一樣的意思。」
不知道是不是注意到易巧蓓有些焦慮，佘遠提出另一種概念來比喻。
此時易巧蓓的手機又「叮咚」響起。佘遠反射性地點開通知。
【系統】：他說的沒錯！不用害怕我，我很可愛的♥
……三人靜默了約莫十秒。
「啊！這樣更恐怖了吧！」易巧蓓抱頭驚呼。那顆愛心是怎麼回事！天啊！
「太神奇了，系統居然在跟我們傳訊息？」佘遠倒是完全不害怕，表情有如發現新大陸那般驚喜。
「以前從沒發生過這種事。」莫向海儘管心中驚奇，表面仍是一如既往的冷靜。
叮咚。
【系統】：因為一些必要因素，我只跟這次的女主角傳訊息！
「欸，他說他只跟妳傳訊息。」佘遠將手機遞給易巧蓓。
「嗚嗚，為什麼是我……」易巧蓓怯怯拿回手機，剛剛那則活跳跳的訊息令她心有餘悸。
佘遠彈了易巧蓓的額頭一下。「怕什麼？這是妳認識系統的大好機會，就不用因未知而害怕了。」
「搶近求遠你幹嘛！」易巧蓓摀著額頭，怒視那位冷不防出手的傢伙。
對方仍是恬不知恥地微笑。「看妳害怕的樣子很蠢。」
「你再說一次！」易巧蓓杏眼圓睜，怒揍佘遠一拳。
「與其打我，不如好好問一下他遊戲規則是什麼吧。」佘遠被拳頭擊中後沒什麼反應，指著易巧蓓手中的手機，忽然又認真起來。

易巧蓓重新將注意力放回手機訊息，經過剛剛一陣鬧騰，她似乎也忘了害怕，想了一會兒就開始打字。

過了一陣子，莫向海問：「他說了什麼？」

「他說，要我們認真生活，不可以作弊，這樣最後選出來的男主角才有可能是完美男主角。」

「完美男主角的定義到底是什麼？」佘遠問。

易巧蓓於是又敲了鍵盤。

「呃，他說之後再告訴我。現在只要好好收集主角屬性就行了？」

佘遠嘖了聲。「這系統感覺在整我們。」

「我猜大概是得到最多屬性的人可以成為男主角吧？」莫向海提出想法。

佘遠思忖片刻。「有道理。那首先，我們得確認是不是所有人都可以收集屬性。」他說著便走進教室，易巧蓓和莫向海尾隨在後。

剛走進去，一個男學生迎面而來：「遠哥！好久不見！」

易巧蓓傻住。遠哥？

佘遠舉手示意他先別說話。「你說一下『我覺得自己很普通』這句話。」

那名男學生微愣，乖乖複誦：「我覺得自己很普通。」

四人靜默半晌，什麼事也沒發生。

佘遠回頭對兩人道：「你們看，其他人沒辦法，所以能收集的只有我們兩個。」

雖然心中有預感，但被證實後易巧蓓還是有些失望，她的青春戀愛就只能寄託在這兩人身上了。幸好只是演戲而已。

然而這也是合理的事，如果所有人都能收集，不久後便會有越來越多人發現這個「主角遊戲」，到時候必然會引起一陣騷動，只怕整個世界都要失序，偏離了「順其自然發展」的主軸。

「這個測試法還真爛。」莫向海再度吐槽。重點是對方居然真的乖乖複誦了。

「遠哥你在說什麼？什麼沒辦法？」男學生好奇追問。

佘遠敷衍地朝他擺擺手。「沒什麼，你可以走了。」說完便繞過他回到座位。

男學生搔了搔頭，竟也不追問，聽佘遠的話走了。

「那人是誰啊？」易巧蓓在莫向海耳邊低問。

「以前被霸凌過，佘遠出手幫過他，從此對他畢恭畢敬的。」莫向海簡單解釋。

易巧蓓有些驚訝，望向座位上的佘遠。實在難想像這個愛捉弄人又欠揍的傢伙，竟也會路見不平，拔刀相助。

這就是所謂人不可貌相吧。

◆

下午打掃時間，易巧蓓和安曉琪一起掃著教室，安曉琪忽然湊了過來，語帶興奮地問：「巧蓓，妳有沒有覺得班上誰長得帥？」

「怎麼突然問這個？」一天相處下來，她知悉安曉琪也是個喜歡追劇、喜歡看帥哥的少女，和她情投意合。

說到帥哥，易巧蓓的腦中還是只浮現出那兩人的臉。她原先以為書中世界的人顏值大概都和他們差不多，為此提高了不少鬥志，結果很遺憾，就和現實世界一樣，大部分的人長得就如過眼雲煙，看過即忘。也難怪系統會鎖定這兩人，或許其他帥哥都在先前當上男主角而離開了吧！世界總是殘酷的。

「好奇妳的眼光嘛！」安曉琪確認過四周沒人後，將手放在易巧蓓耳邊悄聲道：「中午吃飯的時候我聽到其他女生在聊，說班長是她們的菜呢！」

易巧蓓驀然一愣。「班長？」差點忘了，班長不就是捨近求遠嗎？

「對啊，有點怕麻煩卻又負責任的個性，還有那雙不時會放電的眼睛，開學第一天就迷倒不少女孩呢。」安曉琪咯咯笑著說。

等等，是不是搞錯了？「那冰……那莫向海呢？」

「欸？巧蓓妳喜歡莫向海那一型的啊！」安曉琪雙手摀著嘴，眼神閃著八卦光芒。

「哎不是啦，我……我是也聽到有人在講他啊！」易巧蓓反應快，連忙轉了過來。

雖然捨近求遠也算帥，但她以為大家第一眼都會選莫向海，論身高、論氣質，都是莫向海勝出，何況捨近求遠又是個屁孩……呃，好吧，大家還沒發現他欠揍的那面。

「我覺得他也不錯，但是感覺有點難親近耶。」安曉琪發表了她的看法。

「難親近才有魅力啊！他就是時下流行的那種冰冷王子型，將來鐵定也很有人氣的。」易巧蓓不知為何想幫莫向海說話。

安曉琪露出曖昧笑容。「噢，我知道啦，巧蓓的心在他身上嘛。」

易巧蓓驀然變臉，慌忙揮手。「不是，事情不是妳想的那樣！」

「我會替妳加油的。」安曉琪根本沒在聽她解釋，做出打氣手勢，還對她眨了眨眼，便繼續去掃別地方了。

易巧蓓長嘆一口氣，告誡自己說話務必謹慎，她可不想這麼快傳出謠言，成為其他女生的眼中釘。

打掃得差不多，她倒完畚箕裡的灰塵，收好掃把，到外面洗了手。

那兩個人居然是捨近求遠比較有人氣，還真是顛覆了她的認知。難道這個世界的人口味比較不一樣？那她的主角分析還有效嗎？

不對，她都被系統選進來了，要相信自己的能力。一定是因為捨近求遠是班長，有了班長光環的緣故。愛情小說裡被暗戀的對象十個有八個都是班長，只要被叫「班長」，帥度彷彿就提升了一個層次。沒錯，就是這樣。

易巧蓓關掉水龍頭，轉身要回教室，然而過度專注地思考使她沒注意到走廊上正在拖地的人，一個不小心就被突然伸出來的拖把絆倒了。

此時莫向海正倚在不遠處的欄杆與佘遠聊天，忽見對方的表情像是看到什麼有趣的事物。

莫向海順著他的視線望去，還來不及瞧清楚，突然被人從背後猛推了一把。

「去吧，莫向海。」佘遠在後方悠悠說道。

易巧蓓向前踉蹌了幾步，終於重心不穩往前撲倒，就在她以為要跌個狗吃屎之際，迎在她身前的卻是一雙手，阻止了她與地面相會。

走廊上原本看客就多，這時紛紛傳出「喔——」的曖昧呼喊。

那人的雙手穩穩抓著她的前臂，易巧蓓一抬頭，發現竟是莫向海把自己接個正著，而對方也正低頭看著自己，彼此臉的距離不到十五公分，她可清楚看見莫向海長睫毛下那雙淡漠冷傲的眼，薄唇輕抿，不帶情緒。

她回過神，連忙推開莫向海，站挺身子，拍了拍自己的制服。「抱、抱歉。」

偷瞄周遭，已有不少女性對她投以敵意的目光，唯獨安曉琪的眼神散發著感動的光輝，還不忘對她比讚。

易巧蓓頓覺欣慰，莫向海還是挺有人氣的嘛。

莫向海挑眉，問：「沒事吧？」

這短短三個字令不少女生都倒抽一口氣。

易巧蓓搖頭。「沒事。」

莫向海意外地表現良好，果然有潛力，易巧蓓在心中讚許。也該頒給他一個屬性吧？

「下次小心點。」莫向海淡淡地扔下這句話，便瀟灑離去。眾女孩目光尾隨著他的背影，紛紛在心中開小花。

易巧蓓也愣在原地。莫向海冷中帶酷的反應將他那帶點距離感的魅力發揮得淋漓盡致，那股風範甚至有幾分偶像劇總裁的架勢，連她都心跳漏拍。

安曉琪衝到她身旁。「巧蓓！妳超幸運！」

「跌個倒有什麼好幸運的啊。」

「當然有！居然被男神接住，而且還是妳心目中的莫、向、海！」安曉琪激動地握著她的手，說到莫向海還刻意加重語氣。

易巧蓓正想否認，恰好看見佘遠從旁經過，他肯定有聽見安曉琪剛剛那句興奮的叫喊。

「妳搞錯了，他不是我心目中的啦！」易巧蓓於是刻意喊得大聲了些，想讓佘遠聽到。

「妳別害羞了，這裡只有我們嘛。」安曉琪笑道。

也不知佘遠有沒有聽見，易巧蓓注視著他走進教室，這才覺得奇怪，她幹嘛要對捨近求遠解釋啊？

◆

放學時間，安曉琪問易巧蓓要怎麼回家，易巧蓓這才想起這裡不是現實世界，她連家在哪都不知道，一下子支支吾吾答不上話。

安曉琪原本要提出帶她認識一下附近交通的提議，話說到一半卻忽然打住，轉而對她曖昧一笑，便揮著手離開了。

易巧蓓還在納悶是怎麼一回事，身後突然有人拍她的肩。

「妳回家都搭公車還是捷運？」佘遠站在她身後問，旁邊還站著莫向海。

易巧蓓來回看了他們。「我……這裡不是另一個世界嗎？」

「出校門左轉公車，右轉捷運，這裡的地圖和現實世界一樣，快選一個吧。」佘遠快速解釋完，催促著易巧蓓做選擇。

「真的？那……捷運好了。」想起昨天搭公車的離奇遭遇，她餘悸猶存，大概有一段時間不敢搭公車了。

「哈，太巧了，莫向海也是搭捷運，那你們一起走吧。」佘遠邊說邊用力拍了下莫向海的肩。

「喂，等一下，我……」

「噓。」莫向海原本似乎要反駁什麼，卻被佘遠的噓聲制止。「我搭公車，就這樣，掰啦。」

佘遠隨意揮了揮手，一溜煙跑出了教室。

莫向海無奈地看著他揚長而去，嘆了口氣，與易巧蓓對上視線。

「……」

這陣尷尬是怎麼回事？

兩人一路沉默出了校門，易巧蓓受不了這凍結的氣氛，率先開口：「你家只能搭捷運回去嗎？」

「懷疑嗎？」

「不，沒有。問一下而已。」奇怪，兇什麼啊？

「公車要繞遠路。」莫向海回答，臉上依然沒有表情。

「這樣啊，跟我家一樣。」易巧蓓想了想，又問：「那捨近求遠平常真的是搭公車？」

莫向海聞言，忽然冷笑一聲，害易巧蓓寒毛直豎。

也許他只是想笑，本身性格又冰冷，所以聽起來像冷笑吧？不過有什麼好笑的？

「那傢伙愛搭什麼就搭什麼。」莫向海淡漠說道。

「是喔……還真是自由漂泊的靈魂。」易巧蓓隨口下了結論。

莫向海沒再接話，兩人好不容易開啟的話題又到此為止。這人到底是多沉默寡言？

「你是不是很不想跟我獨處啊，從剛剛就一直擺臭臉。」易巧蓓決定把話說開，若他真的不想，大可不必陪她一起走，反正有捷運她就能回家。

莫向海忽然停下腳步。「我有嗎？」

「如果你不想跟我一起走也沒關係啦！反正我可以自己回去。」易巧蓓大方說道。記得莫向海一開始也有表明他不想當男主角，興許是真對她沒好感，那她也不強求。

「不是，只是有些心煩的事。」

莫向海繼續往前走，易巧蓓也緩緩跟上。「心煩的事？」

沉默了一會兒，莫向海才道：「那傢伙的反應有點奇怪。」

「你是說捨近求遠？」

「嗯。」

「你們感覺是很好的朋友，什麼時候認識的啊？」看那兩人總是形影不離，且捨近求遠對莫向海似乎挺依賴的。

「國中。」

「誒？」易巧蓓一愣。「穿越前？」

「我和他從國中就是死黨。升高一那年暑假，我們在不同地方，同時穿越進來這裡。」莫向海敘述的語調平靜。

「天啊……有認識的人一起進來真好。」易巧蓓兀自感嘆完，想起莫向海剛剛的話。「你說他奇怪，是指他要你當男主角？」

莫向海點頭。「他要幫我我能理解，但有點……太刻意了，好像非要我當不可。」

「我有問他為什麼不想當男主角，他就說他覺得自己很普通，不適合當男主角。」易巧蓓慷慨提供情報。

「原來說到普通是因為這個？」莫向海挑眉，露出了然神情，又道：「他唬妳的。」

「對吧！我聽到的時候也這麼覺得，明明就一副很自戀的樣子！」易巧蓓激動附和。

莫向海沒說話，只是安靜望著她，看得她有些不自在。「呃，怎麼了？」

「你們才見面第一天，妳就好像挺瞭解他的。」莫向海道。

「唉唷，沒有啦，那還不都是他表現得太明顯了！」這也不是稱讚，易巧蓓卻莫名感到不好意思。

莫向海眺望遠方，沉思片刻。「其實，也不是完全都像妳看到的那樣。」

「什麼意思？」易巧蓓看向他。

「我雖然認識他很久，有時候還是會摸不透他的想法。」莫向海繼續看著前方。「就像現在。」

雖然莫向海神情毫無波瀾，易巧蓓卻能感受到一股落寞的情緒，下意識想安慰對方：「你是他的好朋友，他如果想說一定會第一個告訴你吧。」

莫向海像是沒聽過這番論調，略感新奇地盯著易巧蓓。

「他常常什麼都不說，就算說了也可能是假的。」

「聽起來很適合當詐欺犯……不對，當我沒說。」易巧蓓一不小心就把內心OS說出口，連忙說回正經的：「這麼麻煩的話，我來幫你盯著他吧！」

莫向海疑惑。「妳？」

「你想知道他為什麼這麼排斥當男主角吧！我也想知道，要是他不願說，我們就慢慢觀察，總有一天會露出破綻。再不行，就威逼利誘逼他招供。」易巧蓓雙手環胸，振振有詞，說到最後一句還用大拇指帥氣劃過頸前，彷彿勝券在握。

莫向海注視著她洋溢自信的微笑，不禁失笑。

「原來你也會笑啊？」易巧蓓調侃道。

「也好，妳多去找他，免得他老是把妳往我這邊推。」

「你們真的很過分，跟我相處有那麼糟嗎？」易巧蓓故作不滿，但在這種氣氛下已不像早上那般氣憤，而且聽莫向海方才的回答，也並非不喜歡她。

「不是這個意思。」省話一哥莫向海就連解釋也是點到為止。

「那你呢？你又是為什麼不想當男主角？」好不容易進到書中當女主角，男主角候選人都想臨陣脫逃，不會真的是她太沒吸引力吧？趁這機會好好問清楚。

「我嗎？」莫向海轉頭看向她。「我沒有不想，只是想順其自然就好。」

佘遠的外力加持有些過多，反而令他有壓力。

「順其自然！你也這麼想！」易巧蓓喜出望外，心中升起一股找到同類的感動。「我也覺得按照自然發展的戲才會好看！」她舉起手作出擊掌姿勢。

莫向海鎮定盯著她的手半晌，沒有任何動作。

「……哈哈，都忘了你的人設不會這樣。」易巧蓓回神，尷尬地笑兩聲，收回手理了理裙襬。

趁著易巧蓓低頭別開視線，莫向海稍稍勾了勾嘴角，沒讓對方察覺。

轉眼間就到了捷運站出口，這樣閒聊一下時間還過得挺快的。

他們走下樓梯，易巧蓓忽然想起一件事：「那個，今天你有拿到主角屬性嗎？」

莫向海拿出手機，直接遞給易巧蓓看。

「『男主角成就：接住女主角』？這名字也太直白了吧。」易巧蓓念出口後都忍不住發笑。

「反正一定又是妳寫的吧。」莫向海正要把手機收回口袋，通知音驀然響起。

易巧蓓想了想，表情忽然僵住，依稀記得有這麼回事。是三年前？還是五年前？總之一定是小時候寫的，她現在才不會取這麼隨便又沒格調的名字。

「剛剛收到的。」莫向海又面無表情地把手機推過來。

【系統提示】恭喜你獲得主角屬性：「隨遇而安」。

易巧蓓眼神一亮。「是隨遇而安！難道是因為剛剛說到順其自然嗎？」

「我對妳的主角標準越來越懷疑了。」莫向海睨了她一眼。

「怎麼會！放心，這是你應得的。」易巧蓓篤定地拍了拍他的肩，眼神透出一抹讚許。

雖然捨近求遠那次的確有點瞎，但莫向海拿到的屬性和成就在她看來都是實至名歸，她還擔心系統沒頒給他呢。

莫向海冷冷瞥了眼易巧蓓放在他肩上的手，沒說話。

易巧蓓立刻識時務地抽回手。「幹嘛？不能碰啊。」

「沒有。」

易巧蓓清澈的眼珠轉了轉，忽然露出玩味笑臉，探究的眼神朝他逼近。「難道只有你家佘遠能碰？嗯？」

莫向海只是看著她，露出像在看白痴一般愛莫能助的表情，嘆了口氣。

「你別那個臉嘛，沒那個意思平常眼神就不要那麼殺，女孩子都被你嚇跑了。」易巧蓓給了莫向海一個大忠告，覺得自己根本慈善家。要是莫向海眼神收斂點，包準直接打趴捨近求遠，坐穩校園男神的位子。

「我天生的。」莫向海如此回應。此時捷運正好進站，迅速掠過而刮起的風吹散了髮絲。

易巧蓓聽見這話失笑，原來冰冷帥哥也懂幽默。

進了車廂，兩人又隨意聊了一會兒，莫向海三站後下車，易巧蓓比他多一站，下車後還要轉車才會到家。

「對了。」下車前莫向海忽然想起什麼。

「嗯？什麼？」

「我當時原本想說，妳連走路都會跌倒，真不是普通的蠢。」車門開啟，莫向海落下這句話以及一個孤傲的背影，沒給易巧蓓反駁的機會便走出車廂。

「……」這記回馬槍使易巧蓓無言了好一會兒。

「還好你沒說！不然別想拿到屬性！」看著莫向海的身影越來越遠，易巧蓓朝著正欲關上的車門大吼，吼完才發現車廂裡的人都以奇妙的眼神注視著自己。

易巧蓓立刻掛上一個若無其事的甜美微笑，拿出手機裝忙。

冰冷帥哥露出狐狸尾巴了，原來是個更加毒舌的傢伙，怪不得和捨近求遠當朋友，兩個一樣欠揍……

易巧蓓這人沒什麼地雷，但平生最討厭別人罵她蠢，畢竟她最自豪的可就是那和外表不相稱的聰明腦袋。考試的時候他們就知道了！

況且跌倒是女主角的萬年不敗招式，她只是按照套路演出而已好嗎！這年頭女主角真不好當……

若是莫向海還在場，她絕對把以上這番話對著他大吼一頓。

第三條　陽光下耀眼的你

——金色燦光之下，他揮汗淋漓的身影相當耀眼，使人移不開視線。

幾天以後，易巧蓓和莫向海放學一起回家的事在班上傳開，眾人更加篤定他倆關係不單純，有人甚至大膽臆測兩人在交往。

易巧蓓落寞地待在座位上發呆。倒不是因為這些流言蜚語，堂堂女主角行得正坐得端，不怕八卦緋聞的攻擊，故她對這些傳聞反倒不怎麼在意。

真正讓她在意的是放學回家後，爸媽對待她的態度都一如既往，彷彿根本沒穿越這回事。她幾番言語試探，也都被他們當成玩笑看待。

這讓她一度覺得自己也只是被開了個大玩笑，但當她看見自己全新的制服，以及高中二年級的教科書後，那一切只是一場夢的幻想又一點一滴地在眼前崩落。

見到母親後，她試探性地問了句：「媽，我現在是幾年級？」

「怎麼了？今天不是高二第一天嗎？」

這樣的對話令她意識到，眼前看似正常的爸媽也只不過是書中建構的角色，並非真實。

除非她出了場大意外，昏迷到升上高二那天才醒來，或是失去了從那天到高二前的所有記憶？這可能她不是沒想過，但手機裡的系統提示不斷提醒她，該面對真相了。

她就是個被綁架到書中，演到結局才可以被釋放的可憐女主角。

每當想到自己朝夕相處的父母並不是真正的父母，只是虛構人物，她就不知該用什麼態度面對才好，總覺得不太自在。

而且，也開始想念現實世界的父母了。

或許是她想多了，正如剛剛所說，爸媽對她的態度一如既往，若是她沒那樣試探，根本不會察覺有什麼異樣。所以安曉琪才會覺得家人都還在身邊吧。

若是不要像她那麼纖細敏感，是可以在這世界過上好日子的。

她也曾試圖跟這世界的系統討論這個問題，但系統並不是想找就能找，她發出去的訊息直到現在都還沒被回覆，簡直就和那些不稱職的客服中心一樣。

易巧蓓打開系統的聊天室，看見那則未被回覆的訊息，重重嘆了口氣。

「妳怎麼啦？又無精打采的。」安曉琪探過頭來關切地問。

「沒什麼啦。」易巧蓓總是這樣回答。

安曉琪看她望著手機嘆息，便道：「難道是在等男朋友的訊息？不過……男朋友不是在那邊嗎？」

易巧蓓沒抬頭看也知道，她正邊說邊指向莫向海的座位。

「妳別胡說了，真的不是那樣。」這幾天都意志消沉的易巧蓓連反駁也變得無力，只是輕撥掉安曉琪的手。

安曉琪順勢揉了揉她的頭髮。「好了好了，別不開心，今天中午去看球賽吧？」

「看球賽？」

安曉琪振奮地點點頭。「下個月不是有班際籃球賽嗎？他們今天中午要和別班打友誼賽，我們可以去加油。」

怪不得最近放學那兩人都會留下來練球，因此她都自己回家，至今也還沒對任何人傾吐過她的煩惱。

「而且，帥哥也都會去喔。」安曉琪壓低聲音對她說，還眨了眨眼。

原本沒什麼興致的易巧蓓聽到這番話，神情一凜，昔日曾看過的、籃球比賽那青春洋溢的畫面驀然在腦海浮現。

她差點忘了，籃球賽是許多校園劇、愛情小說的必備場景啊！她這個女主角怎能缺席？

順手整理了制服領口，易巧蓓朝自己點點頭，將自己此次的出席視作一種工作，她必須認真參與，以協助完成這本書的情節。

一瞬間她忽然茅塞頓開，與其想那些喪氣的事，不如好好盡其女主角的本分，早點完成結局，才是根本之道。

她都這麼敬業了，系統可得給她安排好一點的劇情啊。不要再用跌倒那類的爛梗了！

安曉琪不知易巧蓓轉念的心路歷程，只把她的點頭當成同意，開心得笑彎了眼。「妳看妳精神都來了，那就這麼說定囉。」

某節下課，安曉琪不在位子上，佘遠突然走到易巧蓓的座位旁，放了一罐未開過的礦泉水在她桌上。

易巧蓓不明所以地看他。「幹嘛？」

「妳今天不是會去看球賽？到時候中場休息莫向海的水就交給妳遞了。」佘遠手插口袋，視線邊說邊飄向教室門口，好像在看誰回來了沒。

「為什麼啊？他不會自己拿喔。」

佘遠白了她一眼。「妳很不解風情欸，不是追劇專家嗎？給場上選手遞水很正常吧？」

「是沒錯啦，但一定會有很多人給他吧？我是女主角，怎麼能跟那些人一樣？」易巧蓓並非不理解這種套路，而是有別的顧慮。

試想了一下，要是她成為聚集在莫向海身前那些泛泛之輩的其中一人，不就無法彰顯女主角的特別了嗎？

「我會叫他只拿妳的，放心。」說完這句話，看見莫向海走進教室，佘遠立刻走回自己座位裝沒事。

他走後，易巧蓓拿起桌上那瓶礦泉水看了看。

捨近求遠還真的是格外上心呢。

◆

「巧蓓，快點，這裡這裡！」安曉琪下樓到操場後就興奮地往球場邊跑，佔了個能清楚觀賽的位置，對易巧蓓高高揮著手。

易巧蓓手中拿著礦泉水，慢慢走向安曉琪旁邊，兩人一塊坐了下來。

場邊早已聚集了許多人，兩班的選手們正在領背心，他們班分配到的是橘色背心，她看見佘遠將背號一號的背心往自己身上套，莫向海則穿著七號。

穿好背心，佘遠竟朝她們這裡走來，指著易巧蓓手中的礦泉水一笑：「等一下別忘囉。」說完還朝她眨了眼才走回隊伍。

「哇！巧蓓，剛剛班長跟妳說什麼？」安曉琪的八卦雷達再度開啟，興奮搖著易巧蓓的手。

「沒什麼沒什麼。」易巧蓓擺擺手欲敷衍過去。

「他剛剛是在對妳放電嗎？」安曉琪仍不放棄。

「什麼啊，才沒有呢。」易巧蓓失笑。回想剛剛和捨近求遠短暫的目光交接……好吧，確實有點帥，但他可是一心一意關切她和莫向海的情況，根本不可能有放電這回事。

回過神來，雙方隊伍已各就各位，等待哨音。

嗶——

「四班加油！」

「三班加油！」

兩班的加油聲此起彼落，目前易巧蓓的班上掌控著球，正逐步朝籃下逼近。

易巧蓓其實很喜歡當球賽觀眾，每次看著自己班與其他班競爭總是看得她熱血沸騰，不自覺就會旁若無人地激動吶喊。

「加油啊——」

球一度被別班抄走，但佘遠迅速衝出，精準攔截，拐個彎直奔籃下，幾個人上前阻擋，他又將球傳給守在另一側的莫向海，莫向海藉身高優勢輕鬆進球。

「啊！好帥！」班上幾位女性開始尖叫。

正中午的陽光絢爛灑下，他們兩人擊了個掌，默契十足。

緊接著又歷經幾輪攻防，佘遠敏捷的身影在球場上穿梭馳騁，身手靈活，幾乎沒人能攔下他。一個漂亮的迴旋上籃，他又為班上得了兩分。

金色燦光之下，他臉上的汗珠閃耀，揮汗淋漓的身影相當耀眼，使人移不開視線。

隊友紛紛來跟他擊掌，他抖著衣領，往觀眾席看去，恰好對上易巧蓓的目光，驀然燦爛一笑。

易巧蓓忽然心跳漏了一拍。

這時周圍的女同學也喊著：「啊！他剛剛在看這裡！」

「他在對我笑！」

——他剛剛看的是我吧？易巧蓓在心裡吐槽，但大家你一言我一語，弄得她也有些不確定了。

也許，捨近求遠是對誰都會放電的那種人吧？

易巧蓓的視線繼續追隨著在球場上閃耀的他，不自覺想。

哨音一響，上半場比賽結束，他們班十一比五領先。

坐在易巧蓓周圍的女生紛紛站起身，朝場上選手走去。

「班長真的很有人緣呢。」安曉琪在一旁悠哉說道。

易巧蓓還沉浸在方才精彩激烈的鬥爭，聽見她的話才回過神，往球場邊看去，一群女生居然都聚集在捨近求遠前面，遞水遞毛巾或單純聊天。

——不是吧？異性緣還真的好成這樣，難道平常就是個行走的發電廠嗎？

易巧蓓在眾多女子間的縫隙窺見捨近求遠談笑風生的模樣，忽然覺得中午的太陽越發毒辣，熱得她心裡一陣煩躁，加上剛剛激動吶喊而有些口乾舌燥，下意識就轉開手中的礦泉水，咕嚕咕嚕灌起來。

捨近求遠不曉得對她們說了什麼，只見她們紛紛往這裡走來，把水瓶、運動飲料等放在易巧蓓身旁的空地上，乖乖坐回球場邊。

易巧蓓隨意瞥了一眼，那裡少說有六、七罐吧！一個人最好是能喝這麼多。

她又喝了一口水，抬頭之時正好迎上佘遠的目光。

只見他朝這裡走來，先是皺了眉：「妳有把水拿給莫向海嗎？」

「沒有。」易巧蓓全然忘了這事，神態自若地承認，這才搜尋了莫向海的位置，見他拿著自己的水壺。

看吧！人家自己有水，不需她操心。

佘遠瞧她半晌，眉頭忽然舒展，蹲下身與之平視。「我知道了，妳是想和莫向海間接接吻嗎？高招啊高招。」

他眼裡含著笑意，易巧蓓對上這雙星辰般的眼眸，卻只覺得不耐煩。

「我沒有要給他，你沒看見他有水嗎？這是我自己要喝的。」大概是被太陽曬了太久，有些心浮氣躁，語氣也不是太好。

佘遠眉一挑，並未受她情緒影響，神情平靜。「是喔。」

他回頭看了遠處的莫向海，悠然道：「幸好他有帶水，不然拒絕完所有人，結果自己沒水喝。」

「他拒絕別人？」

「我不是說了嗎，叫他只拿妳的。」佘遠說完指了指易巧蓓身旁的瓶瓶罐罐。「我和他的。」

原來那堆飲料裡還有要給莫向海的？她剛剛被捨近求遠的人氣震撼到，都忘了注意有幾個人去找莫向海。

佘遠笑了笑，又指著她手中的礦泉水：「而且，這瓶不是我買的嗎？」

雖然有些心虛，易巧蓓還是厚著臉皮回：「送我之後就是我的！」

「真是，早知道就多買一瓶給妳。」他的語調似是無奈中妥協，在哨音中站起身，不疾不徐往球場走去。

易巧蓓本以為她沒照他的話做，捨近求遠會數落她，或者至少會不高興，沒想到什麼也沒發生，他本人好像也不太在意的樣子。

他到底是怎麼想的？易巧蓓注視著他的背影，這人似乎真像莫向海所說的，有些讓人摸不透。

下半場的比賽同樣令人熱血沸騰，尤其是中途莫向海的罰球三顆全進，使觀眾席爆出一陣掌聲加歡呼。

最後比賽以二十四比十八結束，不得不說對方也是可敬的對手，一度競爭激烈，易巧蓓尖叫到聲音都快啞了。

「男生打籃球就是好看，而且我們班還有顏值高的選手，真是一飽眼福。」走在回教室的路上，安曉琪有感而發。

「嗯，是啊。」易巧蓓附和，扭開瓶蓋又灌了一大口水，她白皙的臉在陽光下曬得通紅，額上也佈有汗珠，不知情的人還會以為她剛運動完。

安曉琪盯著她看一會兒，忽然問：「那瓶水是班長買給妳的？」

「咳、咳咳！」易巧蓓瞬間嗆到。

「欸欸，小心一點啊。」安曉琪也嚇了一跳，連忙拍著易巧蓓的背。

緩和下來，易巧蓓用手背抹去嘴邊的水珠，回道：「就他要我把這瓶水給莫向海啊，但我自己喝了。」

她不是故意的，真的是一時之間把這事忘得一乾二淨。況且莫向海也絕對不會想喝她喝過的水。

安曉琪如輕鈴般笑了幾聲。「呵呵呵，巧蓓妳也真是的。」接著她壓低聲音，試探性的問：「總覺得班長跟妳特別熟，你們以前認識嗎？」

「怎麼可能啊？我才剛進來這裡。」易巧蓓馬上否認。不只莫向海，現在連安曉琪都覺得她和捨近求遠「一見如故」，但她本人可沒這麼想，誰想認識一個煩人的屁孩啊！

安曉琪睜著水靈大眼，猛盯著易巧蓓，那張可愛的面容忽然浮現出一個詭異的笑容：「我們蓓蓓的感情故事感覺會很精彩。」

「妳又在亂腦補什麼了！」易巧蓓對安曉琪進行肘擊，原本就泛紅的面頰更加通紅了些。

但她後來想想，安曉琪那句話，會不會是在懷疑她是女主角了？

安曉琪的直覺極準，開學第一天就猜到易巧蓓可能是女主角，現在一路觀察下來恐怕又發現不少蛛絲馬跡。

為了不讓友誼的小船翻覆，她是不是應該先跟她坦白比較好？

剛打完一場友誼賽，今天放學不用留下來練球，於是佘遠又一如既往開溜，留下莫向海和易巧蓓一起走去捷運站。

雖然她並沒有義務要給莫向海送水，但捨近求遠事先跟他說好了，她這麼做也算是失約，想一想還是決定道歉：「抱歉，今天沒有把水拿給你。」

莫向海冷冷睨了她一眼：「妳這麼聽他的話啊。」

「蛤？」易巧蓓一愣。

「就算妳給我，我也會拒絕，因為我有自己帶。」

「你拒絕，也要看我要不要給你拒絕啊……」易巧蓓小聲咕噥道。

面子擺第一，要是莫向海真的拒絕，她也一定會使勁手段將水硬塞到他手裡。想拒絕女主角？沒那麼容易！

「什麼？」莫向海沒聽清楚她在嘀咕什麼。

「沒事。所以，你不是因為捨近求遠叫你拒絕才拒絕？」

莫向海不屑地撇嘴。「我又不是他的下屬，幹嘛聽他的？」

「也是啦。我還以為你是那種嘴上說不要，實際上卻百依百順的類型。」

「……」莫向海頓時無言。

易巧蓓對自己看人的眼光還是挺有自信，知道莫向海其實很重視朋友，但這個死傲嬌絕不會承認，因此連忙趕在他反駁前轉換話題：「這附近有沒有推薦的書局啊，我想去買參考書。」
莫向海朝她投以疑惑的目光。「妳要買參考書？」
「很奇怪嗎？我來到這裡就沒有補習了，高二的課業我又還沒先讀過，不買參考書怎麼應付段考。」易巧蓓理所當然道。
「我以為妳只知道看劇看漫畫。」
易巧蓓有些驚訝。「我來這裡之後一次也沒有在上課時間追過劇耶！我知道了，一定是系統說的對吧？那個系統知道我這麼多事，難道都沒提過我的學業表現嗎？」
「沒有。」莫向海回答。
易巧蓓雙手環胸，兀自點頭。「難怪你們都覺得我蠢。」
「妳是真蠢。」莫向海從來沒接話接得這麼快過。
易巧蓓毫不猶豫揍了莫向海一拳。
莫向海不動聲色摀著右臂，會痛。
「在你們身邊，我女主角的形象都要毀了。」易巧蓓忿忿不平地抱怨。
「脾氣太差。」莫向海的語氣仍舊淡然。
「廢話少說，到底要不要跟我講哪裡有書局？」
「學校對面往左走，地址我再傳給妳。」
易巧蓓沒想到莫向海答應得這麼爽快，開心地笑了笑：「謝啦，那我明天放學再去。」
莫向海又睨了她一眼，情緒轉變如此之快，真是怪人。
但至少，她的喜怒全寫在臉上，簡單易懂。

不像某人。

◆

莫向海回到家，把回程路上買的兩人份晚餐擱在餐桌上，書包往沙發上一扔，自己也坐了下來，翹著二郎腿悠閒地滑手機。

這是一間三十坪左右的房子，莫向海原本的家離學校較遠，家人便替他在學校附近買下一間房子，供他通勤方便。

手機滑了一陣子，終於聽見開門鎖的聲音。

「我回來啦！是不是在想我？」

莫向海抬眼覷了佘遠一眼，繼續滑他的手機。

「幹嘛，不會是跟女主角吵架吧？」佘遠直接躺在剩餘的沙發上，頭朝向莫向海的方向，用手枕著後腦勺。

莫向海放下手機，語氣認真。「其實你真的不用刻意搭公車繞遠路，只為了讓我和她單獨相處。」

「沒事，這點犧牲不算什麼。」佘遠一派自在。

「我不是這個意思。」莫向海吁了口氣，決定把話說明。「你不覺得這麼做太刻意了嗎？」

「哪會？」

「哪不會？」莫向海反問。「希望我跟她一起當幹部、她跌倒的時候把我推出去，又讓我跟她單獨回家，你可做了真多努力。」

「那對你有什麼損失嗎？」佘遠望著天花板朦朧的白光問。
莫向海沉默半晌，啟口道：「你老實說，你是不是不想離開這個世界？」
佘遠嘴角淡揚。「我有什麼好不想離開的？」
「因為在這裡，你就不用見到你的養父？」莫向海一時忘了克制，將心中猜測脫口而出。
佘遠一愣，唇邊的笑意頓時消失。
「……抱歉，我不該提這個。」莫向海垂下眼眸。
「不是這個原因。」佘遠淡淡說道，神情平靜，沒有慍色。「而且回去以後，我不想見他還是可以來住你這啊，有差嗎？」
「那是在這裡，誰知道在現實世界我能不能搬出來住。」考慮到種種現實因素，莫向海嘆了口氣，小說世界畢竟還是比現實來得自由，較能為所欲為。
「唉唷，公子哥有什麼事辦不到的？」佘遠改為側躺，瞧著莫向海調侃道，臉上再度恢復笑容，彷彿什麼也沒發生。
莫向海凝睇著那副看不透的笑臉，瞇起眼。「真的沒有想待在這裡？」
「沒有。你怎麼越來越像我媽，問東問西。」佘遠笑道。「別談我了，易巧蓓最近怎麼了？」
莫向海愣了愣。「什麼怎麼了？」
「她這幾天不是都無精打采的？一起走的時候你沒問她嗎？」佘遠瞧他。
「沒有，沒注意。」莫向海坦言。
佘遠覺得荒唐似的吐了口氣，「你看看你，這麼大條筋，還說我太刻意？要是沒我的幫忙你怎麼辦？」

「看著辦。」莫向海臉皮倒也厚。

佘遠翻了個大白眼，躺回原先的姿勢。「反正我已經告訴你了，你明天再找機會關心她。」

「明天晚上要慶祝我奶奶七十大壽，要回老家，我不會來這裡。」

「不搭捷運？」

「坐我家的車，捷運給你搭。」

「你故意的吧？」佘遠擰眉。

「你想問就自己去問，不要每次都拿我當擋箭牌。」莫向海冷眼睨他。

「不是啊，我是在幫你們製造機會，而且這麼明顯你都沒發現，太扯了吧，她也沒主動跟你提？」佘遠扶額。

「沒有。我又不像你老是在注意她。」莫向海反擊。

「我哪有啊？」佘遠皺眉，藉機再數落莫向海兩句：「連基本的察言觀色都不懂，莫向海你這樣很難追女生啊。」

「所以就不要一心想叫我當男主角了，強摘的果實不甜。」莫向海站起身，準備吃晚餐。「對了，她明天放學會去書局買參考書。」

「她是在暗示你陪她去吧？」佘遠挑眉。

「不是。」莫向海並非為反駁而反駁，是真心認為對方沒這意思。「機會我給你了，要不要你自己看著辦。」

說完，他往餐桌走去。

莫向海走後，佘遠仍躺在那，睜眼注視著白熾燈光芒籠罩的天花板好一會兒。

他拿出口袋裡的手機，又看了一遍今天新收到的系統通知，眼神黯下，輕嘆了口氣。

亮起的螢幕上寫著一行字：

【系統提示】恭喜你獲得主角屬性：「陽光下耀眼的你」。

他將手機扔在一旁，手覆上額頭沉思。

◆

隔天，易巧蓓向安曉琪提到她要去買參考書的事。

「莫向海會陪妳去嗎？」安曉琪劈頭就問。

易巧蓓擺了擺手。「不會啦，他今天要幫家裡長輩慶生，要早點回去。」

「喔——知道得很清楚嘛？」安曉琪刻意用調侃的語調，眼裡閃過促狹。

「沒辦法，誰叫我平常都跟他一起走。」易巧蓓也不打算否認，這種時候表現得越自然越能證明自己的清白。

「那要我陪妳去嗎？」安曉琪問。

「妳可以嗎？」易巧蓓轉頭望向她。

「嗯，我平常也自己回家，是因為看妳都跟莫向海走，我才不打擾你們的。」安曉琪掩嘴笑道。

「妳不早說！如果可以跟妳一起走，我就不用跟莫向海走了，省得被誤會！」易巧蓓雀躍不已，彷彿看見了救贖的光芒。

「原來妳這麼不想跟他走嗎？」安曉琪有些驚訝。

易巧蓓重重嘆了口氣，明明平常都雲淡風輕的模樣，現在的表情卻說有多哀怨就有多哀怨：「妳都不知道，被誤會的感覺是多麼辛苦啊……」

其實她也不是真的很排斥莫向海，就是不想謠言再繼續傳下去，畢竟她現在還處於觀望階段，不希望這麼快就被輿論綁住。而且，她還是習慣和女孩子相處，比較自在。

這種關鍵時刻，只能加點演技給安曉琪看，讓她明白她艱難的處境。

「我知道了，那我之後都陪妳走吧。」安曉琪溫柔一笑，那笑容彷彿可融化一切，直接暖進易巧蓓心坎裡。

「曉琪，妳真好……」易巧蓓一陣感動，直接張開雙臂抱住對方。

「啊，等一下，今天是禮拜五嗎？」被抱住的安曉琪忽然想到什麼。

「對呀，怎麼了嗎？」易巧蓓鬆開手，直視她。

安曉琪立刻露出歉疚的神色。「對不起，巧蓓，我今天有小提琴課，不能陪妳去了。」

「哎呀，瞧妳這表情，我還以為是什麼大事。」易巧蓓輕輕推了她。「我自己去就好啦，不過妳有沒有推薦的參考書？」

安曉琪偏頭想了想，最後寫下一張便條紙給易巧蓓。

◆

放學時間，易巧蓓照著莫向海傳的地址順利走到書局，又拿出安曉琪給的便條紙，上面是她去年寫過的參考書清單。

怪不得這個班上的人好像都沒在補習，對待課業的態度也看不出多認真，因為大部分的人都至少讀過一年了。

易巧蓓的危機意識很足，她是高二新鮮人，若是不好好努力用功，成績一定會被那些讀過好幾年高二的人比下去。不管成績在這個世界重不重要，這是自尊問題，她對自己一向有著高標準的要求。況且回到原本的世界之後，這些書還是會用上的，她寧願趁現在先讀起來，回去以後輕鬆。

「和臨版互動式數學講義……」易巧蓓照著清單上的書名在偌大書櫃前一一搜索，好不容易在最上排書櫃看見她要的書。

她踮起腳伸手要拿，旁邊忽然出現另一隻舉得比她高的手，將她要的書取了下來。

易巧蓓轉頭一看，佘遠竟然就站在她旁邊，嚇得她倒抽一口氣。

「捨近求遠？你怎麼在這裡？」

「妳叫這名字叫得挺順口的嘛。」佘遠神情波瀾不驚，將講義遞給她。

「謝、謝謝。」易巧蓓低頭接過講義。不知為何，她的胸口湧上一股慌亂，大概是因為佘遠出現得太突然，而且她又沒跟這人單獨相處過，會尷尬是自然。

「妳在買參考書？」佘遠盯著她手中的便條問。

「嗯。你還沒回答我的問題。」易巧蓓看著他。

要說巧合也太巧，這根本是小說中才會有的「忍術・男主突然出現之術」吧。

「剛好經過，看到妳在裡面。」即使這是藉口，也被佘遠說得神色自若，看不出破綻。

易巧蓓決定不戳破他，反正用膝蓋想也知道八成是莫向海透露的。只是這兩人不知道在耍什麼花招？向來都是捨近求遠幫他們製造機會，今天怎麼又反過來了，是講求公正平等嗎？

「那你幫我找找剩下的書吧。」反正人都來了，不用白不用，易巧蓓於是將便條紙遞給他看。

「妳要買這麼多啊。」佘遠接過那張便條，看了一眼。

「我在這個世界沒有補習，只能靠這些參考書囉。」易巧蓓在一排書前蹲了下來，視線由右而左緩緩滑過。

經過深思熟慮，易巧蓓認為在這個世界的生活還是越單純越好，因此決定不安排補習。況且這只是個虛構的世界，書裡的人都沒補習，她自然也不需要。

「這麼認真？」佘遠上揚的尾音透露出質疑。

「這是原則問題。我對自己是有標準的。」易巧蓓聽出他話裡的疑惑，也不著急解釋，時候到了自然分曉。

「妳在煩惱的事，就是這個嗎？」佘遠很快又找到一本講義，邊取下來邊問。

「什麼？」易巧蓓不明所以，轉頭看向他。

佘遠側倚著書櫃，朝她問：「怕課業跟不上，所以整天無精打采的？」

易巧蓓愣了會兒，忽然失笑：「什麼呀，我才不會煩惱這種事呢，自信我還是有的。」

她將視線轉回眼前的書櫃，靜默片刻。「不過原來你看出來了啊。」

「所以，是什麼事？」佘遠只是問。

「唉，也沒什麼大不了的啦，就是有些不習慣而已。」易巧蓓抱著兩本參考書站起身。「家人是虛構的，卻又那麼真實擺在眼前，一時之間很難適應。」

佘遠安靜地望著她。

對方沒答話，易巧蓓便繼續往下說：「但看看其他人，又會覺得，我是不是太敏感了？捨近求遠你當初進來的時候，有過這種感覺嗎？」易巧蓓轉頭，對上他的眼。

當她探詢的眼神轉向自己，佘遠雙瞳略瞠，清澈的星眸隨即覆上一層迷離的霧靄，掩蓋住複雜的情緒。

「嗯，會有。」他垂眸，輕聲答覆，望著地面略顯心神不寧。

易巧蓓瞧他神色似乎有些異樣，歪著頭湊近了些，想問他怎麼了。

「你……」

「當作一場表演就好。」佘遠截斷她的問候，再抬眼，已是平靜無波，方才的失神僅僅維持了一瞬。

「啊？」易巧蓓尚未理解這句沒頭沒尾的話。

佘遠嘴角略揚，神情輕鬆，完全恢復平常的模樣。「這裡就像現實世界，所以妳還是要認真生活，但永遠記得這不是真的。回去以後，妳的家人完全不知道這一年發生的事，那才是真實的家人。所以，就把這一年當成表演，全心投入，結束以後就什麼也沒有，剩下的只是妳一個人的回憶。」

「當成表演投入嗎？」易巧蓓試著代入這種心境，就像在演一場戲，飾演她父母的也都是演員，而在戲裡，她還是必須投入，盡力扮演好她的角色，直到殺青。

用這種心態來面對，好像就沒那麼沮喪，舒坦了不少。

「其他人我不知道，至少我是這樣想的。」佘遠忽然俯身，湊近她的臉，低聲道：「我跟妳，現在也是在表演。」

易巧蓓對他的突然逼近不太能適應，身子往後仰了些。

他漾起微笑。「蠻有趣的吧？」

易巧蓓不知所措地點了點頭，那雙含著笑意的桃花眼似是能勾人，擾得她心跳紊亂，連忙垂下眼，盯著地面道：「你能不能別靠這麼近？」

佘遠一愣。「妳緊張嗎？」

易巧蓓還不知如何回答，佘遠的手突然朝自己的臉伸過來，她下意識往後退一步，而那隻手倏然往下移至她抱著的兩本參考書，將之抽走。

動作流暢猝不及防，易巧蓓愣看自己空出的手，他是故意的。

佘遠看了看那兩本參考書的封面，加上他手上原有的一本，一邊看著易巧蓓的便條紙比對。「兩本數學，一本化學，還差國文、英文、生物跟物理。妳確定要一次買完全部？」

「幹嘛突然拿走我的書……」易巧蓓小聲抱怨道。

「我發現，妳好像蠻容易緊張的欸。」佘遠依舊閱讀著便條，悠然說道。

「突然那個樣子，誰不緊張？」易巧蓓蹙眉，為自己辯解。

「是嗎？那我下次叫莫向海試試看好了。」佘遠邊說邊往國文講義走去。

提到莫向海，易巧蓓忽然想起之前答應過他要幫忙盯著捨近求遠，也許這是莫向海特意為她製造的機會，看看能不能從捨近求遠口中套出什麼。

於是她跟了上去，用試探性的口吻問：「你還是一直在幫他啊。」

「廢話，他那個傢伙，沒有我幫忙大概一個屬性都拿不到。」佘遠沒好氣地道，很快抽出國文講義，起身又往下一個書櫃走。

「為什麼不幫幫你自己呢？」易巧蓓繼續跟著他走，不知不覺，她要的講義都變成佘遠在找，她自己顧著問問題也沒發現。

佘遠動作頓了一下，轉頭看向她。

看見那副探究的眼神，預感到他可能會說什麼，易巧蓓連忙道：「你別誤會，我只是覺得你一直幫莫向海，都不為自己打算，很不尋常。」

佘遠看回面前那排書，過了一會兒才道：「有啊，我一直在為自己打算。」

易巧蓓微愣。「有嗎？」

正等著他說下去，這時他已從書櫃前站起身，抱著一疊講義朝易巧蓓走來。

「讓莫向海當完美男主角，我不就可以回去了嗎？」他神情輕鬆。

「你怎麼還在說這個……」易巧蓓本想指出他話裡的漏洞，但他突然將手中講義推至她身前。

「結帳，我走了。」將書轉交到易巧蓓手裡，佘遠便繞過她往門口走。

易巧蓓手中一沉，接下那沉甸甸的七本講義，最上面那本貼著她的便條。

「欸，捨近求遠，等一下！」易巧蓓喊道。

她話還沒問完，對方就這樣走掉有點可惜，但她也並未奢望他繼續留下，畢竟都已經把人留在這幫她找講義了，何況佘遠也不是專程陪她來的。

她拿著手中的便條將名稱一一對過，確認完後便抱著書去結帳，店裡早已沒了佘遠的人影。

提著份量十足的塑膠提袋，易巧蓓走出書店，卻見佘遠手插口袋倚在門旁邊。

「你怎麼還在？」易巧蓓詫異道。

「妳不是叫我等一下？」佘遠理所當然反問，起身離開牆面，瞥了一眼易巧蓓手中的袋子，伸手接了過去。「反正一定是想讓我拿東西吧。」

「不是啦，我才不是那種人。」易巧蓓伸手想拿回去，佘遠卻一個旋身閃避，泰然自若地拎著提袋就往前走。

「剛剛使喚我就使喚得挺自然的。」佘遠不帶情緒地調侃，看不出他此刻心情如何。

此時易巧蓓瞥見書店門口旁有一台自動販賣機，就像是為了她而特地設在那裡。眼見機不可失，她情急之下拉住佘遠的手。「其實我是想請你喝飲料！」

佘遠回過頭，看了眼被抓住的手腕，再看易巧蓓，嘴角浮起笑意，顯得有些摸不著頭緒：「喝飲料就喝啊，這麼緊張幹嘛？怕我搶劫啊？」

他另一手舉起提袋，笑問。

「怕你以為我有公主病。」易巧蓓鬆開手，來到販賣機前。「你想喝什麼？」

佘遠從容走到她旁邊。「為什麼請我？」

「我不是喝了你買的水嗎？一直打算回請，正好今天有機會。」

佘遠愣了愣，覺得好笑。「連一瓶水也要回請。」

「還有，剛剛你跟我說的話，讓我想通了不少。」易巧蓓看著他，臉上綻開一抹笑：「謝謝你啦，捨近求遠。」

佘遠定看著她半晌，揚起嘴角。「那我就不客氣了，我要最貴的。」

他指著最上排的微糖綠茶。

「那有什麼問題。」易巧蓓爽快投入零錢，按下按鈕。

兩人並肩走在街上，書局和捷運站是反方向，這裡離公車站應該比較近，於是易巧蓓問：「你是要搭公車吧，公車站在哪？」

「我今天搭捷運。」佘遠這麼回答，繼續走著。

易巧蓓忽然想起，那天莫向海一聲冷笑之後，曾說過佘遠愛搭什麼就搭什麼。

「既然你也能搭捷運，那平常幹嘛不一起搭？」易巧蓓雖然知曉是什麼原因，但還是想拿出來問，順便提醒佘遠用不著這麼費心，害她和莫向海剛開學就被謠言湊成對。

沒想到佘遠只是平靜地問：「妳希望我一起嗎？」

易巧蓓頓時愣住，原本只是個單純的放學邀約，為什麼被他一問就變得有點微妙？這下她似乎回答是也不對，不是也不對。

「……也沒有什麼希望不希望啦。」最後她回得模稜兩可，趕緊補充道：「人多一點，熱鬧嘛。」

「那要是跟妳走的人不是莫向海而是我，妳願意嗎？」佘遠又拋出一個問題，直接撇除易巧蓓人多熱鬧的藉口，單刀直入。

易巧蓓更加啞口無言，也不知道是不是錯覺，總覺得問題似乎越來越曖昧，讓她不知道該怎麼回答。要是直接回答願意，會不會被誤會啊？按照捨近求遠的個性，很可能會抓住這個點不斷取笑她。她才不想變成那樣！現在該說什麼才好？

「呃……」才剛發出一個音，就看見佘遠轉頭瞧著自己，眼神興味盎然。

他莞爾，輕笑了聲。「開玩笑的。瞧妳的表情，我都猜出妳在想什麼了。」

「啊？」

「妳都不知道妳剛才神色有多複雜，就好像世界末日要來臨了一樣。」佘遠側頭，打趣地道。「妳的莫向海不會變成我，放心吧。」

「什麼？我沒有這樣說！」易巧蓓心一驚。捨近求遠是不是誤會了什麼？她明明什麼都還沒說啊！

「沒有說，但都寫在臉上啦。」佘遠伸出食指推了她額頭。

易巧蓓愣神，心中一陣委屈。

不就是說個願意嗎！同學一場，放學一起走也沒什麼好奇怪的，她剛剛是在糾結什麼？這下誤會可大了。

「其實我……」易巧蓓想解釋，但佘遠又忽然截斷她的話。

「妳最好還是少跟我互動比較好喔。」

易巧蓓轉頭看佘遠，他神情平靜，看不出情緒。

佘遠接著往下說：「不然男主角一不小心就被我當到了。」

易巧蓓下意識嗤笑。「你哪來的自信？」

佘遠悠然勾唇。「那什麼來著，『陽光下耀眼的你』？」

易巧蓓的笑容僵在嘴角。「你拿到了？」

「嗯哼。」佘遠悶應了聲，望著前方，唇邊笑意加深了些。「原來我很耀眼啊。」

聽他說得臉不紅氣不喘，真不愧是捨近求遠，臉皮厚到被打大概也不會痛的程度，易巧蓓不禁有些羨慕這種人。

畢竟是被系統光明正大認可了，易巧蓓不知如何反駁，只是乾咳了聲。「大概系統吃錯藥吧。」

這屬性制度似乎也不太好，怎麼被說出來難為情的反而是她？簡直是把她心中所想都揭露在這兩人面前，她還有隱私嗎……

「是很帥的意思嗎？」佘遠忽然轉頭，帶著探究意味的神情朝易巧蓓的臉湊近，低聲問：「妳這樣覺得？」

感受到他溫熱的氣息在她臉龐，易巧蓓雙頰一陣熱，大概是被頭頂的太陽烤昏了……不對，都下午了。

「我、我才沒有，都說是系統判定的，不干我的事，自戀鬼！」易巧蓓盯著地面說，不忘在最後加一句罵佘遠的話，說完趕緊加快腳步往前走了些，逃離那股令人心慌的視線。

佘遠愉悅爽朗的笑聲自後方傳來。

兩人就這樣保持距離一前一後的走著，佘遠沒跟上，易巧蓓也不敢回頭。臉上的燥熱退去後，易巧蓓這才鬆了口氣，回想方才佘遠的舉動，不禁納悶他究竟是故意捉弄她，還是不經意的。

若他經常對女生如此，也難怪會迅速吸引一票粉絲。不僅有顏值，說出來的話不是擾人心亂，就是容易讓人誤會。

獨自冷靜一會兒後，易巧蓓已恢復鎮定，暗自嘆了口氣。

捨近求遠，舉止捉摸不定，有時甚至令人難以招架，對她來說是SSR等級的魔王。

不知道走了多久，易巧蓓抬頭時發現捷運站就在前方，停下腳步回頭看了一眼，佘遠果然在她後面一公尺處。

她站在原地等佘遠跟上。

「妳剛剛是不是在心裡偷罵我？」佘遠走近時便問。

易巧蓓抽了抽嘴角，扯出一個大大的微笑：「怎麼會呢？我是在想捨近求遠大人這麼受歡迎果然是有原因的，撩功一流，小女子佩服。」

「妳這麼關注我啊，我都不知道我受歡迎？」佘遠挑眉，露出抓住對方語病的促狹眼神。

易巧蓓聽了，臉色微變。連這樣都能把優勢倒向他那邊？

她正要啟口，猛然一頓，發現這是陷阱。

要是她列舉出他受歡迎的證據，就更加證實她都在關注他。

她差點就往火坑裡跳了！

這句話不反駁不行，但可以反駁的點卻又是另一個坑。捨近求遠再度說出一句讓人難以回答的話，不愧是SSR，可惡……

腦袋快速轉了幾圈，易巧蓓再度擠出一個甜美微笑。「就算全世界都關注你，我也不會是其中一個，真是抱歉。」

好不容易完美打槍，佘遠的反應竟是滿意微笑。「很好。」

很好？

「別把時間浪費在我身上。」他說完，逕自入了站口，走下樓梯。

易巧蓓跟了上去。「你什麼意思？」

「就是字面上的意思。」佘遠並未多解釋什麼。

易巧蓓越來越困惑，這個人自戀的時候超自戀，把捉弄她當樂趣，而有時候又會像這樣推開她，把她引到莫向海那裡。

他的想法為什麼這麼難懂？

易巧蓓咬著下唇思索了一番。

難道是因為，他誤會她喜歡莫向海？

「你好像誤會了什麼，我並沒有喜歡莫向海。」刷卡進閘門後，易巧蓓慎重地告知他。

「喔，是嗎？」佘遠的回覆異常平淡。

……就這樣？

易巧蓓見他一副完全不相信的反應，補充道：「我以後放學也不會再跟他走了，安曉琪會陪我走。」

「嗯，挺好的。」他的回應依舊簡短。

易巧蓓無言了一會兒，這反應是什麼意思？到底有沒有相信她說的話？她有些不耐煩。「你這是什麼反應，不相信嗎？」

「不然我應該要什麼反應？」佘遠反問。

易巧蓓想了想。「至少也要驚訝一下，然後說『原來如此，是我誤會了』之類的吧。」

兩人在月台停下腳步，等候同一方向的列車，佘遠這才淡淡說道：「有沒有喜歡，也無所謂吧。」

「蛤？」易巧蓓蛾眉顰起。她還以為是因為捨近求遠誤會了才會這樣，原來不是？

「都說了是表演啊。」佘遠平靜望著月台的擋板，玻璃反射出他們的身影。「表演不帶感情也能完成，不是嗎？」

易巧蓓心頭一凜。

「你……一直都是這麼想的嗎？」

「對啊。」佘遠對上她的眼，揚起嘴角。

「既然這樣，為什麼還非莫向海不可？」

佘遠的表情有些無奈。「不是回答過妳了嗎？一直問同樣的問題我會很困擾的。」

「你那套說法我才不接受，說莫向海是完美男主角，根本沒有根據吧？」易巧蓓總算找到機會反駁，蹙起眉頭說得振振有詞，看著佘遠的眼神含著慍色。

趁佘遠還沒回答，她順著這股氣勢接下去：「我早就覺得你很可疑了，今天你一定要給我一個交代！」

既然試探不成，那就用逼問的，正面對決！

佘遠靜靜望著她，神情波瀾不驚，沒被她氣勢嚇著，倒是在幾秒的沉默之後驀然笑了出來。「那我就再告訴妳一件事吧。」

事情發展得這麼順遂嗎？易巧蓓收起惱容，按捺著期待的情緒。

「但是有條件。這件事不能讓莫向海知道，而且妳不能再有其他問題。」佘遠道。

雖然限制她不能再問問題，讓易巧蓓覺得可能有詐，但實在太好奇佘遠要說什麼，不聽白不聽，大不了之後再想其他辦法，見機行事。

「好，成交。」她這麼說。

「比起我，莫向海才是需要回到現實世界的人。」佘遠說這話時，捷運正呼嘯而來。

易巧蓓腦袋轉了轉，邊上車邊消化方才那句話。

反過來說，佘遠不需要回到現實世界？

易巧蓓正要說話時，佘遠在她面前豎起一根食指。「妳是不是又想問為什麼了？別忘了剛剛說的，不能再有其他問題。」

易巧蓓只好悻悻然閉上嘴。為什麼連想說的話都能被他猜到？

「你說得不清不楚的，有講跟沒講一樣。」最後她還是忍不住抱怨。

佘遠微笑。「怎麼會？妳已經知道為什麼我想撮合你們兩個了。」

他收起食指，換成小指。「答應我，不要把這句話告訴莫向海。就當作是我們兩個的祕密吧。」

易巧蓓愣盯著他的小指，內心糾結不已。

一開始她是答應莫向海，要幫忙問出捨近求遠的想法……

但看佘遠認真的神情，就知道這件事對他而言也很重要，且他是真心不希望讓莫向海知道。

這種情況下，他還願意告訴自己，代表對自己相當信任。

易巧蓓緩緩伸出自己的小指，勾上他的。

佘遠揚起嘴角，笑中帶著溫柔，心滿意足地像個孩子。

仔細一看，他笑起來時雙眼微彎，眼下現出臥蠶，配上那精緻俊挺的五官，唇邊笑意迷人，確實是讓人心動的風景。

三站後，佘遠準備下車。

「你跟莫向海同一站啊？」易巧蓓問。

佘遠頓了一下，神色自若道：「對啊，我跟他住附近。」

說完將手中的講義提袋塞回易巧蓓手裡。

易巧蓓神色微詫，差點忘了這袋東西的存在。「不好意思，讓你幫我拿這麼久。」

「知道就好。」佘遠全無客氣的意思，在車門開啟時舉起手，露出燦笑：「謝謝妳的飲料啦。」

那綻放光芒的笑臉只停留了一瞬便離去，卻在易巧蓓心中徘徊駐足了良久。

易巧蓓看著他的背影好一會兒，又低頭看向手中的提袋。

SSR的魔王，最厲害的招式，大概是讓人開始在意他。

第四條　為了你

——「很奇怪對吧？我為什麼會這麼做呢……」

易巧蓓回到自己的房間，把今天買的參考書拿出來放在桌上，準備開始研究時，忽然瞥見手機螢幕亮起，似乎有新的通知。

她拿起來一看，隔了這麼久，系統終於回她訊息了。

【系　統】：嗨！妳上次提到的問題解決了嗎？

什麼時候不回，在她被捨近求遠開導完以後才回，易巧蓓直覺認為系統是故意的，或許早就知道有人會來解決她的煩惱，才刻意不回。

連她小手冊的內容都能掌握，有預知能力也不奇怪了。而且她也懷疑書裡的劇情是由系統所控制。

雖然有很多問題想問，但她還是先簡單回覆：

【易巧蓓】：解決了。

系統目前在線上，立刻回覆。

【系　統】：太好了！這一個禮拜的生活感覺如何？

總覺得這個系統很像在跟她話家常，不大像是一般系統會說的話，就好像一個陌生人來裝熟，讓易巧蓓原本就有的防備心此時更是不敢鬆懈。

【易巧蓓】：還可以。我能問幾個問題嗎？

【系　統】：請說。

【易巧蓓】：聽說待在這裡的時間不會影響到現實世界，是真的嗎？

【系　統】：沒錯，書中世界的時間是獨立的，可以想像成平行時空，在這裡所消耗的時間對現實世界完全沒有影響，請放心。

【易巧蓓】：既然這裡是書中世界，那書裡的劇情是不是你寫的？

【系　統】：是裡面的角色共同完成的唷。我的確會控制一些事件安排，但是關鍵的劇情還是交給角色自由發展。
所以跌倒很可能就是系統安排的事件，只是誰來接就不是他決定了。
【易巧蓓】：你這麼做有什麼目的嗎？
本來擔心這樣單刀直入的問法是否太過直接，有失禮儀，但經過思量，既然有能跟系統溝通的珍貴機會，還是開門見山地討論比較乾脆。
但這則訊息發出去後，系統沒有像剛才一樣秒回了。
等了約莫一分鐘，易巧蓓開始焦慮，擔心是否問錯話，或是系統又突然無預警消失。正在想著下一句話時，終於看見系統的訊息。
【系　統】：其實我今天就是想來向妳說明這個。
【系　統】：這個世界是給我的考驗，我的任務是找出完美的男女主角，達成完美結局。
【系　統】：之前我嘗試了很多次，但是都沒有成功。好不容易，我終於找到妳了。
【系　統】：我知道妳對故事和角色很有研究，有妳的幫助，這次一定可以順利找到完美的配對。
原來她穿越進來是要幫忙系統的？
過了一會兒，系統沒有再講下一句話，易巧蓓才開始打字。
【易巧蓓】：那我應該怎麼做？
【系　統】：這次我改變了遊戲規則，以妳整理出的主角條件當成屬性，收集到最多屬性的人，就是這次的男主角。我仔細看過目前的故事發展，試著發配了一些屬性，不知道妳覺得怎麼樣？

擁有支配整個世界權力的系統居然問她的意見，看來她的確被系統當作參謀。

易巧蓓回想了這一個禮拜那兩人收集到的屬性，除了第一次的普通哲學有待商榷以外，其他都挺符合的。

【易巧蓓】：大致上都很合理。

【系　統】：畢竟這些主角條件是妳制定的，我在想，也應該讓妳參與屬性分配的討論。至今發配過的屬性，妳可以在右上角的選單裡確認。

易巧蓓將視線移到畫面右上角，看見一個菱形上面畫著三條橫線，她按了下去，果然跳出一排選單，其中一行寫著「屬性一覽」。

易巧蓓按下那行字，畫面跳出兩個卷軸圖案，卷軸上分別寫著莫向海與佘遠的名字。

點了莫向海的卷軸，動畫將卷軸拉開，上面列出一排屬性名稱。

◆角色　莫向海　擁有屬性：

隨遇而安

毒舌

冰山王子

◆角色　莫向海　擁有成就：

接住女主角

不知為何，這樣條列出來讓人特別想笑……

易巧蓓忍住笑意，又點了佘遠的卷軸。

◆角色　佘遠　擁有屬性：

普通哲學

陽光下耀眼的你

撩人大師

◆角色　佘遠　擁有成就：

打勾勾約定

看來系統也會在她不知道的時候解鎖屬性和成就。這些項目看起來沒有不合理的，應該也沒有漏掉的。易巧蓓按了左上角的返回鍵，回到她與系統的對話視窗。

【易巧蓓】：我也可以分配屬性嗎？

【系　統】：發送屬性只有我才做得到，但我希望妳能協助激發他們的更多屬性。妳和他們的互動可以決定他們拿到什麼樣的屬性。

【易巧蓓】：呃，我能再問為什麼候選人只有他們兩個嗎？

【系　統】：他們兩位是我精挑細選、萬中選二，最有希望角逐男主角的兩位！如此也能免除其他閒雜人等干擾男主角的選擇。妳不滿意嗎？

見系統把那兩人捧到雲端上，易巧蓓有些傻眼。但若是要說完美男主角的候選人，他們兩個確實看起來最有希望，少了其他人的糾纏也是好事。

【易巧蓓】：不，我只是覺得他們當主角的意願似乎不高。
【系　統】：這就是妳要努力的地方啦！
【易巧蓓】：……
敢情還是她的問題？
【系　統】：這一週相處下來，有沒有比較中意的人選呢？
易巧蓓一愣。系統這樣試探她是可以的嗎？她的回答會不會左右接下來的劇情發展？
她左思右想，最後選擇一個中立的回覆：
【易巧蓓】：目前還選不出來。
【系　統】：沒關係，時間還長。但我希望妳能好好思考，要是有中意的人選就努力將他培養成男主角吧♥
系統再度使出了那第一次令她發毛的愛心。
【易巧蓓】：只要收集最多屬性就能成為完美男主角嗎？
【系　統】：不是的，得到最多屬性的人會成為男主角，而完美男主角則有另外的條件。由於世界的規定，完美的定義我還不能告訴妳。但我相信妳一定可以的，我對妳有信心！
【系　統】已下線。
丟出了像是不負責任的精神喊話之後，系統無預警下線了。
看來這系統也是一個飄忽不定的傢伙……想完成任務，卻又不能說出完美男主角的定義？既然這個世界對系統來說是個考驗，表示創造世界的另有其人囉？
不管怎樣，這似乎已經超出了易巧蓓的責任範圍，她決定不去想那麼多，專注思考系統託付給她的使命。

照這樣看來，光是培養屬性還不夠，她必須判斷出誰可能當上完美男主角，否則就只是徒勞無功。既然系統看中她的能力而找上了她，她也希望自己能夠達成完美結局，把所有人送回現實世界。

但是系統不跟她說完美主角的定義，她是該從何下手？

如果依照她個人的認知判斷，完美男主角應該是會大受觀眾歡迎、風靡全國掀起一陣熱潮的類型吧。思忖了一番，她從書包裡拿出追劇小手冊，攤開新的一頁，開始動筆。

莫向海：淡定高冷天菜。沉默寡言、毒舌傲嬌，性格冷靜沉穩，遇事處變不驚，平時撲克臉，眼神冷峻，難以親近的氣場反而成為其魅力所在。在英雄救美中冷淡高傲的反應搭配俊美外型，令不少女孩傾心。初始分數75分。

易巧蓓掃視了一下她所寫下的分析，腦中小雷達迅速偵測出他所缺乏的部分。

想要成為風靡全國的天菜男神，他必須搭配的條件就是——暖男！

這種冰山王子類型，如果只對女主角表現出暖的一面，那還不羨煞所有女性？

另一種傲嬌版本，是在女主角不知情的情況下為她做某些事，或是偷笑她的可愛，表面上再裝沒事一樣，這種反差絕對迷死一票觀眾。

她滿意地微笑點頭，在下面加了一行字。

目標屬性：暖男。

接著又換一頁，繼續寫下一個人。

佘遠（捨近求遠）：欠揍撩人發電廠。愛捉弄人，以取笑他人為樂，玩世不恭，經常刻意逼近女主角而不覺哪裡不妥。擁有一雙勾人桃花眼，行走發電廠，異性緣極佳，打球時散發耀眼光芒。似乎藏有祕密，掩飾良好，或許是隱藏版戲精。初始分數60分。

寫到初始分數時，易巧蓓猶豫了一下，最後還是打上及格分60分。

她想起穿越前正在追的那部《烽火麗人》，雖然穿越之後她沒有在上課時追劇，但還是利用週末把它補完了。該齣戲的男主角一開始也是個玩世不恭的紈褲子弟，相當不討喜，因此易巧蓓也只勉強給他打了及格分數。

然而隨著劇情發展，遭遇戰亂顛沛流離，男主角因此成長不少，縱使中途曾被反派女一號迷惑，但最終仍是看清了自己的真愛，走向有缺憾卻仍幸福的結局。

照這樣看來，這類型的男主角應該是走成長向。

但假如她的猜測沒錯，捨近求遠是個戲精的話，那他的本性或許不如表面上那樣幼稚，與其走成長向，不如先看清他究竟藏著什麼祕密。

反覆閱讀了關於捨近求遠的分析，易巧蓓認為他目前所缺乏的，就是仍被隱藏起來的那些東西。

基本上只要是發電機，觀眾緣都不會太差。而若是挖掘出的東西能給這個人的形象帶來反差，塑造強烈的衝突感，使其形象更立體的話，作為男主角就算是相當成功了。

要說不正經的相反那就是認真，而捨近求遠認真的一面，她在他說出那句「莫向海才是需要回到現實世界的人」時見識過一次。

思考至此，易巧蓓已經有了方向。

她勾了勾唇，寫下目標：

找出他的祕密。

為這兩名男主角量身打造養成配方後，易巧蓓仔細瀏覽了她過去所整理的主角必備條件，也就是被系統拿來當作屬性的那些項目，看看有哪一些屬性適合他們兩個，未來相處時也能較有策略性地應對。

柔情似海？這感覺是古裝劇男主角的，易巧蓓猛搖頭，跳過。

霸道總裁？這種冷傲又霸氣的形象，用在莫向海身上好像挺合適的，易巧蓓試想了一下霸道總裁壁咚場景套用在莫向海身上。

不知道莫向海能不能霸氣？總之先保留給他。

她在霸道總裁的旁邊畫了個箭頭，寫上「莫」。

痞子校草？看到這條馬上浮現捨近求遠的臉。校草是有，但說痞好像又不到精髓，也不是那種不良少年類型的，總覺得有些不到位。

要是改成屁孩校草就當之無愧了。

易巧蓓思考著要不要為了捨近求遠多加一條屬性，或是乾脆要求他再痞一點？痞比屁好多了，這也是為了他著想。

這個週末，易巧蓓找了一些之前想看的偶像劇和動漫來追，又為她的小手冊添增了不少有發展潛力的特質。由於是她有興趣的事，又是系統特別託付給她的任務，這幾天她特別熱衷投入，在學校時也經常盯著那本手冊，時而沉思時而傻笑，完全沉浸在自我世界裡。

就連安曉琪在一旁盯著她的小手冊良久，她也絲毫未察覺。

易巧蓓正要把「不經意的溫柔最動人」這項特質歸給莫向海時，才忽然感受到一股緊迫盯人的視線。

「蓓蓓妳……果然是女主角吧？」

易巧蓓渾身動作一僵，戰戰兢兢回頭，對上安曉琪閃著光芒的大眼。

她乾笑了幾聲：「哈哈，妳怎麼會這麼覺得？」

她忘記問系統能不能向其他人透露女主角的身分了，真是的！

安曉琪指著那本追劇小手冊。「這裡面寫的很像是跟角色有關的東西呀。我記得開學前系統有說，這次的女主角精通角色分析，是書中世界的希望呢。」

易巧蓓恍然大悟。差點忘了有這回事，這麼說來這本追劇小手冊就如同女主角的身分證，是她大意了。

看來已經瞞不住，易巧蓓陪著笑臉道：「抱歉，我不是故意不告訴妳的……」

沒想到安曉琪不以為意。「幹嘛道歉？這種事本來就越少人知道越好，我也會幫妳保密的。」

看著安曉琪真誠的微笑，易巧蓓也稍稍鬆懈了心防，真心認為她是個善解人意的好女孩。

安曉琪續道：「佘遠和莫向海是妳的男主角人選嗎？」

易巧蓓原本有些詫異，隨後想起自己在屬性旁邊附加了兩人的姓氏，不被看出也難。

她掃視了教室一圈，最後拿起小手冊，拉著安曉琪走出教室，來到走廊的一處角落。

確認在這裡講話不會有被偷聽的疑慮後，易巧蓓將她遇見那兩人的過程、屬性的收集機制，以及追劇小手冊的內容都大致講述了一遍。至於系統向她傳訊息這事牽涉到系統的隱私，她便沒多透露。

安曉琪從頭到尾都眼神發亮、饒有興致地聆聽。

「所以，我已經大致整理好他們的男主角類型，接下來就是朝這個方向培養他們的屬性了。」說到最後，易巧蓓總結了她當前的目標。

「太酷了，蓓蓓，可以借我看那本手冊嗎？」安曉琪睜著小狗狗般的大眼，向易巧蓓傳遞哀求的電波。

「好啊。」反正不是男主角本人，易巧蓓便很放心地讓安曉琪閱讀。

「哇，從八零年代的戲劇到今年的新戲都有，蓓蓓的涉獵範圍真廣！」安曉琪從第一頁開始翻，看得不亦樂乎。

見別人看自己的研究成果看得如此開心，易巧蓓也頗有成就感。

安曉琪已經翻到主角必備條件，看著上面的條目看得津津有味，不時點頭讚嘆。

「不愧是蓓蓓，這些的確是男主角的魅力呢……」她的視線來到霸道總裁那一行，旁邊有個箭頭指向「莫」。「嗯？霸道總裁？」

「啊哈哈，那是暫時設定的，不一定會用上啦。」易巧蓓有些不好意思地解釋。

「是像這樣嗎？」安曉琪忽然一個欺身逼近，一手壓上易巧蓓旁邊的牆。

易巧蓓近距離看著安曉琪的臉，愣了半晌，後知後覺反應過來，她被安曉琪壁咚了。

被一個女孩子壁咚，這種體驗還是頭一遭，事實上也是她人生第一次被壁咚，易巧蓓沒有心動也有感動，神色立即轉為喜悅，抓住安曉琪的肩膀。「沒錯，就是這樣！曉琪妳真懂我！」

「欸嘿嘿，我也蠻常看劇的，多少知道一些。」安曉琪漾起笑臉。

易巧蓓靈機一動，對她說道：「從此以後，妳就是女主角陣營的一員了！恰好這次任務艱巨，我正希望有個助手可以幫我。」她看著安曉琪的雙眼，神情莊嚴，語調充滿幹勁。

安曉琪毫不猶豫點頭，一臉慷慨赴義。「好的，什麼任務呢？」

「你們在幹嘛？」易巧蓓還來不及回答，忽然有道男性嗓音傳進她們耳裡。這是捨近求遠的聲音。

易巧蓓往安曉琪身後看去，果然見佘遠站在那裡，一臉有趣地望著她們，手上還拿著一疊文件；他身旁的莫向海則和平常一樣手插口袋，面無表情。

安曉琪也同時回頭，發現莫向海時，又一臉興奮地望著易巧蓓。

「我們沒幹嘛呀。」易巧蓓神色自若地回應。我軍在討論戰術，敵方怎麼能來竊聽情報？

「剛剛妳是被壁咚了嗎？」佘遠挑眉，又問。彷彿是為了看熱鬧而來。

安曉琪不斷對易巧蓓使眼色，易巧蓓不確定她想做什麼，卻忽然有不好的預感。

「你管那麼多幹嘛？」易巧蓓不客氣地回應。佘遠回她一個鬼臉。

果不其然，安曉琪看向莫向海，綻開天然可愛的笑臉。「那個，莫同學，你能做一次我剛剛的動作嗎？」

易巧蓓心中一驚。這麼直接！

莫向海微微挑眉。「我？」

「嗯，因為覺得你很適合這個動作。」安曉琪微笑，還說出了業務員的推銷台詞。

佘遠在一旁大笑。

「抱歉，我拒絕。」莫向海拒絕完，皺眉瞪向佘遠。「你笑屁啊？」

「我也覺得你很適合欸，做一下嘛。」佘遠掛著欠揍笑容，火上加油道。

「不要，你來做啊。」莫向海挑釁。

「可以啊。」佘遠根本沒在怕，笑得自信。

莫向海知道再說下去，自家友人真的會照做，無疑是再給自己打臉，便不再說什麼，目光忽然瞥見安曉琪手上那本筆記本。

「那本是……」

「是我的追劇小手冊啦。」易巧蓓眼明手快，邊說邊從安曉琪手中拿回來，以免內容洩露給這兩人知道。

莫向海想起他們初次見面時，易巧蓓手裡就拿著它。當時還沒什麼感覺，現在看卻突然有種隱隱約約的熟悉感。

他上前一步，站在易巧蓓面前直勾勾盯著那本紫色霧面筆記。

「怎麼了嗎？」易巧蓓覺得奇怪，將筆記本往自己懷裡縮了些。

「這本筆記本，總覺得有點眼熟。」莫向海道。

安曉琪聞言，也湊上前仔細瞧了瞧。「你這麼一說我也有印象……啊，是穿越的時候嗎？」

莫向海恍然大悟，神色了然。「當時書桌上的確多了一本這樣的筆記。」

「我是在逛文具店的時候看到的。」安曉琪接著說。

易巧蓓輪流看看他們倆，有些驚訝。「原來你們也都是因為筆記本穿越的？」

「妳也是嗎？」安曉琪問。

「嗯，就是在搭公車的時候，發現一本和追劇小手冊一模一樣的筆記，但是裡面是空白的。」得知了大家穿越的媒介一樣，頓時有種找到同類的慰藉。「話說回來，曉琪妳是什麼時候穿越的？」

「二〇二〇年八月，妳呢？」

「我是五月，還在讀高一下學期。」

接收到安曉琪的視線，莫向海回答：「前一年暑假，升高一。」

「這麼說來我們都同年囉，我當時也準備升高二，一開始還以為大家都是要升高二前的暑假才進來的，原來每個人的穿越時間都不一樣。」

確實，佘遠和莫向海是在二〇一九年七月穿越，當時他們升高一，也就是說大家都是同屆，只是分別在不同時間點穿越進來。

而系統也說過，這裡的時間不受外界影響，因此雖然安曉琪穿越的時間點較晚，卻是比她早一年進入書中。

莫向海回頭。「佘遠，你也看過這本筆記嗎？」

在後方遲遲未加入話題的佘遠被點到名，只好上前幾步，瞧著那本筆記本愣了片刻。「……喔，有啊。」

「你在哪裡看到的呀？」易巧蓓好奇一問。

他想了一下。「在……樓梯間。」

「樓梯間？你爬樓梯穿越的啊。」易巧蓓覺得這方式比她的搭公車還要奇葩許多。

「不行嗎？」他挑眉。

「能借我看一下它的封面嗎？」莫向海朝易巧蓓伸手，禮貌詢問。

帥哥都紳士般地詢問了，易巧蓓哪好意思拒絕：「喔，但是你不能翻開喔。」說完將筆記本遞了過去。

就在莫向海準備接過的那一剎那，佘遠抓起易巧蓓的手腕，將她的手往後高舉，靠在牆上。莫向海的手也下意識跟了過去，重心往前傾，手便很自然地貼在牆壁上。

安曉琪看見這一幕，先是一陣驚喜，連忙拿起手機拍照。

易巧蓓和莫向海皆是一愣，接著莫向海很快轉頭看向始作俑者，對方正笑得樂不可支。

「喔！真的挺適合的呢！」佘遠邊笑邊讚嘆。

莫向海瞇起眼打量著佘遠燦爛的笑臉，額角冒青筋，眼神越發冷冽。「我看你是很久沒被我打了？」

莫向海舉起原本撐在牆上的手，作勢要朝佘遠打，後者連忙退遠一點，仍是一邊嘻笑道：「那當然，你怎麼捨得打我？」

莫向海冷哼一聲：「現在捨得了。」

「哇，莫向海生氣了，好可怕！」

佘遠見莫向海來勢洶洶朝自己逼近，立刻逃跑，莫向海緊追在後，從旁觀者的角度就是兩個幼稚小鬼在打鬧，互相追逐，盡情大笑。

易巧蓓凝睇著這副光景，看見他們兩個臉上孩子般的笑容，不禁莞爾。

這樣的時光，也挺好。

◆

「怎麼樣，莫向海有沒有拿到霸道總裁呀？」安曉琪每隔一段時間就問易巧蓓一次，易巧蓓都懶得再拿手機查看了。

「沒有吧，他剛剛是不小心的，又不是主動的，這樣不算啦。」如果由易巧蓓自己來頒發屬性，她也不會因為剛才那件事就輕易送出霸道總裁的頭銜。

霸總哪是那麼容易當的？

「真可惜，我覺得他壁咚起來蠻有感覺的。」安曉琪滑開她手機裡的照片欣賞起來。

「拜託妳快把照片刪了，很丟臉耶。」易巧蓓無奈道。

「哪會？被男神壁咚，多幸福呀。」安曉琪一手捧著臉，沉浸在照片散發出的粉紅泡泡中。「要傳照片給妳嗎？」

「不用，別再問了！」那兩人打打鬧鬧跑走以後，安曉琪立刻就向易巧蓓展示她拍的照片，問要不要傳照片也問了好幾遍，總覺得她比當事人還開心。

「對了，妳剛剛說有任務要完成，是什麼？」安曉琪一邊看照片一邊問。

和安曉琪坦白一切後，瞬間多了一個人可以討論事情，感覺身上重擔減輕了許多，令易巧蓓甚感欣慰。

易巧蓓翻開對佘遠和莫向海的分析，向安曉琪解釋她的想法，認為目前針對兩個人都有各自的目標必須完成，好作為篩選完美男主角的依據。

安曉琪聽完以後，沉思片刻，從抽屜裡拿出一張紙。「從這個開始著手如何？」

那張紙便是佘遠今天早上拿回來的文件，是今年「校園試膽大會」的簡章與報名表。

在第一次段考結束後，會迎來一系列的校慶活動，包括運動會、園遊會等，而這間學校的特色，就是多了一個校園試膽大會的活動，據說是與某間密室逃脫公司長期合作，藉著試膽大會促進學生情誼，也能達到宣傳效果。

藉著班導的課，佘遠將簡章發了下去，何老師便和班上同學大致說明了這項活動。

「這果然還是小說裡才會有的事……有哪間高中會辦這種嚇人的活動給學生啊？」當時何老師講解

完，忍不住吐槽。

報名方式是一男一女組隊，人數限制一百組，最快破完所有關卡的前十名可獲得獎勵。

「試膽大會？但是……我膽子不大耶。」易巧蓓有些猶豫。她雖然不到非常膽小，但也不是平時會去玩鬼屋的類型。

「這樣才好呀，這種活動不都是男生要保護女生的嗎？」安曉琪道。「一男一女的話，一定會有很多獨處機會，可以大幅增進感情。妳說的暖男或是祕密，說不定都可以在這個活動裡發掘出來。」

易巧蓓聽了，也覺得很有道理。

「但是這只能和一個人參加，妳比較想跟誰？」

「這個嘛……」易巧蓓尋思，若是試膽大會的話，激發暖男屬性好像比較容易一點。但是，她其實是對祕密較為好奇。

「妳們在討論這個啊？」佘遠和莫向海看見安曉琪手上拿的簡章，湊了過來，坐在兩人前方的空位。

自從兩人知道易巧蓓已把女主角之事告訴安曉琪後，和她說話也沒了顧忌，偶爾會像這樣四人聚在一起聊天。

「要不要和莫向海組隊？」佘遠看著易巧蓓，開門見山。

易巧蓓知道捨近求遠的目的，對他說的話見怪不怪。

「你不參加嗎？」安曉琪問。

「不了。和莫向海去吧，他最喜歡這種活動了。」佘遠邊說邊拍了莫向海的後背。

莫向海睨了他一眼。「最好是。」

安曉琪不知所措地看了易巧蓓一眼，易巧蓓也與她對視。

從安曉琪的眼神判斷，大概是沒料到會有這種發展，擔心易巧蓓會不會想與佘遠組隊。但易巧蓓自覺了解佘遠的用意，既然他都這麼說了，她也樂意跟莫向海組隊，先幫他把暖男屬性拿到也好。

正準備開口答應的時候，一位女學生忽然來到莫向海旁邊，彷彿算好時機似的。

「莫向海，可以請你出來一下嗎？我有事要跟你說。」

易巧蓓瞧了她一眼，班上同學的名字她開學前兩天就記完了，這位是白熙妍。她留著長長的黑色波浪捲髮，皮膚白皙，氣質出眾。五官雖稱不上漂亮，還差她一點，但秋波流轉，看上去楚楚動人，說話也是溫柔婉轉。

莫向海向在座三人投以求助的眼神，最後不得已還是站起身，隨那女孩走了出去。

「不會是要告白吧。」佘遠抱著看好戲的心態，隨口說了一句。

安曉琪立刻亮起八卦眼神，巴不得現在就衝出去聽他們在講什麼。

就算不是告白，易巧蓓光看那副眼神，也知道白熙妍對莫向海絕對有著特殊情感。

過了幾分鐘，莫向海安然無恙地回來，但見三人眼巴巴地望著他。

在三雙閃著期盼光芒的眼睛注視之下，莫向海艱難地開口：「……有人找我組隊了。」

「剛剛那女的？」佘遠瞠目，不可置信。「你竟然同意了？」

「我還沒找好人，不同意怎麼辦？」莫向海看起來有些無奈。

佘遠以懷疑的目光打量著他，搖了搖頭。「這不像我認識的莫向海。」

就在莫向海窮於辭令之際，安曉琪拯救了他：「這樣的話，巧蓓就只剩下……」

一時之間，三個人的目光又匯聚在佘遠身上。

佘遠比了自己。「我？」

「你可以吧？」彷彿是對易巧蓓懷有愧疚，莫向海此時竟也把希望放在佘遠身上。

佘遠立刻否決。「不行啦，你又不是不知道我……」他頓了一下，才繼續往下說：「我不能參加這種活動啦！」

聽他說不能，易巧蓓心生疑惑：「捨近求遠你怕鬼啊？」

佘遠看向她，毫不猶豫說：「我每天都看見妳，怎麼可能怕鬼？」

易巧蓓瞬間聽懂，火速朝佘遠胸口一記重擊。

佘遠摀著胸口，故作痛苦的模樣。「噢，要內傷了……」

「小心一點應該沒問題吧？」莫向海再度出言勸說。

佘遠仍維持著那副猙獰的面容，轉頭對莫向海道：「莫向海，連你都狠心這樣對我？」

易巧蓓不知他們在演哪齣，只是緩頰道：「哎呀好了，不想跟我組隊就算了，反正我也不是很想參加。」

「不是，妳誤會了，我……」佘遠出聲想解釋，卻被易巧蓓打斷。

「好了，不用再說了。正好不用跟莫向海綁在一起，也不會再傳謠言了吧。」

起先聽到莫向海說有人找他組隊，易巧蓓心中確實有些不快，難得她就要答應了，臨門一腳居然有人跑來攪局。

但轉念一想，這也未嘗不是好事。

只是這話一說出口，莫向海的臉色有些微妙，嘴唇翕動，似乎想解釋什麼又不知從何啟口，看來他真的為了自己答應別人而感到有些愧疚。

其他人也都沉默不語，易巧蓓忽覺氣氛有些尷尬，便以要去洗手間的藉口暫時離開現場。

仔細想想，輕易答應別人確實不像莫向海的個性，畢竟他連捨近求遠的要求都能拒絕了，也不知道白熙妍究竟對他說了什麼，難道莫向海本來就對她有好感？如果是這樣，應當不會對他們投以求助眼神才對。

不管怎樣，她決定找機會再去和莫向海談談，叫他別把這事放在心上。

試膽大會這種活動，雖然聽起來很像關鍵劇情，但女主角缺席一個活動應該不會怎樣吧！在這之後還有校慶園遊會等諸多活動等著她，只要她好好發揮，故事還是會很精彩的。

易巧蓓從廁所出來，在洗手台前洗完手，抬頭看著鏡中的自己，順了一下她那燙得微彎、披在肩前的頭髮。

她的髮色天生偏淺，看起來像深棕色，也曾經有人誤會她染過頭髮。

整理好儀容，她往教室走，迎面而來兩個女生有說有笑，沒注意到她，擦身時不小心撞上了。

易巧蓓禮貌地說了聲抱歉，卻聽後方一人大聲說道：「妳這人怎麼回事，走路不看路啊？」

易巧蓓頓步回頭，這才發現剛才撞到的人正是白熙妍，而朝她大喊的是白熙妍身邊個子嬌小、膚色較黑、綁著馬尾的女孩，她沒見過，應該不是他們班的。

此時白熙妍柔柔說了句：「沒關係，明君，不用跟她計較。」

易巧蓓的理智線正在燃燒。她都道歉了，什麼叫不用跟她計較？而且明明是這兩人沒看見她才撞上來的！

她忍著心中不快，維持著禮貌冷冷道：「我剛剛道歉了，看來是說得太小聲，對不起。」

易巧蓓說完轉身想走，但陸明君沒有要放過她的意思，忽然睜大眼說道：「啊，妳就是那個一直纏著莫向海不放的傢伙！」

不知道這女的怎麼會認出她，易巧蓓只好又回頭，給陸明君一記瞪視：「請妳說話放尊重一點。」仔細看她校服上繡的學號，原來是一年級的。

陸明君不甘示弱，眼睛瞪得老大，一副得理不饒人的模樣：「我有說錯嗎？放學都跟著莫向海回家，現在是不是又想找他參加試膽大會了？還好白白動作快，不然又要讓妳這纏人精得逞了。」

易巧蓓聽陸明君對她的謾罵，不禁感到可笑：「就算我真的想找他，又關妳什麼事？他是妳的誰嗎？」

陸明君聽了更是抬高下巴，一臉得意。「我表哥。」

易巧蓓一愣。什麼？表哥？

陸明君擺著那副跩樣繼續往下說：「我告訴妳，莫向海將來是要和白白在一起的，妳這個狐狸精識相點就離他遠一點，不要什麼事都跟他黏在一塊。」

「好了明君，別再說了。」白熙妍拽著陸明君的手勸阻道。

「幹嘛？正好被我遇到，就是要給她下馬威啊！讓她以後不要再來破壞你們。」陸明君不以為然，理直氣壯道。

身為有修養的人，碰到這種口出惡言的人，易巧蓓不會輕易動怒，只是正在考慮要不要針對她的人身攻擊進行反擊。話還沒說出口，肩後突然被人拍了一下。

「妳在這裡啊？」易巧蓓回過頭，看見捨近求遠站在她正後方。

佘遠掛著微笑，不等易巧蓓回答繼續說道：「試膽大會的事，妳考慮得怎麼樣？要跟我組隊嗎？」

「啊？」易巧蓓皺起眉頭，頭上冒出個大問號，完全不懂這人在說什麼。

「雖然拒絕了莫向海，但我應該還有機會吧？」佘遠邊說邊瞟了陸明君一眼，這眼神讓易巧蓓立刻明白他在幹嘛。

陸明君果然瞪大眼睛，蹙起眉不可置信。「拒絕莫向海？怎麼可能，莫向海才不會主動找她。」

宗遠將視線移向易巧蓓身後的兩人，像是這時才發現她們的存在似的，故作驚訝道：「妳在跟狐狸聊天啊？」

有點腦子的人都聽得出來，他是用陸明君方才罵人的話來回敬她們，只是刻意不說得那麼難聽。

白熙妍臉色有些難看，陸明君更是氣得朝他大喊：「你說誰是狐狸？」

無視那兩人的反應，宗遠抓起易巧蓓的手腕。「這裡太吵了，換個地方說吧。」

說完直接拉著易巧蓓離開，留下那兩人愣站在廁所門口。

陸明君在一旁氣急敗壞地跺腳，杏眼圓睜怒瞪著兩人離去的背影。

從頭到尾沒說幾句話的白熙妍，此時正盯著易巧蓓的背影，微瞇起眼。

◆

上課鐘聲已打，但宗遠並未回教室，拉著易巧蓓直直走到走廊的另一端，這才鬆開了手。

他走得很快，讓易巧蓓中途不好意思開口，直到停下腳步才說：「謝謝你替我解圍，但我們不回教室嗎？已經上課了。」

「因為我有話跟妳說。」宗遠轉身面向她。「反正下一節數學課，沒差。」

之所以這麼說，是因為數學老師並不介意學生晚進教室。但易巧蓓頗為介意錯過重要學科的課，因此還是有些急迫。「要說什麼，不能等一下說嗎？」

「妳很難搞欸。」佘遠從容微笑。「安曉琪都跟我們說了，妳想培養完美男主角，所以要藉這個活動發掘屬性對吧？」

「對，是這樣沒錯。」易巧蓓點頭。

「那我剛剛的問題，妳考慮好了嗎？」

易巧蓓想了一下他剛才說過什麼。「你不是為了幫我解圍才故意說的嗎？還說成是我拒絕莫向海……」現在想想，莫向海也挺無辜的，莫名其妙就變成被拒絕的那方。

「的確。但我要是不想，就不會那麼說。」佘遠走向走廊邊的欄杆，午後斜陽傾瀉在淡綠色石磚拼貼的花台，宛如覆上一層亮粉。他傾身向前一靠，微光便映照在他臉上，在他的五官上形成幾道精巧的陰影。「我並不是不想參加，只是因為某些原因有所顧忌。」

易巧蓓看著他，沒有接話。

「但我想，女主角不能參加也太可憐了。而且要是妳真的沒參加，不就更證明妳只和莫向海有接觸嗎？」語畢，他轉頭瞧向她，陽光成為襯在他身後的一抹耀眼。「要是妳不介意被嚇到的話，我可以和妳組隊。」

「說得好像很嚴重一樣……我沒參加沒關係，不必理會那些人啦。」她知道佘遠是為她著想，或許擔心她再被閒言閒語中傷才如此提議，但她也不願勉強別人。

但佘遠只是挑眉。「如何？我可是在邀請妳喔？」

為什麼被他說得好像是他施恩惠給她？

只是如果捨近求遠真的要和她組隊，對她而言只有好處沒有壞處，畢竟她的任務就是要趕快培養出完美男主角。不過他不是說不要和他有太多接觸嗎？現在主動提議組隊，難道真的只是因為要替她杜絕閒話？

這個人……某些時候也挺出爾反爾的。

不過易巧蓓決定不在這種事上鑽牛角尖，思量完利弊之後，她自然是答應了：「如果不會發生什麼嚴重的事，那就可以吧。」

「應該是不至於。」佘遠視線移向一旁，神情認真的思考著。

看那副煞有介事的模樣，易巧蓓開始懷疑自己是否不該輕易同意。正想問問他究竟是有什麼顧慮，他卻又綻開一張笑臉：「那就這麼說定囉，回教室吧。」

他讓易巧蓓先走，免得同時進教室引人誤會。

「幹嘛偏挑上數學課的時候說，數學可是主科耶……」易巧蓓喃喃抱怨。

「大不了我教妳啊。」佘遠在後頭從容回應。

易巧蓓起初不以為意，一向都是她在教別人，還沒輪到別人教她過。

很久以後，她才明白捨近求遠當時為何能如此自信地說出這話。

之後易巧蓓試圖問佘遠不想參加的原因，他總是回答沒什麼。

放學前，身為副班長的易巧蓓要去學務處歸還點名板，恰巧試膽大會的報名也是在學務處登記，她就順便報名了。

拿起原子筆，在登記版上寫下她和捨近求遠的名字時，她視線往上掃，想看看有誰報名了。

大部分的人名她都不認識，因而一眼就鎖定了莫向海這三個熟悉的字，旁邊的名字自然是白熙妍，看這字跡，應該是白熙妍來登記的。

易巧蓓盯著白熙妍這個名字，腦中的小雷達忽然偵測到了什麼。

依據她敏銳的追劇直覺，這個人很可能是——

反派女一號。

◆

易巧蓓放學果真改為和安曉琪一起走，佘遠和莫向海便久違地一起回家。

路程上，佘遠將他出教室找易巧蓓之後發生的事情和莫向海全說了一遍。

莫向海聽完，神情沒多訝異，只是皺眉：「陸明君這傢伙還是死性不改。」

佘遠瞧他。「她真的是你表妹啊？」

莫向海點頭。「奶奶七十大壽那天，我在宴會上見到她，才知道她也是今年剛穿越進來，正在讀這裡的高一。」

「是因為換你當男主角，所以要把跟你有關的人也拉進來？」佘遠推測道。

「天知道。」莫向海嘆口氣，露出厭煩的神情。

「那今天找你組隊那女的又是怎麼回事？她也跟你表妹在一起。」

「白熙妍是陸明君的鄰居，她跟我和明君從小就認識，讀同一個幼稚園和國小。」莫向海簡單解釋。

「還真的把你周圍的人都拉進來了。」佘遠盯著地面，若有所思，「你為什麼會答應她？」

佘遠最了解莫向海的性子，有興趣的都不一定會說要了，更遑論是沒有興趣的。他看得出莫向海對白熙妍無意，會這麼輕易答應肯定另有隱情。

莫向海也沒打算瞞他，開始回顧下午的那段對話。

當時他跟著白熙妍走出教室，看著她披在身後烏黑亮麗的捲髮，一陣不好的預感襲上心頭。每次她跟他說話，總是沒什麼好事。

到走廊上，白熙妍轉過身，雙手交握擺在身前，顯得拘謹。「你可以跟我一起參加試膽大會嗎？」

莫向海沒料到會是他們正在討論的這事。「我？」

「我想來想去，你是最適合的人選。」她露出靦腆的微笑，白皙的臉上透著微微紅暈。

「抱歉，我不能跟妳參加。」興許是太習慣拒絕別人，莫向海想都沒想，下意識就說出這句話。

白熙妍眨了眨眼，平靜看他，神色不慌不忙，彷彿他的反應早在預料之內。「這麼說來，你是完全不打算參加囉？」

莫向海驀然一愣，剛才佘遠才想撮合他跟易巧蓓一組，還沒聽見易巧蓓的答覆。要是她同意了，他原本是打算和她一組的。

白熙妍瞧出了他的遲疑。「不是嗎？如果你拒絕我，又答應和別人組隊，我就會認為你對她有特別的感情。」

莫向海神情不動，對她的話感到無奈不已，心中更開始戒備。

她稍稍往前傾，在他耳邊悄聲道：「進而懷疑她是女主角。」

莫向海臉色微變。

白熙妍拉回原先的距離，像在談天一般神情愜意。「這樣的話，那位女主角會發生什麼事，我可不敢保證喔。」

莫向海輕擰起眉，眼神冷然望著她。白熙妍果然使出了她慣用的威脅手段，過去她想得到什麼，會先用那雙無辜大眼撒嬌要求，多數時候都會成功，而要是沒辦法，下一步就是拿弱點來威脅對方。

小時候她跟他撒嬌要糖果、要他陪自己玩，他都同意了。但當他看見白熙妍威脅班上同學要拿他做過的壞事去告狀時，他就打從心底不喜歡這個女孩。

同樣是大企業的千金，白熙妍從小就目標明確，視莫向海為自己唯一的結婚對象。她越是靠近，他就越想逃離，不自覺開始用冷淡的態度拒絕她。久而久之，這種態度成為習慣，造就他高冷的性格，幾乎對所有人都如此，尤其不擅長與女生相處，給人留下難以親近的印象。

一直到現在，白熙妍的性格仍是如此，而他依舊只想躲著她。

去年他就發現白熙妍也在這個世界裡，只是當時他們不同班，兩個人沒有半點交集，他以為白熙妍已經放棄了和他在一起的念頭。

但現在看來，並不是如此。

前一年她只是在觀望、在籌劃。現在才是她採取行動的時候。

莫向海長吁一口氣，抬眼看向白熙妍彷彿計算過角度的微笑，萬般不情願地道：「好，我答應跟妳一組。」

敘述完事情的始末，兩人已出了捷運站。

佘遠沉默了一會兒，只道：「你沒跟我說過這些。」

「國中她跟我們不同校，幾乎沒見面，說這做什麼？」莫向海反問。

「辛苦你了，看來她會是個麻煩。」佘遠並未多做評論，僅是望向前方，悠然說道。

莫向海瞥他。「你不會在想什麼邪惡計畫吧？」

佘遠聽了失笑。「什麼鬼，太中二了吧。我沒那麼無聊，見機行事囉。」隨後話鋒一轉：「倒是你，居然是因為易巧蓓才答應的啊。」

「沒這回事。只是怕白熙妍做出什麼過分的事。」莫向海馬上反駁。

「她這麼厲害嗎？那可以期待一下了。」佘遠神情輕鬆。

莫向海無言了一陣。

「有時真不知道你是怎麼想的。」此話一語雙關，既指剛才那句將對方當兒戲的話，也指他參加試膽大會這事。「我勸你半天你都不願意，結果突然又改變心意要參加了？」

「很奇怪對吧？」佘遠轉頭看向他，嘴角淡揚，眼裡是一抹自己也摸不透的情緒。

莫向海回望，試圖從那雙眼裡讀出什麼。

佘遠又看回前方，橙彩暈染天際，夕色晚霞宛如用油漆刷層層刷上，綿密的雲彩似要遮掩這齣豔麗，卻連帶著霞輝撞進他的眼眸，倒映出斑斕光影。

「我為什麼會這麼做呢……」他望著天空，喃喃自語道。

莫向海凝睇他的側臉片刻，又隨他一同看向夕色，垂眸，似乎懂了什麼。

他和他一樣，都是為了同一個人。

半晌，莫向海開口：「你確定你沒問題嗎？」

佘遠轉頭看他，笑得無奈。「不是你一直推我的嗎？放心，沒事啦。我自己會注意。」

莫向海輕點了點頭，沒再接話。

那日入夜，兩人的手機同時接到通知。

【系統提示】恭喜你獲得主角屬性：「為了你」。

第五條　他的脆弱

——宛若退去一切掩飾的面容，在月色下顯得有些清冷，彷彿此刻的他，才是她從未看清過的，真正的他。

「為了你？」易巧蓓頂著剛洗完濕漉漉的頭髮，頭上披了一條毛巾，走到床邊坐下，打開手機，想看看屬性一覽表有沒有新增條目，就看到兩個人都獲得了同一個新屬性。

這「為了你」顧名思義就是男主角為了女主角，或是女主角為了男主角做了某件驚天動地、重大突破、抑或動人心弦的事，足以撼動觀眾的心扉，讓人不禁有「現實中也能遇到這種人就好了」的幻想，自然能夠掀起一股傾慕該角色的熱潮。

易巧蓓一邊拿毛巾搓揉著頭髮，一邊思考這屬性的來由。

捨近求遠今天幫她解圍，為了不讓她被謠言所困而自願和她組隊，這或許可以算是理由；但是莫向海獲得的原因她就想不透了，她實在想不出莫向海為了她做過什麼事。

難不成是瞞著她偷偷做的？這樣的話，是不是達成傲嬌版本暖男了？

她連忙點開系統聊天室，想要問問系統莫向海究竟做了什麼事，說不定還可以幫他爭取多一個屬性。

但點開後，看見最後那行：【系統】已下線，她又猶豫了。

照系統這種來匆匆去匆匆的態度，說不定問他話又要被無視好一陣子，就算回答了，他也不一定會據實以報，還是等他主動來找自己再說吧。

畢竟系統才是這個書中世界的主宰，他發配屬性一定也有他的考慮，憑他沒有輕易發送霸道總裁這一點，易巧蓓認為他還是可以信任，這種情況下需要給他一點尊重及自由空間。

易巧蓓放下手機，改拿起吹風機開始吹頭髮。現在不是跟系統閒聊的時候，吹完頭髮，她還得寫完單元1—2的數學講義，應付明天的小考。

二年級的課業目前為止都還算應付得來，雖然她一年級下學期的課還沒上完，但補習班都會超前進度，數理科大致上已經學完了，銜接起來也沒什麼問題。

然而沒有上補習班對她來說仍是個新挑戰，過去都讓補習班督促學習進度，現在完全得靠自己，也沒有觀念整理、速記法、作業與小考題目這些幫助學習的工具，她只能上課認真聽講，回家再寫講義的題目當做複習。

也因此，上課追劇這種輝煌的光景在這個世界便不復存在了。

這一個月，易巧蓓過著乖學生的生活，專心上課、處理班級事務、和安曉琪與兩位男性度過休閒時光。放學也不知何時變成四個人一塊走，偶爾還會進行校園劇裡最常出現的放學活動——吃冰。

任何學校附近都一定會開冰店，不論四季，清涼的冷氣搭配一碗碗盛滿的白色刨冰，淋上各式佐料，清甜可口，永遠是學生下課後的朝聖地。

「我們這樣一起吃冰，那位白同學會不會介意呀？」安曉琪挖了一口紅豆牛奶冰放進嘴裡，忽然問。

聽見這話的莫向海馬上被他的芒果牛奶冰嗆到。

「哇，還好吧？」安曉琪沒料到他會有那麼大的反應。一旁的佘遠拍了拍他的背。

好不容易緩和下來，莫向海表情尷尬地說：「我和她沒什麼交集。」

「誒？你們不是青梅竹馬嗎？」安曉琪訝異道。

莫向海曾大略說過白熙妍與他的關係，和表妹是鄰居，幼稚園、小學又同班，從小玩在一塊兒，安曉琪自然會聯想到青梅竹馬。

「不是。」莫向海回答得斬釘截鐵。「我不喜歡她。」

如此不留情面的宣言令在場三人頓時抬起頭，一致望向莫向海。

沒人規定青梅竹馬要有男女之情，因此莫向海口中的不喜歡很可能是指連朋友都當不成，搭配上他那副毫無笑意的面容，易巧蓓更為篤定了。

既然這樣，為什麼答應她？易巧蓓在心裡想，暫時不打算問出口，只是埋頭繼續吃著她的古早味黑糖冰。

在現實世界，她的高中附近就有一家擁有百年歷史的黑糖冰老店，靠著絡繹不絕的學生客群名聞遐邇，如今已變成觀光客都會來朝聖的冰店，她以前經常和朋友光顧，吃得最習慣的還是這傳統口味的黑糖冰。

這間冰店的黑糖冰也挺有名，但易巧蓓認為還差她學校附近的一點。

「是這樣啊……」安曉琪若有所思了一會兒，易巧蓓一度期待著她是否要替自己問出心中的疑問，想不到她問了另一個問題：「那向海有喜歡的人嗎？」

直接把朋友的喜歡轉換為昇華版本的喜歡，安曉琪不愧是八卦達人，問話比一般人還犀利。

莫向海神情微愣，原先看向安曉琪的視線忽然飄到正對面的易巧蓓身上。

此時易巧蓓正津津有味地吃著黑糖冰，一抬眼，就發現莫向海看著自己。

易巧蓓心中剛萌生一絲疑惑，然而就在她與他對上視線的那一剎那，莫向海立刻別開眼，同時回答：「沒有。」

這迅速流暢的舉止扼殺了易巧蓓一瞬間萌發的好奇心，她對莫向海的答案一點也不感到意外，又低頭繼續挖冰。

安曉琪嘴角微微上揚，但道：「這樣也好，不然男神太快有對象，粉絲們會傷心的。」

佘遠這時終於開口：「你不是已經有對象了嗎？」

對面兩位女孩的八卦雷達瞬間啟動，直盯著佘遠不放。

莫向海心裡一陣莫名其妙，擰眉直視佘遠。「誰啊？」

「我啊。」佘遠笑得沒臉沒皮。

聽見意料之中的答案，莫向海白了他一眼：「最好。」

佘遠哼了一聲：「這個負心漢。以後要找對象可別找莫向海這種的。」說完挖了一口黑糖冰上的布丁放入口中。

「是，都找你就好了。」莫向海沒好氣地附和。

兩個女生聽見他們的對話都不自覺笑了出來。

「欸易巧蓓，妳怎麼每次都只吃黑糖冰？黑糖冰就是要加布丁才好吃啊。」佘遠看著易巧蓓面前那碗光禿禿的黑糖冰，嫌棄道。

易巧蓓也望了他冰上的布丁一眼。「你那是什麼邪教，我崇尚的是傳統的古早味黑糖冰，才不會加些有的沒的。」

佘遠直接白眼。「真是有眼不識泰山，布丁配黑糖才是絕配。」

「你才不懂欣賞傳統冰的美好。」易巧蓓反擊。

佘遠回敬她一個欠揍的鬼臉。他們四人的日常，除了佘遠和莫向海每日上演的白痴對話以外，第二精彩的就屬他和易巧蓓的鬥嘴了。

易巧蓓倒也逐漸習慣這種互動，每天在捨近求遠說話的藝術訓練之下，覺得自己的反應力似乎提升了不少。

◆

令人枕戈待旦的第一次段考終於結束，易巧蓓的班級是第三類組，第一次段考不考自然科，只考主科和社會，在充分的複習之下應考可說是得心應手。

考試成績出來，易巧蓓的平均93.2分，還算是有達到她的標準，但是在個人成績單上她的名次是班排第二，校排十三。

她自認成績可以再更好些，不過是誰拿下第一名也令她好奇。全班的排名不會被公布出來，她想知道只能自己去打聽了。

問了安曉琪，她表示不知情。「不過第一名應該很快就會傳遍全班了，這種事瞞不住的啦。」

易巧蓓想了想也有道理，其實只要關注一下各科成績最高分的人是誰，大概就有了眉目，但她只知道捨近求遠和莫向海的數學考了滿分，其他科目的老師都沒公布，也不知道大家成績如何。

正想要去問佘遠和莫向海時，就聽見教室後方一聲喊：「遠哥你太強了！你是怎麼讀書的，可以教教我嗎？」

易巧蓓聞聲看過去，說話的是那位被佘遠救過的男同學，名叫齊佳樂。

「讀書喔……沒什麼方法，看到題目就會啦。」佘遠慵懶地用手將頭撐在桌上，妥妥一跩樣。

齊佳樂絲毫沒因他的態度而產生厭惡的情緒，反而用閃閃發亮的崇拜眼神注視著他。「那我以後有不會的可以請教你嗎？」

「誒——可是我很忙欸。」佘遠仍撐著頭，還故意擺出困擾的表情。

「拜託啦，遠哥，只有你能救我的成績了！」齊佳樂低聲下氣地拜託，就差沒下跪了。

佘遠忽然抿起唇邊笑意，對他說：「你想請人教你功課，可以去找那邊那位易巧蓓同學啊！她是班上第二名，教你這種程度綽綽有餘了。」說著伸出食指，指向站在自己座位旁邊，正遙望著他們兩人的易巧蓓。

易巧蓓立刻轉身，坐下，裝沒事。

原來捨近求遠早就發現她在看他們了！還有，他是怎麼知道她是第二名的？

齊佳樂看著座位上易巧蓓的背影，目光炯然，彷彿在看某位偉人一般肅然起敬。正準備邁步走過去，剛踏出充滿決心的一步，佘遠忽然又道：「站住。」

齊佳樂立刻止住步伐，乖乖回頭。

「拜託別人的時候不用一副低聲下氣的模樣，會讓別人覺得你好欺負。」佘遠說這話時神情認真，完全沒了方才吊兒郎當的態度。

齊佳樂點頭。「是，我明白了！」

易巧蓓雖然轉回去面向前方黑板，但仍舊豎起耳朵在聽他們的對話。這個齊佳樂看起來心思較單純，與人相處較不懂得拿捏分寸，大概能理解他曾遭霸凌的理由；而方才佘遠似乎是在指點他，這關係不論怎麼看都像是大哥帶小弟啊。

易巧蓓思忖著這一新奇的發現，一時忘了最關心的名次問題，這時齊佳樂已來到她的身旁。

「易、易同學，請、請問妳可以教、教我功課嗎？」齊佳樂雙手握拳，渾身僵硬地站在易巧蓓座位旁邊。

突然結巴是怎樣！還有這種問法完全不行啊，至少也要像剛剛和佘遠說話那樣先吹捧一下對方吧！

易巧蓓看他這副模樣，也不免興起一股想要調教他的衝動，難怪捨近求遠會那樣說。

易巧蓓轉過身面向他。「可以。但你先告訴我，班上第一名是誰？」

似乎是看易巧蓓願意以正常的態度和自己說話，齊佳樂原先繃緊的神經放鬆下來，恢復平常的模樣。

「第一名當然是遠哥啊，遠哥國文98，數學100，歷史92，地理88，公民100，平均95.6，班排一校排三，神一般的成績啊！」

除了公民一樣，數學高6分以外，剩下的科目都各比易巧蓓多拿2分。佘遠那個欠揍屁孩居然可以考出這麼好的成績，雖然他比易巧蓓多讀兩年高二，但這樣的表現還是令易巧蓓略感意外。

但有另一件事更令她感到不對勁：「你把他的成績全背下來了？」

齊佳樂老實地點頭。「第三名是向海哥，他的成績我也有背，國文……」

「等等，所以你記憶力很好？」易巧蓓打斷他。

齊佳樂尷尬搔了搔頭。「沒人這麼說過我，我也不知道。」

「……」易巧蓓頓時無言，有這麼好的天賦不用在讀書上，只記些無關緊要的東西，還真的有人傻成這樣？

看出他是個可塑之才，善良的女主角易巧蓓自然是同意教他功課，只見他神情喜出望外，不斷向易巧蓓鞠躬道謝。易巧蓓直覺認為，這人之後對她的態度也會和對捨近求遠一樣唯命是從，或許可為女主角陣營再多添一份戰力。

雖然這裡並不是什麼心機宮鬥劇，但她總覺得要留一些人在身邊用，興許是在新世界缺乏安全感，容易未雨綢繆，不時會擔心各種突發狀況。畢竟這裡的劇情是系統在掌握，她只能見招拆招，有值得信任的人幫著自己會安心些。

根據她的判斷，今天晚上即將進入第一個關鍵劇情——試膽大會。

時間選在隔天不用上課的星期五晚上六點，校園全面淨空，只留下參賽的一百組隊伍在操場集合，由工作人員發下地圖及手電筒。

活動以解謎方式進行，故事背景是最近每到放學，就有人會聽見校園各個角落傳出怪聲，有時是嗚咽哭聲，有時又是咯咯笑聲，且每天都有學生離奇失蹤，參賽者必須到各個疑點處尋找線索，解開校園怪談。

共有十個關卡，在地圖上標出了九個位置，最終關卡的位置必須靠著前面九個地點蒐集到的線索拼湊才能解開。為了避免同時有多個隊伍等待同一關，各個關卡都分別設置了一道謎題，解開謎題的隊伍才能挑戰該關，令遊戲難度提升。

佘遠攤開那張校園地圖。「妳想先去哪個點？」

「都可以，重點是要先解開謎題吧。」易巧蓓道。

佘遠仔細瀏覽了整張地圖，不得不說這張地圖畫得挺精美，蠟筆手繪風格，看上去並沒有任何恐怖感。他指著位於二年級大樓後方的一片空地，上面畫著盪鞦韆，旁邊有數字標號1。

「就先去這裡吧。」

「你謎題都還沒解……」易巧蓓看著他不疾不徐將地圖翻到背面，自己便湊上前看看標號1的謎題是什麼。

只見一行數字：1 1 2 3 5 ? 9

看樣子是要解開問號的數字，易巧蓓想過前兩個數字相加得到第三個，或是相鄰兩個數字的差是等差數列，但結果最後都不成立。

「有想法嗎？學霸。」佘遠問她。

易巧蓓睨了他一眼。「你才是學霸吧。」考第一名的人叫第二名的人學霸，怎麼聽都是諷刺意味較多。

「我好歹也考第三年了，不能跟妳比啊。」佘遠話中沒有任何嘲諷。「妳才是真正厲害的。」

忽然被他用認真的語氣稱讚，易巧蓓反而感到渾身不對勁。「捨近求遠，你吃錯藥喔？這樣我好不習慣。」

佘遠瞧她，微笑。「妳果然還是喜歡被我罵蠢吧？」

「才沒有！」

佘遠嘆氣。「說妳聰明妳不開心，說妳蠢妳也不開心，易巧蓓妳可真難伺候。」

「還不都是你太欠打了！」每次對話結果都變成捨近求遠佔上風，易巧蓓實在很不甘心。

「我哪有啊，我是真心誇妳欸。」佘遠一臉冤枉。

「少廢話，快點解啦。」易巧蓓看著題目，忽然有了一些靈感。「答案該不會是4吧？」

「嗯，我也這麼想。」佘遠道。

為了確認捨近求遠是不是馬後砲，易巧蓓問他是怎麼想的。

「三個數字為一組，前兩個數字的『和』正好是下組數字的頭。一加一等於二，二加三等於五，所以五加四等於九。」佘遠很快回答。

「你不會一開始就想出來了吧？」

「差不多，我在等妳的答案。」

「……」

此時易巧蓓深刻體認到一件事：聰明人才能跟聰明人鬥。

兩人立刻前往二年級校舍後方，告訴工作人員正確答案後，他便拉開封鎖線放他們進去。

校舍後方這塊空地原本沒有任何用途，現在正中央架設了一架盪鞦韆，上面坐著一個棕色長髮披散的小女孩，兩手抓著鞦韆的鐵鍊，低著頭輕輕啜泣。在鞦韆旁邊還擺了翹翹板與一隻搖搖馬，不知從哪傳來陣陣森寒詭譎的音樂，讓氣氛更加陰森。

天色已暗，易巧蓓打開手電筒才得以看清楚目前的景象。

佘遠並未多猶豫就朝小女孩走去，易巧蓓只好小心翼翼地跟著。

只見佘遠在小女孩面前俯下身，雙手撐著膝蓋，開口就問：「妳知道線索在哪裡嗎？」

小女孩緩緩抬起頭，露出塗得全白的臉，雙唇裂至耳前，唇邊盡是鮮血，嚇得易巧蓓後退好幾步。

佘遠絲毫不退卻，只是讚嘆道：「喔，這妝容化得挺厲害的。」

小女孩瑟瑟開口：「我、我在找蘇西……」

「蘇西是誰？」佘遠開始和她對話。

「蘇西會、會陪我玩……」

「這樣啊。」佘遠的視線飄向旁邊空的盪鞦韆。「要我陪妳玩嗎？」

小女孩望向他。「你是蘇西嗎？」

「嗯，是啊。」佘遠毫不猶豫地回答。躲在後方的易巧蓓有些傻眼，這是要騙人才能過關的關卡嗎？

小女孩突然從鞦韆上站起來，步步朝他逼近，聲音清冷：「你是蘇西嗎？」

佘遠察覺到不對勁，配合著小女孩的腳步慢慢向後退。「咳，可能不是。」

小女孩忽然放聲尖叫。「啊——你不是蘇西！」

這陣尖叫大概是目前為止最嚇人的地方，佘遠打了一個激靈，易巧蓓立刻將他拉離那個失控的小女孩。

「看來不能騙人啊。」雖然剛才被嚇到，但佘遠很快恢復鎮定。

小女孩繼續喊：「你不是蘇西！蘇西是女孩！嗚……嗚嗚……」

易巧蓓和佘遠同時一怔，互相對視一眼。小女孩已經坐回盪鞦韆上，維持原始低頭啜泣的姿勢。

「原來如此。」佘遠饒富興味地看著小女孩，拍了拍易巧蓓的肩。「交給妳了。」

易巧蓓驚恐地看看佘遠，又看看鞦韆上的小女孩，遲遲不敢前進。

這小女孩是怎樣，性別歧視吧！蘇西不能是男的嗎？

「走吧，我陪妳去。」佘遠看出她的害怕，接過她手中的手電筒，拉著她的手來到小女孩面前。

他雙手放在易巧蓓肩後，將她輕輕往前一推，對小女孩親切地說道：「妳看，這就是蘇西。」

小女孩再度抬起頭，用著空洞的聲音問：「妳是蘇西嗎？」

易巧蓓不敢直視小女孩的臉，盯著地面回答：「是……」

這時候真怕一個不小心說錯話，小女孩又對她尖叫。

幸好小女孩只是說：「來陪我玩。」

於是易巧蓓戰戰兢兢地坐上小女孩身旁的盪鞦韆，小女孩開始開心地盪著。

易巧蓓全身處於緊繃狀態，連雙腳都不敢離開地面。

在一旁觀賞的佘遠忍不住道：「易巧蓓，開心一點啊，妳現在在陪她玩欸。」

「呵……呵。」易巧蓓勉強笑了兩聲，皮笑肉不笑。

小女孩忽然停止盪鞦韆，轉頭用那張駭人的面容對著易巧蓓，發出細軟的聲音：「妳真的是蘇西嗎？」

既然剛剛說自己是蘇西沒事，現在就要繼續扮演，雖然心中十分懼怕突然失控的小女孩，易巧蓓還是咬著牙，用帶著哭腔的嗓音道：「是……我是。」

小女孩咧開笑容：「蘇西最喜歡玩搖搖馬。」

易巧蓓立刻跳起來，逃離那架離小女孩超近距離的鞦韆，快速奔向那隻紅色搖搖馬。

佘遠失笑：「有這麼害怕嗎？」

易巧蓓回頭朝他確認：「是這個吧？現在要玩這個吧？」

「嗯，應該吧。」

易巧蓓凝睇著那隻外表看似無害，實則可疑的搖搖馬一會兒。雖然不知道等一下會發生什麼事，但現在唯一的選擇就是騎上牠了。

易巧蓓跨上搖搖馬的背，心中祈禱小女孩趕快把線索給他們。

搖了一陣子，小女孩只是在一旁咯咯笑著，什麼事也沒發生。

正當她懷疑自己是否被耍的時候，搖搖馬的頭忽然「砰咚」一聲掉到地上。

這畫面本已夠駭人了，更驚悚的是從斷頭處伸出了一隻沾滿鮮血的手，手上似乎拿著一張紙片。

「啊——」這次輪到易巧蓓放聲尖叫了，她立刻跳下馬，躲到佘遠背後。

佘遠看到這場景只想笑，但顧及易巧蓓的感受而忍住了，兀自探上前抽走那隻手捏著的紙片。

這看起來是一張相片被撕碎的一角，畫面上只看得見一片灰，似乎是水泥地或水泥牆。

「看來這就是線索了，我們走吧。」佘遠回頭，但易巧蓓緊緊抓著他制服的衣角，不敢抬頭。

他只好動也不動站在原地，出聲安撫：「那就只是一隻假的手而已，沒什麼好怕的。」

不知怎的，總覺得佘遠的聲音比平常溫柔，稍稍平復了她心中的戰慄。

易巧蓓呼出一口氣，鬆開佘遠被她捏皺的制服。「我以後對搖搖馬有心理陰影了。」

這時小女孩又開始嗚嗚啜泣：「嗚……蘇、蘇西把馬弄壞了……嗚……嗚……」

這應該是任務破完後的制式台詞，佘遠沒想搭理，抓著易巧蓓的手腕就帶著她離開現場。

從原本的入口走出來時，已經有另外幾組隊伍在排隊等待了。站崗的工作人員看見他們，臉上露出驚異的神色，似乎沒有料到他們能這麼快就順利破關。

但易巧蓓想得多，發現入口這麼多人都盯著他們看，下意識就把焦點放在那隻被他抓著的手腕上，連忙小聲朝他道：「你可以放開我了啦。」

佘遠立刻放手，回頭道：「剛剛不知道是誰一直緊抓不放？」

「我是抓衣服，又沒抓你的手！」易巧蓓心想，這人也太愛計較了吧。

「接下來去哪？看他們的反應，這關好像特別難的樣子。」佘遠兩手交疊放在頸後，一副悠哉愜意的模樣。

「只要沒有搖搖馬的地方都好。」易巧蓓攤開地圖看了看，指著某棟大樓邊緣畫著階梯的地方，旁邊寫了個數字3。「就這裡吧，感覺要逃跑比較方便。」

「妳到底是來玩還是來逃生啊？」佘遠笑著調侃道。

易巧蓓不理會他，翻到背面解謎題。這些謎題的程度都不算太難，憑她和佘遠的智商大概每題都能迎刃而解。

原本她還擔心佘遠會比她還害怕，所以當初才一直推辭不參加，現在看來他的膽子大概是跟臉皮厚度成正比，以隊友而言是個可靠的存在，完全毋需擔心。

他們很快來到明德樓，樓外掛了大型的黑色布幕遮住整棟建築，使人完全看不見大樓裡的情況。工作人員在拉開封鎖線前對他們叮囑：「如果有人追你們，請記得跑。」

這句話讓易巧蓓心涼了一半，突然後悔選這關了。

看起來逃跑方便，原來就是要讓他們跑的。

掀開黑色布簾，內部陰暗無比，在手電筒照射到地面時看見地上畫了個紅色箭頭，指向樓梯口。

易巧蓓將手電筒朝樓梯上一照，階梯上站著一個身穿黑色斗篷、看不見臉的人，她發出一聲驚呼，站得離佘遠近了些。

「走吧。」佘遠往前走了幾步，忽然想到什麼，回頭朝站在原地的易巧蓓伸出手：「抓著我。」

易巧蓓猶豫片刻，還是將她的手放上他的掌心。

黑色斗篷站在原地一動也不動，並未因他們經過而阻攔，兩人一路往上爬，形似白色窗簾的幽靈不斷從他們身旁飄過，低頻率的嗚嗚聲迴盪在寂靜長廊。

上到二樓的樓梯口，易巧蓓開始警戒會不會有東西從牆壁後方突然冒出來。

佘遠大概也有同樣的想法，在踏上最後一階前停下了腳步。

過了兩秒，果不其然一聲「碰」的巨響，一個高大的白色幽靈倏然橫倒在他們面前。

那陣巨響令兩人身子一顫，易巧蓓盯著那動也不動的幽靈，要是他們早一步上去，幽靈就會直接壓在他們身上，真是好險。

佘遠近身查探，發現幽靈手上也拿著碎片。「看來找到線索了。」

「那我們可以走了……」正想著這關難度降低許多，易巧蓓轉過身，依稀看見人影自下方爬上來，趕緊拿手電筒一照，只見那個黑色斗篷急急忙忙朝他們而來，一股強烈的危機感襲上，她的腎上腺素立刻飆升。

「快上去。」佘遠同時催促道。

站到二樓平面，原本想要繼續往上爬，忽見大批白色幽靈自上方湧下，幾乎堵住整個樓梯，氣勢浩蕩，宛如剛結束大考的考場大樓。

眼見階梯被兩面夾攻，佘遠道：「只能跑了。」

說完立刻拉著易巧蓓往前狂奔。

易巧蓓被半拖拉著跑，似乎是怕她跟不上，佘遠的手緊握著她的。這是第一次被人拉著跑，易巧蓓片刻不離地注視著他在前方奔跑的背影，感受他手心的溫度，肩後的髮絲隨著姿勢起伏上下擺動著，一切過程彷彿進入慢動作。

或許是戲劇看多了，她忽然覺得，這種時刻似乎可稱之為浪漫。

跑到走廊盡頭，後方以黑色斗篷為首的鬼怪們仍窮追不捨，僅距離他們約一公尺，上方的樓梯又有幽靈衝下來，擺明了是要他們下樓，佘遠便拉著易巧蓓跑下樓梯，來到一樓，所有對外出口都被封住，他們只能繼續在走廊上奔跑，此時對面又忽然出現一開始的黑色斗篷，伴隨著一陣怒吼聲衝向他們。

「該死。」這下又是前後包圍，進退兩難，佘遠忍不住啐了一口。

方才奔跑時易巧蓓有稍微注意旁邊教室的情況，二樓整排教室都門窗緊閉，不知能不能進去，但一樓有一扇門開著，正巧他們才剛經過，易巧蓓立即反應，反拉著佘遠就衝進那間教室。

一進去才發現，這間是體育器材室，格局較一般教室小，兩邊擺著雙層置物架，放滿了裝各種體育器材的塑膠籃。

兩人剛踏入室內，門便在他們身後「砰」地一聲關上，彷彿早就設計好要讓他們進來。

易巧蓓大口喘著氣，暫時脫離險境令她整個人忽然放鬆下來，抹著額頭上的汗珠。「呼，好險躲過了……」

佘遠此時鬆開易巧蓓的手，轉身將手放在門把上，一壓，發現鎖住了。

易巧蓓也看見了，不慌不忙道：「這大概是設計好的吧，兩個關卡是連在一起的。」她心想，興許就是那個黑色斗篷替他們鎖門的。

易巧蓓從口袋裡拿出地圖，用手電筒照著看，明德樓除了畫有樓梯的關卡，還有另一個畫著運動器材的關卡，果然就是這裡。

把地圖摺起來收好，易巧蓓拿著手電筒探照室內的每個角落。經過方才的兩次歷險，她的膽子似乎也被練大了些，心想再恐怖大概也就那樣了吧。

「捨近求遠，要從哪裡開始找？」易巧蓓照完整間器材室，沒看見任何鬼怪或是可疑之處，便順口問了句。

但佘遠沒有回答。

「捨近求遠？」易巧蓓拿手電筒朝佘遠照去，發現他還站在門邊，垂頭盯著自己握住門把的手。

「你在幹嘛？」易巧蓓朝他走近了些。

佘遠像是這時才聽見她的叫喚，回過神。「啊……沒、沒什麼。」

易巧蓓發現他似乎有些不對勁。「你在發抖嗎？」

「我……」他說不出後面的話，緊握著門把，指節微微泛白，眼神飄移失了焦距，似乎在強忍著什麼。

「該、該不會是……怕黑？還是……那叫什麼，幽閉恐懼？」易巧蓓一時亂了分寸，看他呼吸紊亂，立刻握住他的另一隻手。

「我在，我在這裡。」實際握了才發現，他的手真的止不住顫抖，而且異常冰冷。

佘遠稍稍抬起頭，原先盯著地面失焦的視線重新聚焦到易巧蓓身上，勉強深吸一口氣，甚至還有力氣將嘴角往上扯。「我沒事，妳不用管我。」

「都這樣了還說沒事，你真的會習慣性撒謊欸。」易巧蓓將他的手握得牢牢的，這樣或許能給他一點安全感。

她現在急需找到離開這裡的辦法，用手電筒照了照門，發現門把下方掛了一張牌子，上面寫著：請找到鑰匙開門。

這裡這麼暗，鑰匙又那麼小，是要從何找起？易巧蓓這時候忽然希望有幾隻鬼在這裡，這樣搞不好還能問出什麼。

於是她大喊：「鑰匙在哪！這裡有鬼嗎！」

現場一片寂靜。

易巧蓓決定放棄靠別人，自己尋找時，一旁放著籃球的塑膠籃忽有一陣騷動。

易巧蓓立刻讓光線照過去，只見籃球堆裡猛然竄出一個戴骷髏頭面具、黑色斗篷包裹全身的人，幾顆籃球掉出籃外，在地上小幅度的彈跳、滾動著。

眼下緊急情況，易巧蓓根本沒心思感到害怕，用手電筒指著骷髏頭的鼻子道：「鑰匙在哪，快交出來！」

骷髏頭大概是覺得嚇不到人很沒趣，瞪視著易巧蓓一會兒，竟默默地又埋回籃球堆裡。

「喂！你給我等一下！」易巧蓓氣急敗壞地朝他怒喊，好不容易來了隻鬼，結果什麼用也沒有。

「嘻嘻……嘻嘻嘻嘻嘻。」

此時應景地傳來彷彿在嘲笑易巧蓓的尖銳笑聲，易巧蓓辨識出聲音來源在上方，用手電筒一照，發現左右兩道牆邊的置物鐵架上層分別各坐著一個小丑，臉塗白，戴著紅色大鼻子，鮮豔的紅唇咧開四十五度，一個頂著橘色爆炸頭，另一個則是綠色扁塌的髮型。

這麼大個人，她剛剛居然完全沒發現，不得不佩服這些小丑好身手。

那兩個小丑開始玩起傳接球，起初丟著一顆棒球，丟了一會兒，忽然改丟一個細小的銀色物體。

易巧蓓瞇眼細看，確認那是鑰匙。

只是丟得這麼高，她要怎麼拿？將鑰匙大喇喇秀在她面前。簡直就是刻意嘲笑她拿不到，易巧蓓頓時認為這整個關卡都充滿挑釁意味。

環顧四周，這裡似乎沒有梯子可以讓她爬上置物架，易巧蓓盯著在空中飛來飛去的鑰匙，飛快轉了轉腦筋。既然這裡是體育器材室，一定得物盡其用，羽毛球拍總有吧！

易巧蓓靠著手電筒搜尋到放羽毛球拍的籃子，著急地走上前，一個不注意鬆開了佘遠的手。

說時遲那時快，她還來不及發現，那隻手便快速抓回她的，彷彿怕她跑掉。

易巧蓓連忙回頭。

似乎是有些不好意思，佘遠別過頭盯著地面，仍一邊喘著氣，將她的手握得老緊。

易巧蓓回握住他的手。「抱歉，我要去那裡拿個東西，很快就好。」

她緩慢地移動腳步，佘遠沒有抬頭，但也像個小朋友一樣慢慢跟著她走。

易巧蓓轉頭看向前方，偷偷深呼吸一口氣，試圖平復突然加快的心跳。

她是怎麼了，剛剛回頭看見那幕，居然覺得捨近求遠很可愛，她的道德良知去哪了？

到了羽毛球拍面前，易巧蓓僅存的右手拿著手電筒，她先把手電筒塞到裙子口袋，好不容易拿起一支羽毛球拍，發現上空太昏暗，似乎沒辦法精準掌握鑰匙的位置。

正當她試圖胡亂揮拍碰運氣時，一隻手伸到了她面前。

易巧蓓一愣，沒想到佘遠在這種情況下還能隨時注意她的舉動，立刻掏出口袋裡的手電筒放到他手上：「謝啦。」

「嘻嘻嘻嘻……嘻嘻嘻嘻。」不知是小丑這時候才又發出詭異笑聲，還是易巧蓓現在才有心思注意他們。她往上看去，此刻手電筒的光亮讓鑰匙的拋物線軌跡清晰可見。

她運用之前學過的基本羽球技能，高舉球拍奮力向上一躍，終於在第二次揮拍時成功擊中鑰匙，雖然姿勢看起來比較像在打蒼蠅，但有順利讓鑰匙落地就好。

「Yes！中了！」聽見鑰匙落地的清脆響聲令易巧蓓興奮不已，迅速扔下手中的球拍，撿起鑰匙就朝門口跑去。

這扇門似乎經過特殊設計，裡外門把刻意裝反，因此鑰匙孔在內側。易巧蓓順利將鑰匙插入鎖孔，轉開門把奪門而出。

工作人員在走廊相對於入口處的另一端等待，看見他們出來便迎上前：「恭喜你們順利通關，這是六號關卡的線索，從這邊離開就可以了。」

工作人員將紙片遞給易巧蓓，拉開廊道盡頭的封鎖線放他們出去。

月明星稀，入夜微涼。踏上操場，好不容易呼吸到新鮮空氣，易巧蓓立刻轉頭問：「你還好嗎？」

「嗯。」佘遠只是簡單應一聲，並未多說什麼。易巧蓓看他呼吸恢復平穩，也不再顫抖，終於放心。

他們靠著活動中心的外牆坐下，易巧蓓一直到此時才放開佘遠的手。

佘遠變得異常安靜，和第一次他們被叫去導師辦公室領講義那時一樣。他將頭輕輕靠向身後的牆，仰望著晴朗的夜色，薄雲幾許，星光點點，上弦月高掛，無比靜謐清幽。

易巧蓓盯著他仰望夜空的側臉，並不打算打擾他，只想安靜地陪他坐在這裡。

她總覺得，他心裡一定有許多事情，剛才的經歷，或許讓他想起了什麼。她雖好奇，但不過問，只等他願意說。

這麼想著，她的視線緩緩從他的臉龐移向夜空。

不知過了多久，忽聽他輕輕開口：「抱歉，嚇到妳了吧。」

易巧蓓想了一下。「確實被嚇到了，真的很怕你突然昏倒。」

佘遠一聲輕笑。「原來妳這麼擔心我。」

「那種情況下，誰都會吧……」幸好佘遠沒往她這裡看，不然可能會發現她臉上一層淺淺的紅暈。她雖然硬是把它轉成同學之間正常的守望相助，但心裡其實不這麼想。佘遠說的沒錯，她原先也不知道，自己竟會如此擔心他。

「謝謝。」沉默了一會兒，佘遠輕聲說了句。

這句與他平時形象有些反差的道謝，令易巧蓓忍不住又轉頭看向他。他仍舊維持一樣的姿勢、一樣的角度仰望天空，輪廓分明的側臉上沒有多餘的情緒，沒有時不時就掛在臉上的笑意，唯獨那雙星眸依舊澄澈。宛若退去一切掩飾的面容，在月色下顯得有些清冷，彷彿此刻的他，才是她從未看清過的，真正的他。

「我能問……為什麼嗎？」本來決定不過問，但看見卸下偽裝的他，讓易巧蓓不自覺想把握機會，更接近一些。

佘遠沒有立刻接話。

易巧蓓忽然覺得有些不妥，連忙道：「不想說也沒關係，我只是問問。」

「其實也沒什麼。」佘遠略垂眸，平靜敘述：「小的時候，養父喝醉後經常打我，有時候還會把我關到貨車裡。」

易巧蓓瞠目，輕抽一口氣。

他接續下去：「所以，我大概對又黑又密閉的地方有陰影。」

「你剛剛說養父？」
「嗯，我是孤兒，三歲才被領養。」
易巧蓓在問之前設想了一些可能，但怎麼也沒想到會是這種情況。
「你一直都受到這種對待嗎？」
他輕抿起唇。「大概吧。養母對我很好，但養父不知道什麼時候開始就變成這樣。後來養母受不了他的虐待，自殺了。」
他用平淡的語調訴說這段過往，聲音很輕，彷彿在說別人的故事。
易巧蓓凝睇著佘遠平靜的神情，只覺心頭一陣酸楚湧上，接下來的話遲遲問不出口。
佘遠的表情忽像是想到了什麼。「啊，不小心說太多了，妳應該不想聽這些……」
他才剛講完這句話，右手就被易巧蓓的雙手抓握住，他一愣，終於轉頭看向易巧蓓，只見她原本清亮的大眼布滿擔憂，神色哀傷地注視著他。
佘遠愣看著這張臉好一會兒，沒有說話。
對視良久，時間彷彿在兩人之間凝滯，唯獨心湖似被投下一石，激起漣漪，餘波盪漾。
直至易巧蓓開口，那陣波動才稍稍平靜下來。「我……我是想問，你現在……」
佘遠明白她想問什麼，很快回答：「我現在沒跟養父住在一起。」
易巧蓓聽了，閉起眼大大鬆一口氣，彷彿此事真讓她掛懷不已。
佘遠對她誇大的反應感到有趣。「如果我還跟他住在一起，現在就不會毫髮無傷出現在妳面前了。」
易巧蓓聽到這番話，不禁微微顰起眉。「那你現在跟誰一起住？」
佘遠也不打算瞞她了，微微勾起嘴角。「我跟莫向海一起。」

「莫向海？」易巧蓓果然睜大了眼，尾音上揚。

「他自己住在學校附近的公寓，我在他那裡借住。」佘遠解釋完，略顯無奈地嘆氣。「所以我本來不想讓妳發現我有恐懼症，但果然還是有點困難。」

易巧蓓聽見這話，神情又轉為嚴肅。「你還敢說，不要什麼事都想說謊瞞著別人，很讓人擔心耶。」

聽見最後一句話，佘遠抬眼，愣盯著她片刻，神情瞧不出情緒，忽又把視線移開，垂眸盯著前方地面，沒有接話。

易巧蓓眨了眨眼，摸不透他這反應是什麼意思，莫非她說了什麼不該說的話？

相處到現在，她發現佘遠心裡遠不止有表現出來的那一面，他的安靜、出神，種種有關深層心思的反應，都需要時間深究。

她正想接下一句話時，卻聽佘遠啟口：「妳為什麼一直抓著我的手？」

這句跟上文毫無關聯的話成功轉移了易巧蓓的注意力，她驀地一愣，心頭微顫，連忙鬆開早被她忽略的雙手。「我……只是……呃，想說可以給你安全感……」

她不知道自己在胡言亂語什麼，給安全感明明是剛剛還在密室時候的事，至於現在這一握，比較像是她腦子一頭熱，下意識的舉動，真要說原因，或許是看他好不容易說出口的祕密將要就此打住，就好像那個真實的佘遠又要從她眼前溜走，一時心急才會如此。

這麼複雜，總不能和他解釋這些吧！

「是嗎？」佘遠不但沒對她的理由感到奇怪，甚至手掌一翻，反牽住她的手。「那，這樣如何？」問的同時，佘遠側過臉瞧她，表情認真，波瀾不驚，沒勾起任何會不小心迷死人的笑容，易巧蓓卻覺得自己的心臟要融化成一灘水了。

掌心的溫度傳來，她無法忽視突然壯大如擂鼓的心跳聲，腦裡只充斥著這股怦動，再也容不下別的，故無法思考，只能愣看著佘遠。

易巧蓓沒有反抗，佘遠就當她默許了，輕輕揚起嘴角。「再去挑戰別的關卡吧？」

不知怎地，看見他臉上驀然浮現的淺淺微笑，易巧蓓又忽然感覺心上中了一箭，猛然揪了一下。腦中的理智立刻逼迫她移開視線，再看下去，她會熱得頭暈。

對於她突然別過頭看著地面的舉動，佘遠就有些看不懂了，傾身想確認她的神情。「易巧蓓？」

「你、你說要去別的關卡?你可以嗎？」盯著地面，易巧蓓總算能好好說話了。

「可以啊，不是密閉空間就行了。」佘遠回答。

「那、那就好。」

佘遠好奇地瞧著她。「地上有什麼好看的嗎？」

易巧蓓聽見這句問話，略微尷尬地抬起頭，朝佘遠快速搖了搖頭。「沒有，沒什麼。」

佘遠輕輕一哂，拉著易巧蓓站起身。

「活動中心好像就有一關，我們去看看吧。」佘遠始終沒放開易巧蓓的手，就這麼牽著她走向活動中心門口。

被佘遠拉在身後的易巧蓓，腦中想的全是剛才那不聽使喚的心跳，還有看見他笑容那刻的奇妙感受。

似乎真如捨近求遠說的，來到這裡以後，她變得容易緊張。

她將掌心緩緩貼向胸口，想確認這股感覺是怎麼回事。

第六條　霸道總裁

——「她是我的。」

他們原先就待在活動中心旁，不用幾步路就走到大門口，竟發現莫向海與白熙妍這組也在門口等待。

佘遠一邊走上門前的台階，一邊和莫向海打招呼。

莫向海舉起手回應，視線隨即捕捉到他與易巧蓓彼此牽住的手，臉上表情微僵，自兩人走過來為止都緊盯著那兩隻手。

佘遠倒是沒發現莫向海極其細微的表情變化，神態自若地問道：「你們也在等這關啊？」

莫向海立刻回神，裝沒事。「似乎是為了加快速度，工作人員說這關可以兩組一起進去。」

「那我們來得真是時候。」

「是啊。」莫向海意味深長地附和。

一旁的白熙妍則朝易巧蓓親切地微笑，點頭致意。

易巧蓓也禮貌地點了點頭，想起那天在廁所前不太愉快的會面，以及自己直覺認為對方是女反派，不免就對她此刻的笑容存有幾分防備。

然而彷彿是看穿她的想法似的，白熙妍向前走了幾步，來到她面前，對著她稍稍一鞠躬：「上次真的很抱歉，明君說話太直，傷到妳了。我相信妳不是他們說的那樣。」

易巧蓓點頭，勉為其難地笑了笑：「沒關係。」

白熙妍看了正在和莫向海說話的佘遠一眼，又看向他牽著易巧蓓的手，眨了眨明媚的大眼，笑著問：「你們在交往嗎？」

易巧蓓驀然一驚，下意識鬆開佘遠的手：「沒……沒有。」

差點忘了，沒有交往就牽手是不是有點奇怪？

鬆手之時，佘遠回頭看向易巧蓓，又看向站在她面前的白熙妍，朝她禮貌性地一笑，沒說什麼就逕自轉回去繼續聊天。

易巧蓓心中捏了把冷汗，她忽然鬆手，不知道捨近求遠會做何感想。

白熙妍被易巧蓓的反應逗笑。「別害羞嘛，這很正常。」隨後悄聲道：「加油喔。」她綻開了毫無瑕疵的甜美笑容，甚至連眼睛都笑彎，這畫面實在很難和壞心反派聯想在一塊。

易巧蓓只是客氣地點頭。她居然被反派加油了？

白熙妍又和易巧蓓聊了一會兒方才玩過的關卡，態度熱情而不逾矩，就像是把易巧蓓當做朋友一般。必須承認，和她相處不會感到任何不自在，甚至可說是挺愉快的。

等了一陣子，終於聽見工作人員引導他們入場。白熙妍走到莫向海身旁，兩人並肩走在佘遠和易巧蓓前方。

廣大的活動中心用黑布隔出S型動線，搭配聲光效果營造驚悚氛圍，走完全程即算通關，與一般的鬼屋設計較相近。

路程一開始完全漆黑，周遭除了黑色布簾外沒有其餘擺設，倒是鬼魅般的嗚咽及陣陣起落的尖叫聲懾人心魂，使人不寒而慄。

走了一陣子，道路漸寬，白光仿照閃電快速閃爍了幾下，一聲雷響，忽然有人輕推了易巧蓓一把，她尖叫一聲往前撲倒。

走在她前方的莫向海聽見尖叫，反應極快地旋過身，將易巧蓓穩穩接在懷裡。

「沒事吧？」這次不像上回在眾人面前問得刻意，而是發自內心脫口而出。

佘遠原先伸出去的手停在半空中，又縮了回來，但沒人注意到。

易巧蓓喘了口氣。「沒事，剛剛好像被誰推了一下。」

莫向海瞥向一旁，一隻全身裹黑布的鬼推推搡搡從他們身旁走過，看來它就是始作俑者。只是這舉動不像要嚇人，反而像在製造機會。

四人繼續前進，原先的黑布換成背景板，仿造電車車廂，繪有窗戶、座椅和車門，座椅的地方擺了真實的椅子，上面三三兩兩坐了人，各個奇裝異服，形貌不一，有骷髏扮相的，也有戴著斗笠農家打扮的，更有身著洋裝、戴仕女帽的女子。

根據常理判斷，這時候椅子上的人一定會突然跳起來……

「啊——」果不其然，離白熙妍最近的骷髏頭原地蹦起，嚇得她緊抓著莫向海的手臂，整個人縮在他身旁。

莫向海絲毫不為所動，沒有替白熙妍擋住鬼怪，也沒有出言安撫，彷彿一座會動的雕像任由白熙妍靠上來，除此之外不會再有多餘的反應。

易巧蓓看見這幅景象，不由覺得白熙妍有些可憐。

似乎是想快點離開這裡，前面兩人腳步加快了些。雖然已經有骷髏頭跳起來嚇人了，易巧蓓還是如履薄冰，警戒地張望四周，說不準何時又會冒出第二波嚇人的玩意。

這次捨近求遠沒有牽她的手，不知道是不是因為她剛才先放開了。自己一個人走使她更加戒慎恐懼，但身為一個女孩子，她堅持不會主動牽別人的手，除了剛才的例外。

走到電車盡頭，發現前方的路被黑布擋住了，上頭掛著一道密碼鎖，想過去就必須先解開密碼。此時，車廂內隱約傳出些微的啜泣聲。

既然重點是試膽，解謎的過程就不會太困難，這是他們方才玩下來得出的心得。四個人用兩支手電筒仔細照了車廂內部，很快發現一頂斗笠掉在地板上。

宗遠走上前撿起那頂斗笠，走向那名戴著白色面具，穿著蓑衣草鞋，正在啜泣的人，將斗笠遞給他。

但是那人仍是繼續哭，沒有反應。

易巧蓓見狀走上前。這時宗遠換了個方法，直接將斗笠扣在那人頭上。

只見那人忽然停止啜泣，緩緩抬起頭望著宗遠，面具底下看不出有沒有笑，但將手中一張紙條遞給他。

似乎是想看看紙條內容，白熙妍終於鬆開莫向海的手臂，朝著兩人走去。

不走還好，這一走，斗笠男旁邊那位仕女忽然伸出她手中的粉紅蕾絲洋傘，將白熙妍絆了一下，她向前一跌，精準地趴在宗遠身上。

覺得有些糗，白熙妍的臉瞬間紅了。

宗遠驚愣了一會兒，將白熙妍扶起，看著她問：「妳還好吧？」

「嗯，對不起……」白熙妍表情愧疚，略顯嬌羞地低下頭。

宗遠淡淡一笑：「沒關係，小心點。」

他拿著手裡寫著四位數字的紙條，繞過白熙妍往密碼鎖走去。易巧蓓跟在他身後，望了白熙妍一眼，正巧捕捉到她愣看著宗遠的視線。

通過這一關，他們進入S型的折返點，同樣是由白熙妍與莫向海走前面，易巧蓓和宗遠跟在後頭。

走著走著，忽有一雙瘦骨嶙峋的手自黑幕下方竄出，顫巍巍地爬了出來，正好是在莫向海與易巧蓓那一側，嚇得易巧蓓驚叫一聲，趕緊往旁邊躲，雖然並非刻意，但還是不小心靠在宗遠身上。

此時從宗遠那裡傳出幾聲悶笑。

易巧蓓瞪他一眼。「你笑什麼？」

宗遠只是搖搖頭。「沒事、沒事。」

莫向海同樣也看見了那雙手，但只是淡淡朝其瞟了一眼，甚至在目睹那位披頭散髮、滿布皺紋、一臉兇神惡煞的老妖怪全身爬出來後，表情仍是沒有任何變化，和易巧蓓的反應呈現鮮明對比。

然而下一秒，自上空倏然垂下一個人偶，頸部繫著繩子，渾黑的眼珠瞪得老大，張著血盆大口，容貌駭人，吊在莫向海與白熙妍面前搖晃。

白熙妍驚聲尖叫，反射性倒退，撞到正後方的佘遠懷中。

佘遠雙手扶住她的肩膀，穩住她的身子。

白熙妍轉頭看向他，似乎被嚇得不輕，一雙大眼水汪汪的，眼角旁還掛著淚珠。「抱歉，我又……」

「沒事，我走前面吧。」佘遠把她拉到身後，自己走到前方和莫向海並排。

看見白熙妍嚇到哭出來，易巧蓓並不覺得誇張，畢竟那個吊死鬼人偶的妝容極其驚悚，大概是目前為止看過最生動的，表現出了極度冤屈的神韻，若非有白熙妍與莫向海首當其衝，她大概也會被嚇個半死。

白熙妍現在站在易巧蓓旁邊，抹去眼角邊的淚水，朝易巧蓓望去，有些不好意思地笑了笑。

只是易巧蓓心裡仍有些感嘆，自己怎麼就沒像白熙妍那樣哭得梨花帶雨呢？看她那副模樣，她一介女子都有點想保護她了。

難怪當白熙妍嚇得靠過來，捨近求遠就溫柔體貼地將她拉到身後；她自己靠過去，捨近求遠就只會偷笑她！

在心裡自嘆不如了一番，易巧蓓也回以她一個笑容。

順利通過活動中心這關，易巧蓓他們這組已經蒐集到四個線索，根據遊戲規定，只要拿到四個以上的線索，並且猜出最終關卡在哪裡，就可以直接前往。

完成關卡後，他們那組和莫向海那組就各自分開討論，因此並不知道莫向海那組接下來的去向，但備受驚嚇的易巧蓓自然是不想接受其他挑戰了。

那四張線索分別是兩張水泥地面、一張穿著紅色娃娃鞋的雙腳、一張藍天。根據佘遠的說法，地點應該是在教學大樓的頂樓。

「你怎麼知道？」易巧蓓完全看不出端倪，雖然這間高中建築的設計和她原本的學校差不多，但是頂樓這種地方她在現實世界也從沒去過，自然不會聯想到。

「以前常去。」佘遠只是這麼回答。

爬上頂樓，果然有工作人員守候在此，向他們解說了這次活動的故事背景。

這場校園怪談的起源來自於兩個小女孩的鬼魂——蘇西和安娜。兩人原本是要好的朋友，某天蘇西因意外墜樓身亡，安娜無法接受蘇西離世的打擊，便選擇與她相同的方式自殺。

變成鬼魂後，安娜一直在尋找蘇西，遍尋不著，無意間來到這所學校，想起兩人之前美好的校園回憶，便一直捨不得離開，希望這裡的學生們能幫助她找到蘇西。

據說蘇西就是在類似的校園建築頂樓發生墜樓意外，因此所有線索拼湊起來，會看見安娜站在教學大樓頂樓，眺望遠方的背影。

「恭喜你們解開最終關卡，你們是第七組完成任務的，可以獲得拍立得兩張和我們公司三場密室逃脫免費招待券！請在這裡幫我們留下合影。」

解說完故事，工作人員請他們站在印有公司名稱的海報前，自行挑選活動相關的紀念看板合影留念，共拍了兩張。

工作人員將照片與招待券一併交到易巧蓓手裡，易巧蓓輪流看了看，對佘遠道：「這個招待券……放我這吧？」

「給妳吧，我用不到。」佘遠道。

「那這兩張照片，你想留哪一張？」易巧蓓將兩張照片秀給佘遠看。

「妳選。」佘遠並沒有仔細湊上前觀看，只是落下這兩個字。

易巧蓓看了他一眼，覺得佘遠這時的反應又跟平常不太一樣，似乎有些無精打采。

「喔……」易巧蓓又仔細欣賞了兩張合照，照片中的他依舊是那張燦爛的笑顏，而她本就可愛上鏡……咳，自己這樣認為應該不為過吧。

其中一張他們分別拿著「#校園怪談」、「#解謎大神」的看板，另一張因為發現可以挑選關卡中的道具，易巧蓓果斷選了羽毛球拍，佘遠則拿手電筒。

易巧蓓看著照片裡的人拿著奇怪的道具，搭配略顯逗趣的神態，不由得笑了出來。

再三取捨，最後易巧蓓把拿著道具的那張留給佘遠。

本以為佘遠看見照片會和她一樣覺得好笑，或是說幾句吐槽的話，但佘遠接過照片後只是盯著看了許久，不發一語。

易巧蓓謹慎觀察著他的神色。「怎麼了，拍得不好嗎？」

「嗯？沒有啊。」佘遠回神，這才露出和平常一樣的微笑，兀自打開書包，將照片塞了進去。

他們從頂樓下樓梯到一樓，一路上沒說任何話。

易巧蓓回想這場試膽大會的經歷，並未忘了她最初的目的，是要激發主角屬性，創造完美男主角。

她給捨近求遠訂下的目標，是要找到他的祕密。現在她發現了他不為人知的過往，仔細推敲，卻仍不知道他為何不想當男主角，又為何不需要回到現實世界。

難道謎團還沒全部解開嗎？

而且捨近求遠現在的樣子也很奇怪，又開啟了靜音模式，易巧蓓都要懷疑他其實比莫向海還少話。

總覺得待在這兩個人身邊，待解的謎比今天的謎題還燒腦，易巧蓓忍不住要為自己總是辛勤運轉的腦袋默哀。

在腦中建構好合適的語句，易巧蓓終於在兩人將走出校門口時開了口：「那個……有件事我想問你。」

佘遠沒回話，只是轉頭看向易巧蓓，示意她說下去。易巧蓓在他的眼裡，依稀看見名為消沉的情緒，更加證實了她認為他無精打采的想法。

易巧蓓到嘴邊的話驀然打住，有些躊躇，怕這番問話會勾起他不好的回憶。

但既然已開了頭，也沒有收回的道理，最後她仍決定說下去：「你不需要回到現實世界，是跟你的養父有關嗎？」

不出所料，佘遠表情一愣。

過了半晌，他別開視線，看回前方，問道：「妳怎麼會問這個？」

「因為我想知道。」易巧蓓答得果斷。

寧靜片刻，佘遠眺望著地平線，淡淡說道：「跟他沒關係。」

既然如此，表示另有其因，是她尚且不知情的事。

「那……」易巧蓓還想問，卻被佘遠驀然打斷。

「能先別談這件事嗎？我有點累了。」他的聲音很輕。

易巧蓓回望佘遠，只見他嘴角勉強牽起一絲淡笑，看上去的確有些疲憊，尤其是那副笑容，令易巧蓓聯想到淒楚二字。

看他這副模樣，任誰都不忍再多說什麼來打擾他。

因此易巧蓓只是愣愣點頭：「嗯，我知道了。」

佘遠垂下眼眸，逕自將臉轉回前方，沒再說任何話。

◆

一回到家，易巧蓓立刻進了房間，趴在書桌前，打開手機上的屬性一覽。

佘遠的屬性增加了一條「弱點」，成就那欄則多了「患難與共」。

適時表現脆弱的一面能增進男女主角的感情，與平時形象的反差更能刷出觀眾的好感度，「弱點」這一條的來由便是如此。

莫向海的卷軸上則沒有任何變化，因此佘遠獲得的屬性數量首度超越了莫向海。

但，超越又有什麼用？

她為兩人量身打造的完美主角配方，目前都還未達成；雖然意外得知了捨近求遠的過去，但這也並不是他所隱瞞的事情，至於感情雖說有些進展，可她總覺得，和他的距離並沒有拉近，反而還更遠了。

那句問話以後，她和捨近求遠沿路上都沒再說話，只有最後要下車前，捨近求遠才對她說了「再見，回家小心」。

易巧蓓嘆了口長氣，整個人像洩了氣的皮球般癱在桌上。要了解一個人怎麼這麼難？

試膽大會結束後，緊接著就是為校慶的各項活動做準備，除了大張旗鼓的體育競賽以外，還有教室布置比賽，會在校慶當天以班級為單位進行評分。

班會課的討論結果，他們班上的布置主題是「愛麗絲夢遊仙境」。學藝股長替每個人都分配了工作，易巧蓓平時雖然不常畫畫，但藝術底子還行，被分配製作貼在公布欄後方的大海報。

相處了近兩個月的時間，班上同學彼此都更熟悉了些，誰的個性如何、擅長什麼事物等特質也逐漸浮出檯面。論繪畫方面，安曉琪和白熙妍在班上鶴立雞群，安曉琪擅長少女漫畫，白熙妍則學過油畫、水彩、素描等，對各種繪畫材料均能掌握，因此她們兩個自然也是負責大海報。

這段時間，易巧蓓在書中世界的感情線幾乎呈現停滯，原因不外乎是男生們都專注於個人體育競賽以及班際籃球賽的練習上，偶爾放學碰上四人同行，也只是單純的聊天哈拉，並無特別。再者，她根本不敢提及有關那天問捨近求遠的事，就算有獨處機會她也不敢問。

坐在教室後方空地製作大海報時，易巧蓓終於把這些原本沒說的事和安曉琪聊了一遍。

「這樣真的有些不對勁呢……他可能有什麼不想說的事。」安曉琪邊勾勒著愛麗絲的輪廓，邊思索道。

「就是呀，這樣我的計劃就失敗了。」易巧蓓仰天長嘆。

「不然，要不要先換個目標？」

「換目標？」易巧蓓疑惑地看她。

安曉琪停下手邊動作，小心翼翼地左右張望了會兒，這才湊到易巧蓓耳邊低聲道：「攻略莫向海試試看？」

易巧蓓傻愣了一會兒，見安曉琪望著她，雙眼流光溢彩，不以為然地笑出聲：「妳腦子燒壞嗎？他那座冰山，難度豈不更高？」

連要跟他組隊都沒辦法，故易巧蓓斷然認定，要發掘莫向海的屬性可謂難上加難。

安曉琪噘起嘴反駁。「這可不一定，和有事不說的佘遠比起來，我覺得讓莫向海變成暖男的機率比較高。」

「怎麼可能。」易巧蓓仍是不信。

在安曉琪畫的愛麗絲旁邊加了一隻白兔先生，轉眼間時間已來到晚間七點，大海報組的進度大致完成，眾人紛紛收拾用具準備回家。

「巧蓓，等一下一起走吧？」安曉琪問。

易巧蓓差點就要答應，卻突然想起明天要交的物理作業，她還有十頁沒寫。原本的她絕對會先把作業完成，奈何這次為了找出完美男主角這道考驗，她煩心多日，為了轉換心情而在家追了好幾部劇，物理作業就這麼被她擱置到了死線。

寫物理作業時，經常會需要查閱課本，不想背著厚重的物理課本回家，故易巧蓓早上就決定好放學要留下來把作業寫完再走。

她向安曉琪說明了婉拒的理由，回到自己的座位，目送班上同學陸續離開教室。

平時教室裡都會有幾個同學放學留下來讀書，但差不多都是待到這個時間就準備回家吃晚餐。易巧蓓事先傳了訊息跟母親報備今天不回家吃飯，從抽屜裡取出物理作業，翻開來動筆。

學校的熱食部開到七點半，易巧蓓不想被吃飯耽誤時間，加上現在沒有很餓，便打消了吃學餐的念頭。教室裡有兩個和她一樣還待著的同學，桌上都放著剛從熱食部端回來的麵食，蹭著熱氣大快朵頤著。易巧蓓絲毫沒被他們碗裡飄散出的陣陣香氣所影響，專心解題。

牆上掛鐘的時針指向數字八時，教室裡只剩下易巧蓓一個人。

轉眼間作業只剩下三頁，易巧蓓放下筆，十指交扣，雙手向外推，伸了個懶腰。大概是這幾天都熬夜追劇，又要留下來幫忙教室布置，易巧蓓此時已有些精神不濟，加上沒吃晚餐，頭腦昏昏沉沉的。

易巧蓓甩了甩頭想讓自己清醒些，再看下一題時，卻仍無法克制自己的分神，瞌睡蟲的襲擊使她一句題目可以重看三遍，在沉重的眼皮下，書上的印刷文字還會出現殘影，使效率大幅下滑。

最後她妥協了，決定趴在桌上小憩片刻。秋日晚間氣溫稍低，此時窗戶全開，涼風陣陣灌入。似乎是真的累了，她枕在自己的手臂上，不一會兒便進入夢鄉。

◆

校慶當天將舉行班際籃球賽的決賽，易巧蓓的班級男子組實力高強，順利取得決賽門票，團結意識也高，故這一週放學幾乎天天留下來練習。

放學後一群男生便先去熱食部解決晚餐，接著從六點半練到九點，堪比校隊的密集訓練。

縱使夜晚涼爽，在劇烈運動之下仍是流了不少汗。練了一個半小時，來到第二波休息時間，包括莫向海在內的幾個人拿起水壺，準備到走廊上的飲水機裝水。

一般人都直接在一樓裝，但莫向海並未跟著他們走，而是朝樓梯走去。

「欸阿海，你要去哪？」一個男生叫住莫向海問。

「我回教室拿個毛巾。」莫向海回過頭解釋道。

「喔，快點下來啊，等一下再打一場。」男生幹勁十足地說道。

「沒問題。」莫向海允諾後，便上樓回到了教室。

起先他以為教室已經關燈，沒想到尚且燈火通明，一進去，視線就飛快捕捉到唯一一個有人的座位。

莫向海走回自己座位，用毛巾擦乾額上的汗，目光始終停留於趴在座位上的易巧蓓。

拿著毛巾，本來轉身欲走出教室，但雙腳卻像不聽使喚似的，走了兩步後驀然停了下來。

莫向海內心糾結了兩秒，最終又轉過身，朝易巧蓓的座位走去。

他站在安曉琪靠攏的椅子後方，俯瞰易巧蓓熟睡的臉龐。看起來只是太累而睡著了。他注意到易巧蓓手臂下方算到一半的物理作業，馬上明瞭是怎麼回事。

仔細看了一下頁數，還差三頁。他不自覺淡淡勾起嘴角。

正準備靜悄悄地離開，忽有一陣風自窗外灌入，穿透他汗濕的運動服，使他背脊明顯感受到一股涼意。

莫向海動作一頓，再度看向睡著的易巧蓓，又轉頭朝自己的座位望去，垂眸若有所思了會兒。

♦

易巧蓓微微睜開眼，意識逐漸從混沌中恢復。方才似乎睡得很熟，她都不知道原來趴在桌上也能這麼好睡。

她從桌上爬起來，用來枕著頭的左臂有些麻了，她將手臂伸直捏了捏，披在肩頭的外套微微滑落。

易巧蓓撇頭看向身後的外套，奇怪，她原本有蓋外套嗎？

興許是時間越晚氣溫越低，剛睡醒的她覺得好像比之前更冷了些，易巧蓓索性把外套穿上，抬頭看了看時鐘，已經八點四十分了。

竟然被她睡了四十分鐘，果然不能輕易睡著，一睡就蹉跎了這麼多時光。幸好還沒到學校規定離校的九點，易巧蓓趕緊振作，把剩下三頁拚完。

埋首了一會兒，易巧蓓忽視學校催人回家的廣播，總算在九點零五分完成作業。她鬆了口氣，收拾好文具準備離開。

她環顧教室一周，確認沒有人把書包留在座位上，便關掉燈、關上前門，自己再從後門離開。走出後門，眼角餘光瞥見教室外牆靠著一個人，她轉身關門時定睛一看，竟是滑著手機的莫向海。

「莫向海？你在這裡幹嘛？」

莫向海瞥了她一眼，將手機收回口袋，轉正身子面向她，視線落在她身上的外套，微微挑眉，啟唇似乎欲說什麼，但最後打消了念頭。

易巧蓓見他不答話也不稀奇，反正本來就是省話一哥。見他盯著自己，打趣道：「該不會是在等我吧？」

聞言，莫向海眉挑得更高：「妳說呢？」

易巧蓓聽他這麼回答反而一愣，依照莫向海的傲嬌人設，應該百分之百會反駁，現在居然使用反問，難道是在暗示她答案是肯定的？

莫向海反問完就逕自轉身往前走，易巧蓓忙跟上，追問道：「不對啊，你怎麼知道我還在？」

「妳問題真多。」莫向海拒絕回答。

易巧蓓心裡覺得有趣，忍不住又開他一個玩笑：「你這樣別人看了，還以為你在追我。」

終於如她所料，莫向海頓步回頭，給了她一個嫌棄臉，嘴唇微動吐出一句：「自我感覺良好。」

嗤，果然傲嬌就是傲嬌，易巧蓓在心裡想。

「我只是回來拿東西，『剛好』看到妳還在，就『順便』等了三分鐘。」莫向海補充道。

「是是是，真感謝你的『順便』。」易巧蓓刻意加重語氣。隨後忽然想到什麼：「怎麼只有你一個人，捨近求遠呢？」

「先走了。」莫向海簡單回答。

「他知道你來等我？」

「知道。」

易巧蓓皺眉不解道：「我還以為他已經不來這招了，你們不是住一起嗎？」

莫向海轉頭看向她，臉上終於露出一絲驚詫的起伏：「妳知道了？」

「你不知道我知道？」易巧蓓像在繞口令般反問了句。「他沒跟你說嗎？就在試膽大會那天他告訴我的。」

莫向海搖了搖頭。「他只說妳知道恐懼症的事，其他什麼也沒說。」

易巧蓓露出了然神情。「看來他還是一樣，什麼事都不跟別人說。」

「還是一樣？」莫向海聽出關鍵字。

「啊，就是跟你之前說的一樣嘛。」差點忘了，她和捨近求遠有過約定，不能把那句話告訴莫向海，自然就不能把跟那句話有關的對話說出來。幸好她反應快及時轉過來，否則差點就說漏嘴了。

只是這樣真的很煩，明明是她最想知道的祕密，卻完全不能和莫向海討論。

莫向海的表情仍有些疑惑，而易巧蓓的腸胃在這時神救援，發出一陣響亮的咕嚕聲。

易巧蓓臉上的笑容登時凝在嘴角，雖然她臉皮不薄，但碰上這種情況仍然覺得尷尬極了。

莫向海則立刻皺眉。「妳還沒吃飯？」

易巧蓓尷尬地笑兩聲。「呵呵，對啊。」

一回過神，帶著一張既無奈又半嫌棄的臉，莫向海已經陪易巧蓓坐在一間小吃店內。

「哎呀，你別那個厭世臉嘛。」易巧蓓舉起一隻手在他眼前晃了晃，「先說好，我可沒有強迫你來喔！我只是『詢問』你要不要一起而已。」
「我只是搞不懂怎麼會有人連吃飯都忘記。」莫向海平淡地說。
「我這不是忘記，我只是想快點把作業寫完。」易巧蓓解釋完，她點的紅油抄手麵也被老闆娘端上桌，她立刻拆開免洗筷，開始大快朵頤。
「太晚吃飯傷胃。」
由於餓了太久，易巧蓓吃得挺急，聽到莫向海的話又想回應，硬吞下一大口，差點沒噎到，趕緊拿出水壺喝了口水。
莫向海見到這幕又是皺眉。
「看來我得先別跟妳說話。」
好不容易嚥下一口水，易巧蓓開口回應他的上一句話：「唉呀，這我知道啦，也就偶爾一次。」想了想又問：「有沒有人說過你很像老媽子？」
莫向海沉著一張臉，易巧蓓以為他又不樂意回答了，沒想到半晌後他說了一個字：「有。」
易巧蓓一方面對他的認真考慮感到驚喜，另一方面對他的親口承認感到有趣，忍不住笑出聲，也忘了關心是誰說的。「哈，我就知道，你小心拿到婆婆媽媽屬性。」
「有那種屬性？」
易巧蓓慎重地點點頭，這次學乖了，吞下口中的食物才開口：「有啊，就是演婆婆媽媽的人會有的，哈哈哈哈哈。」
易巧蓓被自己的玩笑話戳到笑點，笑得樂不可支，然而對面完全不明白笑點何在的莫向海只是嘆了口氣，用看神經病的眼神注視著她。

易巧蓓自顧自地笑完，還沉浸在把莫向海想像成媽媽角色的小世界中好一會兒，這才注意到他始終緊皺的眉頭。

雖然這人即使皺起眉也是天殺的帥，但她實在看不慣有人在她吃飯時愁眉苦臉地盯著自己，忍不住筷子朝碗上一擱，抬頭朝他道：「我說你啊，老是皺眉會長皺紋的。」

「也不看看是誰讓我皺眉的。」莫向海冷聲回應道。

易巧蓓不以為然。「我有夾著你的眉頭嗎？少亂牽拖。」邊說還邊用剪刀手在莫向海的眉頭前作勢夾了一下。

莫向海沒做任何回應，眉頭倒是聽話地舒展了。

又吸了一口麵，易巧蓓看著桌旁的醬料罐和免洗餐具發呆了會兒，有感而發道：「說真的，你們都應該常笑，笑起來比較好看。」她說完，抬起頭對上莫向海的雙眼。

莫向海疑惑。「我們？」

「你和捨近求遠啊。」易巧蓓說完，腦中第一個閃過她請飲料那天，宗遠轉身向她道別時的那抹燦笑；但很快的，畫面又被試膽大會結束後，疲憊的他勉強扯出的微笑所覆蓋。最後，是他要下捷運前，輕聲說的那句再見。

想到這些，她的眸色不自覺黯淡下來，低頭繼續吃麵。

莫向海自然瞧出了她的神色變化，思忖片刻，問道：「妳和宗遠那天……發生了什麼嗎？」

易巧蓓心中一凜，首先意識到的是要保守祕密，不能讓莫向海知道那天後來的對話。莫向海這麼問，難道是看出什麼異樣了？

她用手中筷子攪著麵，飛快想著該如何回應。「呃……你是指被關在密室嗎？」

「除了那個以外，妳跟他……咳，牽手？」莫向海故意咳了一聲，用手背遮住半張臉以掩飾尷尬。

「啊？」雖然莫向海掩住嘴以致聲音較為模糊，但易巧蓓仍然有聽見他說了什麼，只是沒想到他關注的竟然是那個點。「喔，那個是意外啦，怕他昏倒，情急之下才這樣的。」

易巧蓓簡單說明了緣由，至於後來莫向海目睹的那幕，純屬佘遠撩功大開，她也不好解釋什麼。

「喔。」莫向海只是應聲。

易巧蓓觀察莫向海現在的樣子，別開視線，耳根泛紅，難道是害羞？

竟然有幸目睹傲嬌冰山害羞的模樣，易巧蓓真慶幸自己有把莫向海拉來吃飯，這趟值了。她嘴角勾起小惡魔的弧度，覺得這樣的莫向海意外地可愛。

易巧蓓一邊沾沾自喜，一邊解決剩下的紅油抄手麵，因此看起來吃得特別愉快。過了一會兒，莫向海悄悄將視線移回易巧蓓身上，看見她幸福愉悅的吃相，看得有些愣神，始終移不開目光。

在他印象中，易巧蓓吃東西時總是一副專注享受的模樣，偶爾還會露出滿足的神情，光是看著她吃心情都能變好。

「欸，我問你喔。」剛才片刻的沉默中，易巧蓓已經想到了既不會洩漏祕密，又能探聽情報的問法。「捨近求遠他，會不會有時候突然很安靜，好像心情不好的樣子？」

莫向海自易巧蓓周圍散發出的幸福氛圍中回過神，聽了她的問題後沒有猶豫太久，便回答：「時常這樣。」

「時常？」易巧蓓瞠目，沒料到這對莫向海而言竟是稀鬆平常。「那你都不會覺得奇怪嗎？」

莫向海眉頭深鎖，回顧著往事。「中學時就是這樣。那時候他還很常被打，但在學校都一副無所謂的樣子，和大家打成一片。他從以前人緣就很好，身上的傷一次也不會有太多，幾次用藉口掩蓋過去，久而久之大家也就不去在意。但私底下跟我相處的時候，就常常是妳說的那樣。大概是因為我是唯一知道他家裡情況的人吧。」

易巧蓓聽完，垂眸沉思了一會兒，「但他現在也會這樣？他不是沒跟養父接觸了嗎？」

莫向海思索半晌。「……妳說的有道理。我已經習慣了，自然認為是跟以前經歷的那些事有關，現在想想是有些奇怪。」

易巧蓓又問：「他是什麼時候跟你住在一起的？」

莫向海抬眼與她對視。「來這裡之後，我才在學校附近有了自己的房子。」

「在那之前你們一直有聯絡嗎？」

莫向海單手扶額，垂眸略思。「那年是升高中的暑假，有段時間沒聯絡，再見面就是穿越到這裡了。那天是我看過他被打得最嚴重的一次，後來我帶他回家去處理傷口。」似乎是想到穿越當天所見的景象，莫向海輕蹙起眉。

易巧蓓沉默了一會兒，才問：「住在一起後，他沒有任何改變嗎？」

「除了不再受傷以外，基本上是沒有。有時候像妳說的那樣，有時候又特別欠揍，所以我常覺得他讓人猜不透。」莫向海據實以告。

易巧蓓一面苦思，一面解決碗裡剩下的麵，眉頭不自覺地皺了起來，自言自語道：「難道是因為害怕回去後要見到養父嗎？」

「我問過了，他說不是。雖然他說的話也不一定能信就是了。」莫向海說完，試探性地問出從方才就存在心中的疑惑：「妳這麼好奇他為什麼不想當男主角？」

易巧蓓總不能說是因為捨近求遠說過他不需要回到現實世界，才害她這麼好奇，只好道：「對啊。」

沒想到莫向海又問：「是因為妳想選他當男主角嗎？」

易巧蓓立刻張口想反駁，卻忽然一頓，覺得這話有些似曾相識。

『妳想選我啊？』剛開學那日，捨近求遠故作驚詫的模樣再度浮現在腦海。

怎麼他和捨近求遠的邏輯思維都一樣，果然是死黨！

「不是啦，我們不是說好我要幫你一起找出原因嗎？我這人最講誠信了，說到做到。」易巧蓓搪塞了一個完美的理由，看了一眼空了的碗，抽了張紙巾擦拭嘴巴。「我吃完了，可以走了。」

莫向海也不再多問，逕自站起身往外走。

易巧蓓連忙拿一拿東西跟上，才發現莫向海在櫃檯付帳。

她心中一驚，連忙三步併兩步衝上前：「欸，你幹嘛？」

「付錢。看不出來嗎？」莫向海略帶鄙視的睨她一眼。

「廢話，我是說你幹嘛付錢？」

「不這樣做的話，我不知道剛剛坐在這裡的意義是什麼。」莫向海拿回找的零錢，轉身往門外走。

易巧蓓聽懂他的話，跟在他後面怒氣沖沖道：「喂，陪我吃飯還可以順便聊天，你竟然說沒意義？」

在現實世界，班上也常有男生想約她吃飯，因此在易巧蓓看來這還是莫向海賺到，不過她也意外看到對方害羞的一面，算是扯平吧。

「確實挺沒意義的。」但莫向海不是那些男生，而是毒舌冰山王子，因此只會無情地打槍。

易巧蓓啐了一口，終於追上他的步伐來到他身側。「就算是這樣，我也不想欠你人情。」

「誰說讓妳欠我人情？要還的。」莫向海偏頭瞧她，嘴角勾笑。

易巧蓓看見莫向海臉上罕見的邪惡微笑，不寒而慄。

「……我收回剛剛的話，你還是別笑的好。」
這人該不會是有惡魔屬性吧？

◆

易巧蓓回到家時已經十點，她走進房間，將肩上書包卸下，欲要脫下身上的運動服外套時，忽然看見置衣架上也掛著一模一樣的外套。
咦？
這時她才猛然想起，今天根本沒帶外套出門。
那身上這件是誰的？
易巧蓓心中一驚，連忙脫下外套，看了看上面繡的學號。
這學號，是莫向海的。
莫向海的外套怎麼會在她身上？
易巧蓓記得這件外套是在她睡醒之後才發現的，那時神智迷迷糊糊，很自然地就把它當作自己的外套穿上了。不過她與莫向海的座位有一段距離，應該不至於拿錯外套，難道……
這外套是莫向海幫她披上的？
易巧蓓自己都對這個結論感到意外，不禁倒抽一口氣。
難怪他一看見自己，就先盯著自己身上的外套，一副欲言又止的模樣。為什麼不直接說啊！居然就讓她把他的外套穿回家了？

依照莫向海的性子，一定是想等著看她什麼時候會發現。這下好了，明天才拿著外套去還，肯定會被他笑話，原本自己的形象就因為一些陰錯陽差的意外而被他認定為蠢了，現在又加上這一齣，根本是蠢上加蠢，無可挽回。

但是最令易巧蓓訝異的，不是她自己的犯蠢行徑，而是莫向海竟然會趁她睡著的時候幫她披外套。

莫、向、海？那個冷冰冰又傲嬌的傢伙？

易巧蓓趕緊拿出手機，點開莫向海的屬性卷軸。

就在今天，莫向海的屬性一口氣增加了「暖男」與「傲嬌」兩條。

這急起直追的效率令易巧蓓刮目相看，如果屬性和成就的效能是同等的話，莫向海和佘遠的分數目前又追平了。

特別是在看見「暖男」二字時，易巧蓓雙目放光。

果真如安曉琪所說的，讓莫向海拿到暖男屬性容易多了？而且她什麼也沒做，屬性就自動送上門，可以說是不勞而獲，這也太賺了吧！

下午才剛說完，今天晚上就達成，安曉琪該不會其實是預言家吧？

懷揣著興奮與喜悅，易巧蓓從書包中拿出追劇小手冊，翻開莫向海那一頁，在「目標屬性：暖男」這一行字旁邊打了個勾。

立下的目標終於達成了一個，看著那個勾勾，易巧蓓感到身心舒暢，抑不住嘴角的上揚，頓時又對任務充滿信心。照這發展趨勢，莫向海或許會先達到完美男主角的標準也說不定。

不知道系統什麼時候才會判定男主角的人選，不過一個學期都還沒過完，估計大概沒這麼快，既然系統還沒有動作，她就先幫莫向海立定下一個目標，一步步引導他走上完美男主之路。

她轉了轉筆，思考著冰山傲嬌暖男莫向海，還缺乏什麼屬性。

思考過程中，她的腦海裡浮現出了幾個選項，好不容易選定一個，寫下來後，她滿意地闔上筆記本，洗澡去。

◆

早晨的太陽溫而不烈，涼風徐徐，空氣乾爽。易巧蓓身上穿著自己的運動服外套，手上又抱著另一件同樣的外套，走在通往學校的路上，聽著鳥鳴啁啾，心曠神怡，神清氣爽。

已經做好會被笑話的心理準備，易巧蓓便沒把這件事放在心上，專心享受晨光照拂的街道。

踏入校園，熟門熟路地穿梭於走廊，易巧蓓還沒走到樓梯口，就看見前方廊道上聚集了一堆人，堵住通道，難以通過。

她不是愛湊熱鬧的個性，而且那位置是別班教室前，大概是別班發生了什麼事，她無意關切，只想從外面操場繞過那群人再上樓梯。

不遠處正好有個通往操場的開口，準備走出去時，前方那群人突然注意到她，其中一人還伸手指著她大喊：「欸，就是她！」

眾人頓時如脫韁野馬般朝她跑來。

易巧蓓嚇了一跳，本能想跑，但又沒做什麼虧心事，也不知道這些人有何目的，只得愣站在原地看他們包圍自己，這才發現清一色都是男性，手上各自拿著花、禮物等玩意。

站在她正前方的男同學將手中的小型玫瑰捧花遞到她面前，開口道：「易巧蓓同學，我喜歡妳，請跟我交往！」
易巧蓓傻住，她根本沒見過這人。
一人拋磚引玉後，旁人紛紛蜂擁而上，推擠上前遞出手中的禮物。
「我才是，選我吧！」
「選我！」
「我們可以先當個朋友嗎？」
……現在是怎樣？
易巧蓓看著令人眼花撩亂的各式花朵、娃娃、巧克力，聽著眾人你一言我一語，頓時不知如何反應，只能步步後退，那群男生也步步逼近。
「那個，我不認識你們……」她為難地說。
「那沒關係，現在就認識了嘛！」
「對啊，收下我的禮物吧！」
一邊估算著現在拔腿就跑能不能甩掉這群人，易巧蓓持續退後，直到撞到一個人。
「抱歉……」易巧蓓一回頭，就對上莫向海微皺著眉的神情。
「怎麼回事？」莫向海小聲問。
「我不知道……」易巧蓓搖頭，顯得相當徬徨無助。
莫向海抬眼掃視了那群人，從她身後站到她身旁，拉起她一隻手。
那群男生看見這一幕，又上前跨了一大步，站得離他們倆更近，對著莫向海叫囂道：「喂，你這傢伙怎麼可以隨便牽女主角的手？」

「就是說啊，先來後到懂不懂？」

「我們先來找她的！」

「快放開她！」

其中一人上前欲把他們的手拉開，被莫向海用一根手指抵住胸口，那人抬眼，對上莫向海的一雙冷冽寒眸。

被對方散發出的冷峻氣場震懾住，那人瞬間不敢輕舉妄動，莫向海略施小力，僅用一指便將那人推了回去，他向後趔趄，撞上身後的狐群狗黨。

「喂，你你你別太過分了！」幾個人指著莫向海的鼻子罵道。

莫向海將易巧蓓拉至身後，向前跨一步，擋在那群人正前方，氣勢逼人，眾人自動退後了一小步。

莫向海神情冷傲，眼神如銳利鋒芒掃射過每個人，啟口道出一句驚天動地：「她是我的。」

這話不僅令那群人倒抽一口氣，他身後的易巧蓓更是心跳停拍。

短暫寂靜的片刻，易巧蓓隱約聽見一聲系統通知音響起。

「什麼？女……女主角已經有男朋友了？」其中一人不敢置信地說。

「這跟我們聽到的不一樣！」

「騙人的吧！」

「難道結局要出現了？」

大家開始議論紛紛，莫向海不理會他們的猜測，瞪向剛剛欲動手動腳的人，語氣冷然：「誰敢動她，先來找我。」

那人嚥了口口水，不敢答話。

「滾。」莫向海又下了一字命令。

大部分的人自知不敵，立刻摸摸鼻子離開，唯有幾個較愛逞勇鬥狠的，站在原地不服氣：「可惡，我才不會上你的當！」

說話那人丟下手中的玫瑰花束，朝莫向海一拳揮去。

莫向海一掌接住那拳，將他的手向外一折，那人便吃痛地退後；另一人從右前方撲上，莫向海側身一閃，伸腿絆他，他一個踉蹌仆在地上。

揮拳那人還想上前，莫向海挑眉問：「要鬧到學務處去？」

那人頓時停了動作，高舉的手重重甩下，咬牙道：「我們走！」

那群男學生離開後，莫向海回頭，這才發現走廊上再度聚集了一堆看客，此時正興奮地交頭接耳，而易巧蓓以奇怪的眼神盯著自己。

「怎麼了？」莫向海問。

「……你剛剛說了什麼？」

莫向海皺眉不解：「哪一句？」

「就是……哎呀，算了。剛剛謝謝你的幫忙。」易巧蓓發現太難以啟齒，只好作罷。

「看來妳的女主角身分曝光了。」在看客的注目下，他們終於走上樓梯，莫向海小聲對她說道。「為了不讓他們再來糾纏妳，我才會那樣說，妳別放在心上。」

「喔，我知道啦……」易巧蓓原本確實有些介意，但當莫向海叫她別放在心上時，代表他親口承認那些並不是真心話，這時她反而又有些不是滋味。

「不過你剛剛那樣，和平常的形象差好多喔。」

「有嗎？」
「當然有！」易巧蓓激動道。「我都不知道你會打架。」
「我其實不太會，所以才把學務處搬出來，讓他們知難而退。」莫向海神色略顯窘迫。
「……依我看，你資質過人。」
剛剛看莫向海不費吹灰之力就讓他們趴在地上，雖說那兩人或許沒有很強，但能以少擊多，這不是資質是什麼？
來到二樓，沿途走廊上有許多人都盯著他們看，想必是八卦傳千里，一樓發生的事現在已經傳遍整棟樓，不用多久就整座校園皆知了。
易巧蓓在他耳旁低語：「雖然你是為了幫我才說那些話，但這樣真的沒問題嗎？現在大家都認定我們是一對了。」
「妳是在擔心我的名聲嗎？」莫向海瞥向她。
「畢竟不是真的，要你假裝跟我在一起，會不會太委屈你啦？」易巧蓓知道此計是為了幫她趕蒼蠅，因此並不認為自己有什麼損失，倒是顧慮起莫向海的感受。
莫向海沉吟半晌，彷彿真在考慮她的話。「嗯……是有點。」
「還真的啊？」易巧蓓沒想到他會回答得這麼直接，一時也想不出什麼權宜的法子，正愁如何接話。
「不如，把它變成真的，怎麼樣？」身旁的莫向海突然腳步一旋，站到易巧蓓面前，低頭俯瞰著她。
易巧蓓差點沒撞上他，抬起頭才發現他的臉距離極近，濃密的睫毛下是一雙幽深的黑瞳，平時看來冷傲淡漠，如今細看卻似有萬千情緒在那深邃的眸中打轉。
聽他認真的語氣，再觀那副含情脈脈的眼神，易巧蓓感覺他並非戲語，頓時有些慌，不知該說什麼，好不容易才想到手上的外套，連忙往莫向海懷裡一塞，自己順勢後退一步。

「這還你，我先進去了。」原先想好的歸還台詞都沒用上，易巧蓓簡單說完便落跑回教室去。

莫向海看著手中的外套，又回頭注視易巧蓓匆匆跑走的背影，無可奈何地嘆了口氣。

第七條　別愛上我

——「那就好，因為我已經有喜歡的人了。」

易巧蓓小跑步進了教室，雖然是從後門進入，但一些眼尖的同學發現了她，紛紛將目光凝聚到她身上。這種眾所矚目的感覺，自從她來到這世界後經常遇到，久了也就習慣了，易巧蓓現在只想逃離突然認真起來的莫向海，沒心思顧慮其他，故無視大家的視線，徑直走回座位。

到座位上，竟發現她的桌面上堆滿了各式各樣的禮物及卡片。只見佘遠坐在她前方的空位，和她的同桌安曉琪一同欣賞著她桌上的禮品，就連齊佳樂也蹲在一旁湊熱鬧。

發現她來了，佘遠笑著和她打招呼：「早啊，易巧蓓，妳可真是大豐收啊。」

易巧蓓驚愕地盯著桌上那堆充滿粉紅泡泡的禮物。「這是怎樣？」

「一下子收到那麼多情書，真不容易。」佘遠隨便拿起一張，翻開來朗誦：「易巧蓓同學：初次見到妳，妳的笑容便融化了我，有如沐浴在早晨的陽光下，溫暖而幸福……」

易巧蓓實在聽不下去，憤而抽走佘遠手中的情書，扔回桌上。「誰准你念了！」

佘遠笑出了聲，似乎心情很好。

易巧蓓訕訕坐了下來，安曉琪立刻朝她關切道：「妳還好吧？我們都聽說妳剛剛被人包圍的事了。」

「一點都不好，差點脫不了身。」易巧蓓沒好氣地回答。

「有莫向海在，擔心什麼？」佘遠一派輕鬆地反問，恰好瞥見莫向海走進教室，眼神飄到他身上，似乎刻意放大音量說給他聽：「他的表現相當出色，簡直就是在宣示主權了。」

莫向海自然聽見了這席話，頓步給了佘遠一記瞪視，隨即別開視線，不予理會。

易巧蓓很自然順著佘遠的視線回頭，發現莫向海後立刻尷尬地轉回正面。

繼續這樣也不是辦法，也許她應該用稀鬆平常的態度面對莫向海，向他坦承自己還沒準備好，不能馬上回答他的問題？

但也有可能是她多想，莫向海根本就只是開玩笑而已，她這麼認真反而讓自己更糗。

「不過女主角怎麼會曝光呢？」陷入思考之際，安曉琪擔憂的問話喚回了易巧蓓的注意力。

「就是說啊，難道是系統？」易巧蓓丟出心中的假設。

「不可能，要公布的話，一開始就會通知所有人了。而且他們的手機也沒收到通知。」佘遠說完，看了一眼旁邊的齊佳樂，對方立刻睜著誠懇大眼對易巧蓓點點頭。

「但是原本知道這件事的，就只有我們四個人而已，還會是誰說出去的？」易巧蓓不解。

「除了有內奸這個可能以外，也有可能散播的人並不確定妳就是女主角，只是藉此試探，釣出真相。」佘遠很快分析道，彷彿已經事先想過所有可能。

易巧蓓聞言，頓覺有道理。即便原本不知道她是女主角，在這番鬧騰之後，憑當事者的反應幾乎就能確定這項事實。倘若真是如此，這招相當高明。

「原來如此，這招聰明。」安曉琪也聽懂了。

「只是確定我是女主角，有什麼好處？」易巧蓓想不出對方施此計的目的。

「不知道。說不定和這些人一樣，想攻略妳？」佘遠瞥了眼桌上的情書與巧克力，望著易巧蓓興味盎然。

易巧蓓看向佘遠，突然覺得哪裡不太對。「我被這麼多人同時騷擾，你怎麼看起來很開心的樣子啊？」

佘遠平靜盯著她片刻。「大概是因為，妳跟莫向海忽然很有進展吧？」

「這跟那是兩回事好嗎。」易巧蓓白眼，顯然不接受這個說法。

「不然妳希望我有什麼反應？」佘遠以探詢的眼神瞧著易巧蓓，忽然揚起一抹促狹的微笑，用手托腮，近距離盯著她。「妳想要我吃醋嗎？」

易巧蓓被他這話堵得說不出話來。她只是把他拿來和莫向海比較了一下，覺得兩人反應相差甚遠。莫向海那樣是吃醋嗎？應該不是吧！

「也……不是啦。」

佘遠眼底戲謔未消，續道：「妳該不會是喜歡我吧？」

易巧蓓心頭一顫。她又被魔王攻擊了。

大概是對特定的句子特別敏銳，隔著兩排座位之遠的莫向海竟能聽見佘遠的這句話，如同叢林小動物般警戒地抬起頭，豎起耳朵。

遭受一波攻擊的易巧蓓很快恢復鎮定，取回攻擊權，笑著說：「你想像力也太豐富了吧？」

但佘遠接下來的話令人不知所措：「那就好，因為我已經有喜歡的人了。」

為了不引起騷動，佘遠這話說得挺小聲，卻也成功讓聽見的三人倒抽一口氣。

對易巧蓓而言，此話宛如一支大錘，重重打擊她的胸口。

繼前一波攻擊後，下一波居然直接暴擊！

不同於易巧蓓的愣神與凝滯，安曉琪與齊佳樂在倒吸一口氣後，同時雙眼放光，異口同聲道：「誰？」

說這話時，佘遠仍然注視著易巧蓓，維持一樣的笑容，直到他們倆激動開口後，才分別轉頭各看他們一眼。

「你們給我留點隱私嘛。」佘遠似乎意圖敷衍過去，又看向易巧蓓，笑得比方才更燦爛。「所以，趁還沒愛上我之前，趕快轉移目標吧。」

明明是超級跩又欠扁的一句話，易巧蓓此刻卻沒多餘的心情嗆他，倒是一旁的安曉琪笑著幫忙接話：

「班長果然很有自信呢，但巧蓓也不見得就會愛上你吧？」

有了安曉琪幫忙說話，給易巧蓓助長不少氣勢，易巧蓓才忽然想起自己也該反擊，便順著她的話道：

「哼，誰會愛上你啊，鬼才會愛上你。」

這話說得有些咬牙切齒，在場三人都能明顯感受到易巧蓓話裡帶有的怨氣。

但佘遠像是刻意忽視般，逕自將預想好的台詞說完：「啊，我差點忘了妳已經有莫向海了，是我多慮了。」

易巧蓓頓覺自己有如即將爆發的火山。為什麼要在這時候提到莫向海啊！真是的，她要瘋了！

就在易巧蓓往自己臉上強擠出笑容，試圖壓制著這股怒氣時，一道人影翩躚來到他們身旁，俏皮地用手指戳了戳佘遠。

「佘遠，這次的物理作業我有幾題不太會，可以教我嗎？」白熙妍一手抱著物理作業，另一手將鬢髮勾到耳後，靦腆一笑。

「喔，好啊。」佘遠神色自若地接過白熙妍手中的物理作業，看了一眼題目就能講解。「這題應該用……」

易巧蓓並不為白熙妍的突然出現感到意外，自從試膽大會以後，白熙妍便經常以問功課為理由來找佘遠，一開始佘遠還以不太會教人為理由，建議她去問莫向海或易巧蓓，但白熙妍似乎是打定主意要找佘遠，直說自己並不介意，幾番循循善誘之下，佘遠也不好推辭，指導功課便成了他倆的互動來源。

這樣長期來往下來，兩人也越來越熟稔，白熙妍對他的稱呼從「佘遠同學」變成「佘遠」，有時還會像剛剛那樣做些不經意的肢體接觸。

起先易巧蓓並沒有太關注此事，但剛剛從捨近求遠口中得知一件驚人的消息後，她看這兩人的互動就有如上了一層唯美濾鏡，旁邊開著一朵朵粉紅小花，越看越可疑。

難道捨近求遠喜歡的對象……是她？

◆

「白白，這裡這裡！」在教學大樓頂樓的長椅上，陸明君對著剛出現在樓梯口的白熙妍揮揮手。

白熙妍拿著手中的便當盒朝陸明君走去，對方已經在享用自己的午餐。

她才剛坐下，陸明君就朝她開口：「白白，妳聽說了嗎？我表哥的事……」

「嗯，聽說了。」白熙妍只是輕輕點頭，一邊打開鐵製便當盒。

「真沒想到，那個狐狸精居然會是女主角！表哥一定是因為這樣才護著她啦。」陸明君忿忿不平地說。

「這樣很好啊。」白熙妍心平氣和，語調悠哉，完全不似陸明君憤懣，心中半點不悅也無。

「啊？很好？」陸明君偏頭，不明所以地望向她。

「誰來都一樣，只要女主角另有其人，我們就永遠沒機會，不是嗎？」白熙妍低著頭，心不在焉地用湯匙撥弄著碗中的飯。「所以，知道女主角是誰才是最重要的。」

「妳的意思是……這次也是妳計畫好的？」白熙妍聰明有手段，擅長各種謀劃，從小跟在她身邊的陸明君早已看了不少，故很容易就聯想至此。

「只是小小試探一下。」白熙妍抿唇，並未否認。

「那接下來妳打算怎麼做？」

白熙妍沉默了一會兒，悠悠開口：「如果妳很想要一個位子，但是那個位子上有人了，妳怎麼辦？」

「叫她起來？」陸明君想得直接。

「那要是她不願意呢？」

陸明君沉吟片刻，想不出好的答案。

白熙妍瞧她一臉苦惱，也不再賣關子，勾唇，用氣音道：「讓她消失。」

陸明君睜大雙眼。

她將視線轉向前方，接著說下去。「在那之前，也必須跟她可能培養出的男主角打好關係，確保這個位子不會落到別人手裡。」

「男主角……會是表哥嗎？」

白熙妍側頭瞧她，露出一抹意味深長的笑。「現在看來，比較像是另一個人。」

「該不會是那天罵我們狐狸的人吧？」陸明君皺眉。

白熙妍不答，將一口飯優雅地往嘴裡送。

陸明君突然想到什麼，神色緊張地望著她。「白白，妳該不會不要表哥了？」

「怎麼可能？」白熙妍好笑。「這一切只是為了離開書裡，我喜歡向海，是不會變心的。」

「那就好。」陸明君鬆了一口氣。她還等著白白當她的表嫂呢。

「為了當上完美女主角，很多事都是不得已的。」白熙妍忽然伸出手掌覆上陸明君的手，漾起甜美的笑靨。「明君，妳會幫我吧？」

白熙妍的笑容總是那麼柔和，但她那副笑容底下是否真有笑意，又藏著什麼心思，沒人看得清。

陸明君認識她十幾年，從來也只能讀出她表面的情緒。白白在她眼裡，永遠是溫柔優雅，女神般夢幻的存在，是她崇拜的對象，因此白白說什麼，她就去做，即便偶爾用點小手段，她也不以為意，因為她心裡相當敬佩，白白對莫向海的那份執著。

聽見白白對莫向海仍是一片痴心，她定會義無反顧地幫她。

不知道她在想什麼也沒關係，因為白白對她，永遠都會是那抹溫柔的笑。

陸明君望進白熙妍那雙幽暗的瞳，愣怔地點了點頭。

◆

景明高中的校慶日期訂在下週六，因此這週五學校補假，等於是有三天連假可以利用。

這也是為什麼易巧蓓現在會坐在駛往東部的火車上。

金黃的麥色稻田自窗外飛快掠過，但易巧蓓沒有閒暇欣賞窗外美景，而是專注在眼前的牌局上。

她目前手上有三張A，兩張五，正好能湊一組葫蘆，但大家都在出對子，遲遲輪不到她的機會。

佘遠出了一對Q，無人能接，他接著丟出黑桃二，再扔一組順子，清空手中的牌。

「贏了！」他雙眼彎如月，笑得像個孩子般。

「齁，差一點！」易巧蓓將手中的葫蘆牌扔出，扼腕道。

「班長真的很會玩呢。」安曉琪佩服道。光是剛剛玩的五局之中，佘遠就贏了三局。

「沒有啦，是因為有人太不會玩了。」佘遠邊說邊以同情的眼神瞥向始終沉默的莫向海。

也不知道怎麼玩的，莫向海此刻手中還有一疊牌，他本人倒是不以為意地聳聳肩。

雖然莫向海平時看起來一副精明的樣子，但玩起牌來瞬間變成傻二愣，經常茫茫然搞不清楚狀況，反應也常慢半拍。據他本人所言，他們家從來不曾出現過這種娛樂，此生唯一玩過的兩次撲克牌分別是在國小及國中畢旅。

不過這種傻愣的形象卻也為莫向海帶來反差萌，將他的可愛程度又提升了一個層次。這是易巧蓓偷偷在心中下的評價。

「對了，我們都出來玩了，別再叫我班長，叫我佘遠就行了。」佘遠對一旁的安曉琪說道。

「好，佘遠。」安曉琪點頭，用她天生的可愛嗓音喚了聲。

安曉琪本就長得有如洋娃娃，帶點嬰兒肥的雙頰軟嫩Q彈，讓人禁不住想捏一把，再加上一點點輕柔的娃娃音，喊起別人名字只聽得心裡一陣酥，易巧蓓身為女性都有這種感覺了，若是男性還不被她融化？

以前沒特別注意，現在仔細觀察，安曉琪也是個潛力股啊，拜託別再不經意賣萌了！

易巧蓓瞥了眼佘遠，但見他嘴角微揚，笑得親切，這種類型肯定是中了他的喜好。

這趟旅程是由佘遠提議，兩天一夜的宜蘭之旅，而既然是他主導，那目的就很明顯，連火車票的對號座都事先被他算計過，故他與安曉琪坐隔壁，易巧蓓旁邊自然只能是莫向海。

關於莫向海，易巧蓓一開始確實有些躲著他，還是他自己來找易巧蓓把話說開的，開頭便是「妳幹嘛看到我就跟看到鬼一樣？」這種輕鬆的對話方式成功使兩人的尷尬冰釋，莫向海坦承當時說的只是玩笑話，她不必太過介懷，於是兩人的互動很快又恢復到最初的模式。

易巧蓓懷疑這趟旅行根本是為了她和莫向海而規劃，捨近求遠和安曉琪只是來湊數的。大概是知道她和莫向海不可能單獨出去，才大費周章使這一計吧。

大家都有過在火車上遊玩的經驗，知道要將前座的椅子轉向，呈現四人對坐，再撐開一把傘倒置當作桌面，便可以進行各種卡牌類遊戲了。除卻學校的安排，這種和朋友出遠門的經驗對易巧蓓而言也是第一次，而且還是先在這神奇的書中世界體驗到，感受十分微妙。

到宜蘭的車程大約一個小時，玩了五局大老二後也剩下不多時間，他們便把撲克牌收一收，準備查等等的遊玩路線。

易巧蓓不論走到哪都隨身攜帶追劇小手冊，出遠門當然也不例外。利用這片刻的空閒，她翻開手冊，恰好看到莫向海那一頁。

拉著莫向海去小吃店那日，她發現莫向海達成暖男屬性，興致勃勃地又幫他立下一個新目標，沒想到隔天這個新目標也達成了，快得讓她懷疑莫向海是不是偷看到了她的筆記。

這個新目標便是安曉琪之前一直期待的——霸道總裁。不過易巧蓓還沒告訴安曉琪這個好消息。起先還是捨近求遠進度超前，沒想到這短短幾天莫向海就像是在趕火車一般，硬是比捨近求遠多拿了一個屬性。然而捨近求遠也不是省油的燈，前幾天她確認手機時，竟發現捨近求遠獲得了新屬性「別愛上我」。

她起初愣了一秒，立刻反應過來，覺得有些好笑，沒想到捨近求遠那番欠揍的話竟也可以為他拿到一個屬性，他自己大概也始料未及。

這條屬性並非普世價值下的典型男主角所擁有，而是在少數作品裡出現的，因為某些原因而推開對方的設定。一方越逃，另一方就越想追，觀眾也會越急躁，正所謂「皇帝不急，急死太監」。若是當中緣由對方不知，觀眾也不知，那便更吊人胃口了。

這麼一來，兩個人的比數再度追平。或許正因為如此，捨近求遠才會急著安排出遊，希望能讓她和莫向海多點進展吧。

下了火車，他們按照計劃先前往牧場，用過當地的特色料理後，便在園區內走走逛逛。

走到兔子區，易巧蓓和安曉琪立刻興奮地衝上前，隔著柵欄注視著宛如一坨坨毛球般的兔子，棕色、白色、黑色皆有，光是看牠們拖著圓滾滾的身軀移動就相當療癒。

到櫃檯買了切成長條狀的胡蘿蔔，四個人蹲在柵欄前，將胡蘿蔔伸進欄杆縫隙，立刻有兔子前來啃食，腮幫子不斷鼓動，易巧蓓被這萌樣給融化，一臉陶醉地看著兔子們。

待手中的胡蘿蔔被吃完，易巧蓓轉頭要跟旁邊的莫向海討要下一根，卻發現他將手機鏡頭對著自己，形跡可疑。

「你在幹嘛？」易巧蓓斂起笑容，滿臉狐疑。

莫向海把手機拿開，淡然道：「記錄一下。」

易巧蓓睜大雙眼。「居然真的在拍我！一定是拍我的醜照對不對？手機拿來——」

易巧蓓伸手欲搶走手機，莫向海動作敏捷地將手機往口袋一塞，易巧蓓也沒在管他塞哪裡，手就朝他褲子口袋襲去。

由於目前是蹲姿，莫向海來不及閃避，只能在易巧蓓手摸上來的時候出於本能護衛，手掌直接覆上她的手，不讓她搶走手機。

兩人維持這個動作停頓片刻，互相對視一眼，突然意識到現在這個位置有些尷尬。

莫向海瞟了一眼易巧蓓手放的位置，神色波瀾不驚，抬眼瞧她，輕吐一句：「妳性騷擾。」

易巧蓓臉上一陣紅，立刻抽回手。「誰要騷擾你啊！你才性騷擾，亂摸我的手。」

「又不是第一次了。」莫向海無奈嘆口氣。

易巧蓓瞪了他一眼，為什麼說得好像摸她手是理所當然啊？而且這人臉上一點羞澀也不顯，她以前怎麼都不知道，原來莫向海骨子裡也是厚顏無恥？

搶手機不成，易巧蓓乾脆拿出她自己的手機來反擊。「我看你比較需要被拍照，憑你這顏值，隨便拍幾張洗出來，應該都能賣不少錢……」

莫向海立刻用手擋住鏡頭，起身想要落跑。

「你別想跑！」易巧蓓幾乎同時站起身，舉著手機追在他後面。

「我有肖像權。」莫向海一邊快走一邊說。

「在你偷拍我的那刻就沒有了！」

兩人在大太陽底下上演你追我跑，莫向海那張總是淡然的撲克臉上，久違地浮出了笑容。

在烈日下玩累了，他們拐進一間紀念品店吹冷氣，在那裡買了牧場著名的牛奶霜淇淋。

經過討論，他們決定去搭牧場的遊園車，於是邊吃著冰邊走在寬廣的柏油路上，來到了一個T字路口，佘遠抬頭看看標示牌，想找出搭遊園車的方向。

「那邊好像有個小牌子……」就在佘遠仰頭看向左方時，他右邊的安曉琪注意到離他不遠處的地上插著一塊箭頭形狀的木牌，彎身想看看上面的字。

聽見她的話，佘遠回過頭，沒發現安曉琪離他很近，手中的霜淇淋一不小心就沾到她的鼻尖。

「啊，抱歉。」佘遠道完歉，看見安曉琪的鼻頭變成白色，沒忍住就笑了出來。

「真是的，居然還笑我……」安曉琪站直身子，用食指將鼻頭上的霜淇淋抹下來。

「抱歉，我不是故……」佘遠話還沒說完，安曉琪的食指忽然抹上他的臉頰，將霜淇淋沾了上去。

「這樣就扯平啦。」安曉琪朝他甜甜一笑。

佘遠愣了半晌，忽然一笑，挑起眉：「哎呀？妳蠻會的嘛。」說完又將霜淇淋朝安曉琪的臉伸過去，似乎被挑起了玩興。

「要不要再來一點？」
「不要，走開啦——」安曉琪笑著躲開。
見兩人笑鬧著，不時發出愉快的笑聲，站在後方的易巧蓓只是愣盯著他們，不知該如何形容現在的感覺。
違和嗎？就是違和吧！印象中沒見過這兩人感情那麼要好，害她突然很不習慣。
「妳再不吃，冰要融化了。」一旁的莫向海冷不防出言提醒。
易巧蓓猛然回神，看著手中逐漸融化、正在向下流淌的霜淇淋，連忙快速舔掉快流下來的地方。
莫向海睨了她不顧形象的吃相一眼，問道：「妳還好嗎？」
「什麼還好？」易巧蓓一邊注意哪裡快融化，一邊反問。
這時前面兩人終於停止玩樂，看清楚小木牌上指的正是遊園車的方向，便轉頭招呼他們往那邊走。
走得離前面兩人有段距離，莫向海這才道：「妳剛才的表情，就跟怨婦沒兩樣。」
易巧蓓停下吃的動作，徐徐轉頭，以凌厲的眼神瞪了莫向海一眼。
什麼怨婦，亂說！
莫向海不知收斂，還說：「看，就是那個眼神，看起來想殺人。」
「……對，我先殺你。」
在預料之內，莫向海挨了易巧蓓一拳，但這本就是他的目的，心想這樣多少能替她轉移一些注意力。

◆

離開牧場，四人來到網路上評價甚好的一間日式料理店，這間餐廳主打菜色豪華的日式便當盒，會依據每個人所選的主食不同而搭配不同的配菜，故每個人都能吃到獨一無二的菜色搭配，即使同桌的人選擇同一主食，配菜也會稍做更動，不會完全重複。

等待餐點上桌時，佘遠拿出手機看了看，神色忽然有些不對，盯著畫面思索了一會兒，最後還是將手機遞給對面的莫向海看。

「欸莫向海，你的青梅竹馬又說要問功課，還說訊息可能講不清楚，問我能不能打電話。」

易巧蓓聽見是跟白熙妍有關，馬上湊上前一起看聊天紀錄。

莫向海只是淡淡瞟了眼內容。「你幹嘛現在讀訊息？」

「就不小心點到了嘛，現在怎麼辦，救一下。」佘遠的表情有些困擾。

「你就跟她說你沒空，不就好了？」莫向海不明白這有什麼好煩惱的。

「但是我如果這樣說，等我有空的時候還是要回她啊。」佘遠扶著下巴思索了會兒，露出一個討好的笑容。「不如我請她直接傳題目給你，你幫我解了這題吧。」

「別想。」莫向海冷酷地回了兩個字。「其實你一開始就打這個算盤吧？」

見莫向海拒絕，佘遠的表情又垮了下來，一臉喪氣。「人家是你的青梅竹馬，又不是我的，不是應該去問你嗎？」

「你如果不想教她，大可直接不理她。」莫向海直言。

佘遠放下手機，雙手環胸向椅背一靠，神情略顯嚴肅。「我也想，但我們每天都會見面，這不是同學之間該有的態度。」

「捨近求遠，你跟白熙妍什麼時候那麼熟啦？」易巧蓓看白熙妍訊息上的字句，直覺他們經常通訊，試探地問。

佘遠瞥向她。「也沒有到熟啦，她傳訊息來問我問題，總不能不回吧。」

「而且她好像只問你一個人，對吧？」安曉琪接話。

佘遠撐著頭嘆了口氣，神情懊惱。「對啊，叫她去問別人都不肯，不知道在堅持什麼……」說著說著，突然靈光一閃。「啊，還是我故意跟她說錯的答案，這樣她就不會再來問我了吧？」

扣除佘遠，在場三人面面相覷，心知根本不是這個問題。

「但我覺得，她應該是想多跟你接觸才會問你的。」安曉琪是唯一敢突破盲點的人。

佘遠蹙眉，表情是真疑惑。「跟我接觸？」

其他人還來不及多說明什麼，他們的餐點正好被送了上來，食材經過精心搭配，色香味俱全，便當盒的四個小格子裡分別擺著為每個人特別設計的配料，例如包著起司或海苔的玉子燒、造型魚板、生魚片、切成花朵形狀的蘿蔔等，光鮮可口，叫人食指大動，馬上就把剛剛的話題拋諸腦後。

「我最喜歡日式料理了，這些配菜做得好精美，看起來好好吃！」安曉琪雙手合十，一臉幸福地說道。

「真的啊？那我們來對地方了。」佘遠回應。

「嗯，尤其是玉子燒，每次去日本料理店都一定要點。」安曉琪愉快地說。

佘遠的便當盒裡剛好有一道起司玉子燒，他夾了一塊嘗試，覺得味道不錯，便也夾了一塊到安曉琪的便當盒裡。

「這個做得還不錯，妳吃吃看。」

易巧蓓目睹這一幕，眼睛睜得老大，原先夾起來的食物又掉回便當盒內。

「哇，謝謝！那你也吃吃看這個。」安曉琪受寵若驚，夾了一個章魚小香腸給他當作回禮。

「謝謝。」佘遠一抬眼，發現對面兩人都沒在吃，而是盯著他們看，便對莫向海笑道：「欸，學著點，我剛剛可是在示範給你看。」

「要學什麼？」莫向海挑眉反問。

佘遠對莫向海的缺乏慧根感到意外，但仍是挑明了講：「你也可以夾菜給易巧蓓啊。」

「那個，我去一下洗手間。」易巧蓓忽然放下筷子，離開座位。

佘遠愣看著易巧蓓離去，有些不明所以，嘀咕道：「這麼不想讓莫向海夾菜啊。莫向海，你做了什麼讓她不開心嗎？」

莫向海只是沉著一張臉注視著佘遠，眼神充滿無奈，心想應該是要問你做了什麼吧。

「蓓蓓應該是在吃醋吧。」安曉琪優雅地夾了一口鰻魚送入口中，氣定神閒說道。

佘遠看向她。「吃醋？吃誰的醋？」

安曉琪也望向他，有些訝異他會這麼問，偏頭說道：「我和你呀。」

佘遠起先失笑。「妳是女的，她幹嘛……」隨後終於意識到安曉琪的意思，臉上笑意頓時一僵。

他愣愣轉回視線，看著莫向海，尷尬道：「呃，不可能，對吧？」

莫向海一副朽木不可雕也的表情，輕嘆了口氣，隨後也起身離座。「我去找她。」

落下這句話，莫向海走到洗手間，推開門板，左右兩邊分別有男女廁，掛著半罩式的門簾，他正好瞧見易巧蓓在女廁洗手台前洗手，便靠在入口旁等待。

易巧蓓望著鏡中的自己，雙手拍了拍臉頰。剛才不知道怎麼了，突然不想留在那裡，覺得胸口被什麼堵得難受，才藉故到這裡喘口氣。

捨近求遠對安曉琪有那樣的舉動，又要莫向海學著點，就表示這確實是對喜歡的人才會做的事。她當時看到會那麼驚訝，也是因為立刻想到自己的爸媽在飯桌上經常如此，這是對家人、對所愛之人才會有的愛的表現。

捨近求遠喜歡安曉琪，這個可能她之前也不是沒想過，只是沒想到親眼證實後心裡還是受到不小衝擊，大概是因為，如此一來她的男主角就注定只能是莫向海了吧。

她用手掬起冰涼的水潑在臉上，讓自己恢復了些精神。雖然一時之間有些難以接受，不過情況也沒那麼糟，畢竟她還有一個人選，只要能走完結局就沒問題了。而且莫向海最近的表現也相當積極，當上完美男主角可說是頗有希望。

待在洗手間太久會引人關心，因此易巧蓓以最快速度調適好心情，掀開門簾走出女廁，一轉身忽然撞見莫向海，令她嚇了好大一跳。

「幹嘛，又看到鬼？」莫向海挑眉說起玩笑話，表情卻沒有笑。雖然他平常就是那副不苟言笑的撲克臉，但易巧蓓直覺認為，他現在心情不是太好。

「沒、沒有啦。你來這裡幹嘛？」易巧蓓略低下頭，眼神在地面飄。

莫向海注視著她良久，久到她都覺得奇怪，再度抬頭對上他的雙眸時，才聽他緩緩開口：「那傢伙對跟自己有關的事都特別遲鈍，辛苦妳了。」

易巧蓓頓了幾秒，還是沒反應過來。「蛤？你在說什麼？」

莫向海稍微俯下身，直視易巧蓓的眼。「妳喜歡佘遠，對吧？」

這句話宛如隕石般自空中急速墜落，直撞進她的心扉。

「我沒……」易巧蓓開口想否認，卻忽然被往前拉了一把，整個人往莫向海身上靠，頭抵在他的胸膛，恰可清楚感受到他的心跳。

易巧蓓還沒搞清楚發生了什麼事，只聽他輕嘆一口氣，用略帶沙啞的嗓音，低聲說了一句話，使她眼眶驀然一熱。

「在我面前，不需要假裝。」

◆

莫向海離座後，安曉琪和佘遠兩個人安靜地吃著飯，在這種氣氛下誰也沒心情談天。

佘遠握著筷子的手幾乎沒動過，只是愣看著眼前的便當。

忽然聽見安曉琪說了句：「佘遠，可以問你一件事嗎？」

他回神。「什麼？」

「你為什麼要撮合蓓蓓和向海？」

沉默了一會兒，佘遠才道：「他們兩個很般配啊。」

「這不是我想聽的答案。」安曉琪直言，轉頭望向他。「一定有什麼非這麼做不可的原因吧？」

佘遠沒有立刻接話。心裡想著，易巧蓓本身聰明，交的朋友也如此伶俐，真是有點麻煩。

安曉琪見佘遠不回答，便自顧自地猜測起來。「是因為向海喜歡蓓蓓嗎？但是總覺得在事情還沒變成這樣以前，你就在撮合他們了。不得不說你很擅長這樣的事情，我都差點成了你的幫兇呢。」

佘遠面不改色，實則心頭一顫。安曉琪這人比想像中厲害，連這種細節都逃不過她的法眼。

莫向海喜歡易巧蓓，他一直到最近的女主角曝光事件才開始察覺，但安曉琪卻是用篤定的語氣，彷彿老早就確定了。

「我希望他們可以順利回去。」他誠實回答。

「那你呢？」安曉琪不解。

「我無所謂。」他神色黯然，雲淡風輕道。

安曉琪思索了會兒，還沒消化出這番話可能代表的涵意，就見另外兩人走了回來。

「真是的，飯都快冷了，快吃吧。」

聽見這句話，安曉琪驀然轉頭，但見一旁的佘遠笑逐顏開，一掃眸中陰霾，和方才的他判若兩人，甚至能輕鬆地說出招呼語，彷彿什麼事也沒發生。

真會藏。

易巧蓓也已經調整好心態，從外表上看不出任何波瀾。雖然剛才莫向海朝她投下了顆震撼彈，但她強迫自己暫時別去想這件事。

四個人一如往常的聊天，但都很有默契地不提剛才的事情。

回到飯店房間，易巧蓓洗完澡，身上還殘留浴室中水蒸氣的熱度，暖呼呼的。

她坐在床邊吹頭髮，一邊想著今天發生的一切。

老實說，她沒想過該如何定義自己對捨近求遠的感覺。因此莫向海那樣說時，她腦袋裡嗡嗡作響，一片空白，不管怎樣先否認就對了。

但是莫向海卻告訴她，在他面前不必假裝。

當下的她，覺得心中彷彿有某個角落崩解了。有人猝不及防地，窺探到被包裹在最深處的，她自己都沒察覺的真心。

為什麼她自己都沒發現的事情，莫向海卻能一語道破？難道她潛意識裡真的在逃避什麼嗎？

然而，即便她真的喜歡佘遠，但佘遠說他已經有喜歡的人，根本還未開始就先宣告結束了，與其如此，倒不如都不要讓她發現自己的心意。

她關掉吹風機，向後往床上一倒。

「唉，捨近求遠喜歡的人……」

「喜歡的人是誰？」

易巧蓓的視線範圍猛然出現安曉琪倒過來的臉，她驚叫一聲，彈坐起身，幸好安曉琪閃得快，才沒被她的頭撞到。

易巧蓓轉頭看向站在床的另一側的安曉琪，又看一眼浴室。「妳……妳不是進去了嗎？」

「我又出來拿東西呀，但妳的吹風機聲音太大，所以沒發現我。」

易巧蓓呼出一口氣。「不要用這種方式突然出現，嚇死我了……」

「妳很在意佘遠喜歡的人是誰嗎？」安曉琪笑著問。

易巧蓓一愣，慘了，剛剛的自言自語被安曉琪聽到了。

「還好啦，妳也知道人多少都會八卦嘛。」易巧蓓乾笑道。

為什麼安曉琪會這麼問？難道她已經知道是誰了？如果是這樣，那她的想法又是什麼？

短短幾秒內，一大堆疑問閃過易巧蓓腦海。

「蓓蓓。」安曉琪略為慎重的呼喚令易巧蓓回過神，「妳喜歡佘遠，對不對？」

易巧蓓驚訝地倒抽一口氣，才短短幾個小時，竟然有兩個人問她一模一樣的問題。

「我……」她習慣性想開口反駁，但莫向海早先對她說過的話驀然竄入腦海，令她停頓下來細想了自己與捨近求遠這段期間的相處。

「喜歡……嗎？」她蛾眉顰起，表情苦惱，語氣充滿不確定。

安曉琪看著她，在床邊坐了下來，神情認真地說道：「佘遠跟我告白了。」

「什麼！」易巧蓓來不及克制，一陣驚叫就脫口而出。

安曉琪立刻換上奸計得逞的笑容。「騙妳的。這樣有沒有讓妳更確定了一點？」

一聽見自己被耍，易巧蓓立刻沉下臉，伸出拳頭往安曉琪頭上一敲。「安曉琪，妳真的很煩欸。」

安曉琪用手覆上被敲的地方，委屈道：「我這是為妳好，幫助妳早點確定心意啊。」

經過安曉琪這一番試探，易巧蓓似乎也不得不承認了，但她完全沒有為此而開心，反倒重重嘆了口氣，整個人垂頭喪氣的。「確定有什麼用？他都說有喜歡的人了，我都還沒開口就被拒絕，現在發現也太晚了吧。」

安曉琪對她的喪氣話不以為然，將雙手用力搭上易巧蓓的肩，義正辭嚴道：「只要他還不屬於任何人，妳就有機會！」

易巧蓓有些意外，安曉琪的個性溫和，實在很難想像她會說出這種充滿鬥志與野心的話。

「既然妳喜歡他，接下來就想辦法讓他變成男主角吧！」安曉琪說起這話充滿幹勁，注視著易巧蓓的雙眼炯炯有神。

「啊？可是他不想當男主角啊。」易巧蓓認為這是兩回事。

安曉琪露出有些不耐煩的表情。「他想不想很重要嗎？」

易巧蓓驀然一愣，安曉琪什麼時候說話這麼犀利了？

「在一齣戲裡，女主角喜歡的人才會是男主角，不是嗎？」安曉琪問。

仔細一想，安曉琪所言完全正確，易巧蓓好歹也閱歷過無數劇作，居然會忘了這麼基本的道理。

但易巧蓓很快又想到捨近求遠說過的話。

『表演不帶感情也能完成，不是嗎？』

『比起我，莫向海才是需要回到現實世界的人。』

見易巧蓓神情有些糾結，安曉琪關切地問：「怎麼了嗎？」

易巧蓓抬眼，便把佘遠的表演理論和那句話都告訴了安曉琪，並再三叮囑她不能告訴莫向海。

安曉琪聽完，若有所思了一會兒。

「其實我覺得讓莫向海當男主角也挺好的，忘了跟妳說，前陣子他一口氣拿了三個屬性，其中一個還是霸道總裁喔。」

易巧蓓以喜悅的心情將此事分享給安曉琪，但安曉琪卻並未如預期中那般興奮，反而像是在認真思索著什麼。

「蓓蓓。」安曉琪忽然出聲喚她，注視著她的雙眼，百般正經的態度讓易巧蓓也忽然正襟危坐起來。「我還是覺得妳自己的想法最重要。其實我並不認同佘遠說的那些，太過刻意的故事是不會好看的。」

從安曉琪的眼中，易巧蓓看出她是真心為自己著想，而且是以自己為出發點去考慮。

她忽覺心頭一暖，揚了揚嘴角。

安曉琪握住她的雙手，給她一個溫暖的微笑。「順著自己的心吧，我會幫妳的。」

來這個世界這麼久，第一次有人告訴她要順著自己的心意。對此刻的易巧蓓而言，這正是她最需要的一句話。宛如拂曉時分的第一聲鐘響，令她幡然頓悟。

易巧蓓點了點頭，給安曉琪一個大擁抱。

「曉琪，謝謝妳。」

◆

另一邊，莫向海盥洗完畢走出浴室，就見佘遠仰倒在床上，一手枕在頸後，盯著天花板發呆。

每次他只要有什麼心煩事，就會呈現這副模樣。

「你又在想什麼了？」莫向海朝他走近。

靜默了一會兒，只聽佘遠輕聲道：「她真的喜歡我嗎？」

「居然在想這個？」莫向海皺眉，有些訝異。以前佘遠要是知道有女孩子喜歡他，定不會放在心上，甚至過幾天就忘了，面對告白也都是委婉拒絕，從來沒有像現在這樣困擾。

「但是她明明說，鬼才會愛上我啊。」佘遠眉宇輕蹙，神情不解。

莫向海聽了，不知該哭還是該笑，只好無奈地嘆了口氣。「所以我說，一碰上你自己的事，你就變得像個笨蛋一樣。」

「……」佘遠看向莫向海，雖然心中略有不滿卻又不知如何反駁，只好別開眼，露出小孩般賭氣的神情。

「別擺出那個表情，現在的重點是，你喜不喜歡她？」作為朋友，莫向海可說是任勞任怨，好比現在還要負責引導佘小朋友切入正題。

佘遠嘆了口氣，翻身將頭埋在棉被裡。「現在不是談論這個的時候。」

「為什麼？」

「因為我不會是男主角啊。」他的聲音自棉被中悶悶傳來。

「你又知道了？」

「我就是知道。」佘遠又翻了個身改為側躺，面對莫向海。「倒是你，是慈善家嗎？你明明喜歡易巧蓓，還可以心平氣和地跟我聊這些？」

莫向海臉色驀變，立刻移開視線。「沒這回事。」

「喔？」佘遠刻意拉長音，聽起來特別欠打。「向海害羞了，真可愛。」

「閉嘴。」

佘遠露出無恥的笑容。「我不會跟你搶的。現在要做的是趕緊想辦法讓你當上男主角。」

莫向海睨向他，板著一張臉。「你要是再做些刻意撮合的舉動，我就跟你絕交。」

佘遠聞言一愣，不明所以，輕笑了聲。「幹嘛，這麼嚴重？」

「就是這麼嚴重。」莫向海學著他方才的說話方式。

佘遠凝睇著他的臉，突然明白了他的用意。

按照今日的前車之鑑，如果這麼做會讓她不開心，那反倒與原本的意圖背道而馳，不如不做。

他嘴角一勾，答應得乾脆。「行，那我不插手了。你自己努力一點。」

佘遠從床上爬起，經過莫向海時拍了他的肩。「別讓我失望。」

莫向海應了聲，回頭看著佘遠走進浴室，又拿出自己的手機。

晚餐後，他的成就欄位又多了一項「貼近」，可想而知是他去廁所找易巧蓓時發生的事所觸發。細數起來，他目前拿到的項目比佘遠還多一項。

莫向海放下手機，又望向已經關上的浴室門口。

努力的方向，是時候該改變了。

◆

經過昨晚安曉琪的開導，易巧蓓終於能正視自己的心情，接受自己對捨近求遠有那麼點動心的事實。

安曉琪對佘遠無意，而她自己又是女主角，就像安曉琪說的，趁著捨近求遠還沒被別人拐走，憑著自己的本事攻略他也不是不可能。不是她自戀，論外貌、論內涵，甚至異性緣，她還是挺有自信的。而且在她的認知裡，捨近求遠還不知道她的心意，如此相處起來就可以像從前一樣自在，不會因這份感情而有任何改變。

決定好接下來的路，易巧蓓豁然開朗，看得出心情比之前還要好，也不會再因一些小細節而心裡不是滋味。至於佘遠，本來就是戲精一枚，和易巧蓓的互動上自然也和往常沒兩樣，同時，他也因為顧慮到易巧蓓的心情，在行為上收斂了不少。

第二天早上，在飯店用完早餐後，一行人在市區逛街，聊天打鬧，相處十分愉快。

在市區餐廳用完午餐，他們便搭車前往龜山島，準備搭船賞鯨。

易巧蓓唯一的搭船經驗是從淡水搭船到八里，因此對於這次環島賞鯨的體驗感到十分新鮮，一上船就興奮地四處張望。

今日天氣晴朗，陽光毒辣，不少人一上船就往開著冷氣的船艙裡鑽，易巧蓓跟著安曉琪走，也進入了船艙，走在最前面的莫向海已經覓了一個位子坐下。

兩人跟著坐下後，安曉琪便開始補防曬，易巧蓓轉頭看向窗外，蔚藍的海被玻璃隔上，距離遠了些，也少了海風吹拂的臨場感。

易巧蓓對安曉琪道：「我想去外面看看。」

「那我跟妳一起去。」

易巧蓓點點頭，等了安曉琪一會兒，兩人便一起走出艙外。

船的兩側有陰影遮蔽，早就聚集了許多人，剩下船尾中央有些位置，但易巧蓓就是為了看海才走出來的，當然不可能選擇那裡，便企圖走到烈日曝曬的船頭去。

穿過船側狹窄的走道時，易巧蓓突然聽見有人喚她名字。回頭一看，佘遠在船邊向她招手，往旁邊挪了一個位置給她。

她綻開笑顏，興奮地走過去，學他趴在欄杆上看著底下的海。

遊艇開得頗快，船底激起白色浪花洶湧，滾滾浪濤綿延擴散，餘波盪至外海，白沫漸消，終歸一片湛藍平靜。

陽光灑落海平面，反射或深或淺的波紋，粼粼波光使得整片海宛若糝上金粉，海面上光點閃爍，叫人捨不得移開視線。

如此近距離接觸大海，易巧蓓能親身感受強勁的海風，強風使她雙眼瞇起，但也因此拂去烈陽的炙熱，風中捎來海的氣味，清新舒適。

「啊——果然出來吹海風是對的。」易巧蓓任憑一陣一陣的風拍打在臉上，髮梢飛舞，滿足地說道。

「是啊。」佘遠附和。

易巧蓓轉頭，只見他眺望著遠方，雙眼微瞇，額前的髮絲被吹亂，嘴角噙著一抹淡笑，表情十分放鬆。視線忍不住在他臉上多停留了會兒，易巧蓓再轉頭看向另一邊，奇怪，安曉琪人呢？

下意識向後轉，往船艙門口看去，果然看見安曉琪正躲在門邊，探頭注視著他們，發現易巧蓓的目光後還用手朝她比了讚。

這是在幹嘛？易巧蓓無奈失笑。

船上的導遊拿著大聲公，向遊客解說這附近常出沒的鯨豚種類、出沒時間，以及龜山島的地形等等。

不一會兒，導遊向大家報告在船尾七點鐘方向發現了鯨豚，遊客們立刻拿著相機向該處移動，而易巧蓓他們原本的位置大約是四點鐘方向。

「那個怕曬的莫大少爺不會還在裡面吧？我去叫他。」佘遠說著就離開欄杆。

易巧蓓這時忽然眼尖地發現海上浮出兩隻鯨豚的背鰭，一時興奮就抓起佘遠的手。「你看你看！那裡也有！」

佘遠先是愣看了易巧蓓一眼，又很快順著她指的方向望去，果見兩隻鯨豚在海面上輪番跳躍，距離他們不過兩三公尺。

「喔！四點鐘方向也有兩隻可愛的鯨豚，各位，可以看看我們四點鐘方向……」導遊很快也發現了這邊的鯨豚，指引著遊客前去觀賞，一時間兩人身後湧來了不少人，使他們不得不拉近距離，在周遭的推擠之下，兩人的肩膀幾乎碰在一起。

「哇，看得好清楚喔。」易巧蓓彷彿完全沒感覺似的，神情雀躍地看著鯨豚，隨後拿起手機拍了幾張照片。

但佘遠現在的心思並不在鯨豚身上，他偷偷瞥向易巧蓓，只見她笑得開懷，完全專注在鯨豚上，自己不知怎地竟有些心慌，連忙訕訕別開眼，和眾人一同望向鯨豚的方向。

這時，又有三五隻鯨豚出現在不遠處，惹得眾人一陣驚呼。

「好多喔，你看那裡！」易巧蓓又拍了拍佘遠，開心說道。

「嗯。」佘遠只擠得出一個字，心裡莫名湧現出一股微妙的感受，帶點緊張，又摻雜喜悅。

沉浸在被大海與鯨豚包圍的愉悅當中，易巧蓓沒意識到，無論是那兩隻鯨豚還是船上的遊客，在無意間都扮演了助攻的角色。

第八條　無法不關心

——「從現在開始，我也會對你說這句話。你要好好吃飯、好好生活，因為還是有關心你的人。」

校慶以後，很快地迎來第二次段考。

易巧蓓這次準備得比上次還認真，最後總算考到班上第一名。

她還記得那天林舒辰對她說過的話，下次考到全班第一名就要請客。

不知道林舒辰還記不記得這個約定？

距離她來到這裡已經過了幾個月……不對，在這裡的時間是不占用到現實世界的，她在這裡過了一學期，對林舒辰而言可能只過了幾秒鐘而已，怎麼可能忘記。

想起林舒辰，就連帶地想起班上其他同學、她以前的教室，甚至是禿頭數學老師，還有補習班老師、家裡的爸媽……

希望能趕快見到他們。

除此之外，她也希望能和這裡認識的人繼續保持聯絡，而若要同時滿足這兩個願望，就只能想辦法達成完美結局了。

至於齊佳樂在她的調教，不，是悉心教導之下，成績有了卓越的進步，班排直接從二十六躍進到十一。

「易巧蓓，妳真是我的恩師！我從來沒有考過這麼高的名次！」齊佳樂手握成績單，興奮地在易巧蓓座位旁手舞足蹈。

幾次相處熟絡下來，齊佳樂說話也不結巴了，從原本被欺凌的對象變成了一個人見人愛、單純耿直的好男孩，易巧蓓看著都覺得挺有成就感，原來自己不只培育男主角，連配角也順便形塑了。

「這沒什麼，你本來記憶力就好，我只是告訴你正確的學習方法而已。」易巧蓓如實相告。

齊佳樂猛搖頭一陣。「要不是有妳，我絕對沒辦法進步這麼多。這都要多虧遠哥的介紹，他一定也會為我高興的……咦，遠哥呢？」他望向佘遠的座位，卻不見其人影。

現在是午休時間，易巧蓓本都和安曉琪、佘遠與莫向海三人吃飯，但自從校慶結束後，佘遠出現在易巧蓓面前的頻率大幅降低，除了放學會四個人一起走，下課時間幾乎不曾主動來找他們聊天，中午吃飯也總是匆匆吃完閃人，不然就是像現在一樣，直接不出現。

「他最近常搞失蹤，你知道為什麼嗎？」恰巧逮到機會，易巧蓓決定向這位佘遠的小跟班探聽消息。

齊佳樂搖了搖頭。

易巧蓓想想也對，齊佳樂本就不擅長察言觀色，不該指望他會有答案，然而他接著又道：「但是我覺得妳可以多關心一下他。」

「怎麼說？」

「遠哥對人很好，但是跟他相處的時候，我可以感覺得出來，遠哥的內心是孤寂的，好像跟誰都有距離。」

雖然孤寂這樣文雅的詞從齊佳樂口中說出確實有些違和，但人家說得一臉誠懇，易巧蓓也不好意思笑出來。

「所以我想他應該很需要人關心他，但那個人不是我，我嘴太笨，不知道該說什麼好。」齊佳樂不好意思地搔了搔頭。「他都會問我和妳學習得怎麼樣，好像很關心妳，所以我覺得妳是最好的人選。」

「他真的問你這些？」易巧蓓有些訝異。

齊佳樂肯定地點頭。「最常說的就是這個了。」

易巧蓓思忖了一陣。很早以前她就問過莫向海同樣的問題，他只是聳了聳肩，不太在意的樣子。「大概在教學大樓頂樓。」

「為什麼要去那裡？」易巧蓓想起試膽大會那天，捨近求遠說過他以前常去那裡。

「他從以前就蠻喜歡去那裡，心情不好也會去，可能是想一個人靜一靜。」莫向海說。

這番話曾讓易巧蓓打消了去找他的念頭。然而現在聽齊佳樂的說法，她又認為有必要親自去找他一趟。

且今日佘遠不僅中午時間沒出現，一直到下午第一堂課都還不見他人。

這堂剛好又是何老師的課，他一眼就看見教室裡的空位，眉宇輕蹙。「班長今天沒來嗎？」

「有。」坐佘遠旁邊的同學道。

原以為何老師會接著問有沒有人知道他去哪，想不到他說：「身為班長，蹺課可是不行的。副班長，妳去找他吧，先去教學大樓頂樓看看，找不到再回來跟我說。」

易巧蓓先是震驚何老師居然指名要她去找，而不是跟佘遠最要好的莫向海；隨後又訝異於何老師居然知道他人在哪。

「我嗎？」易巧蓓不確定地指著自己。

「嗯，在這個班上，妳的成績是最有本錢蹺課的。快去吧。」何老師肯定地道。

易巧蓓對何老師的理由感到相當無言，但還是認分地起身。何老師簡直就是她肚子裡的蛔蟲，她才剛興起去找佘遠的念頭，這就被指派了。

還沒走出教室，就聽見有同學道出她心中的疑問：「老師，你怎麼知道他在那裡？」

易巧蓓刻意放慢腳步，等何老師的回答。

何老師清了清喉嚨。「畢竟是慣犯了。來吧，拿出課本，我們上課。」

何老師似乎不想對此多解釋什麼，只是輕描淡寫帶過。

慣犯？所以他以前真的常去那裡，而且還是在上課時間？

易巧蓓加快腳步往教學大樓前進，一來是因為不想錯過太多化學課，二來心裡也有點緊張，不知道等等如果真的見到捨近求遠，他會有什麼反應？

費了一些力氣爬上頂樓，廣闊的空地上只有一張長椅，很清楚就瞧見佘遠躺在上頭，手枕在後腦勺，臉上蓋著一本攤開的化學課本。

居然在這裡睡覺？

易巧蓓走到他旁邊，沒有直接拿起他臉上的書，而是搖了搖他。「欸，捨近求遠。」

沒多久，佘遠抬手將書拿開，睜著剛睡醒有些迷濛的眼，盯著易巧蓓半晌，浮出淡淡的微笑。「怎麼是妳？」

「老師叫我來找你的，你怎麼會睡在這？」啊啊，幹嘛笑得這麼溫柔！

佘遠從長椅上坐起身，「不小心睡著了。咳、咳，沒聽到鐘聲。」

他說到一半，忽然轉過頭用手臂遮掩，咳嗽了幾聲。

「你感冒了？」易巧蓓歪頭，關切地瞧著他。

「小感冒而已。」佘遠已經站起身朝樓梯走，擺了擺手表示不用在意。

易巧蓓回頭看了一眼他躺過的長椅。「現在冬天，你躺在那裡當然會感冒，下次不要睡在那裡了。」

「妳現在是在擔心我嗎？」他的語氣聽不出高興或是調侃。

易巧蓓一愣，隨後道：「對、對啊。」

佘遠安靜了一會兒，才說：「知道了。」

回到教室，何老師一見他，臉上不見惱色，也沒有任何責罵，只是平淡地說：「果然去了那裡啊，上課時間要記得回來。」

佘遠陪笑道：「抱歉，沒聽見上課鐘聲。」隨後舉起手中的化學課本。「但我剛剛也是在讀化學啊。」

這舉動引來了一些笑聲。

易巧蓓走回坐位時，餘光似乎瞥見一道熾烈的目光注視著自己，轉頭一看，果然見白熙妍正看著她。

但當兩人目光交會，白熙妍立刻抿唇笑了笑，彷彿只是不經意對上眼。

易巧蓓也回以微笑，轉頭便把那股異樣感拋諸腦後。

◆

接下來的兩天，佘遠都沒來學校上課。

「他感冒還沒好，請假在家。」莫向海連續兩天的說法都一致。

「這麼嚴重？已經兩天沒來了耶。」易巧蓓一臉疑惑。「他有去看醫生嗎？」

「沒有。」

「什麼？」請假兩天還不去看醫生，易巧蓓實在無法相信。

莫向海一臉無可奈何。「我勸過他了，每次生病他都懶得去看醫生，都讓它自然好。」

易巧蓓不以為然，兩手撐在莫向海的桌上。「他不聽勸，你用拖的也要把他拖去啊！生病可不是鬧著玩的。」

「好好好，妳冷靜，我今天回去會再勸勸他。」莫向海舉起雙手安撫。

「要是他還是不去，你再通知我，我來想想辦法。」

莫向海應允了。

這天是星期五，易巧蓓一整晚都沒接到莫向海的通知，很想發訊息詢問，最後還是忍住了。沒消息就是好消息，莫向海應該是順利讓捨近求遠去看醫生了吧。

隔天一早，易巧蓓還沒被鬧鐘聲喚醒，就先被一陣電話鈴聲吵得不得不睜眼。瞥了透光的窗簾一眼，光線的亮度讓她判定現在還沒到她鬧鐘設定的早上九點。

「誰啊……」

睡意尚濃的她動作遲緩地翻了個身，拿起手機一看，看見莫向海三個大字，讓她頓時清醒了一大半。

她接起電話，沒等莫向海開口就搶先道：「捨近求遠沒去看醫生嗎？」

電話那頭先是一陣靜默，隨後傳來幾聲笑。

易巧蓓皺眉。「笑什麼啊？」

「妳該不會一整晚都在想這件事吧？」

「也沒那麼誇張啦。」易巧蓓摸了摸鼻子。「所以到底是有沒有？」

「有。我跟他說妳要我拖著他去，他就妥協了。」

「聽起來蠻容易的嘛。」易巧蓓鬆了口氣。

「但是現在有一個問題。」莫向海話鋒一轉。

「什麼問題？」易巧蓓凝起臉色。

「其實我現在在我家的車上。我爸這幾天放假，心血來潮規劃了輕旅行，所以這個週末我都不會在家。」

「你的意思是，只剩捨近求遠一個人？」

「對。以他的生活自理能力，我很怕他會不小心死掉。」

「這麼嚴重？」易巧蓓嚇了一跳，從床上彈坐起來。

「當然是誇張了點，不過忘記吃藥、或是懶得出去買吃的，都很有可能。」莫向海頓了頓，道出後話：「所以我打給妳，是想問妳能不能幫我到他家去看看。」

聽見莫向海說「他家」，易巧蓓疑惑了一下，隨後想到很可能是因為他家人就在旁邊，不想被他們聽出不對勁。

原來是為了這個，難怪莫向海七早八早給她打電話，易巧蓓拿開手機看了一眼時間，才七點半。

「好啊，那我需要準備什麼嗎？」易巧蓓想都沒想就答應。

「就買點吃的給他就行了，他早上有吃藥，應該沒什麼大問題。」

易巧蓓思索了會兒。「你家有廚房吧？我自己煮應該比較清淡。」

莫向海靜默了半晌，才道：「那就麻煩妳了。」

「不會，我還要謝謝你願意告訴我這個消息。你真的很為捨近求遠著想欸。」

「我倒覺得妳比我還擔心他。」莫向海揶揄道。

易巧蓓有些不好意思地笑了笑，反正莫向海已經知道她的心意了，她也沒什麼好反駁的。

電話那頭也沉默了一會兒，才聽莫向海緩緩道：「如果今天是我……」

「嗯？你怎樣？」聽對方忽然打住，易巧蓓忍不住問。

「算了，沒事。那先這樣。」

聽他似乎要掛斷，易巧蓓連忙出聲制止。「欸等等！你有事先跟捨近求遠說嗎？我要什麼時候過去？」

「沒有，要是說了他一定會死不開門，妳就趁他毫無防備的時候闖進去就行了。」莫向海毫無猶豫，彷彿早就設想好情況了。

聽見莫向海說出類似教唆人犯罪的話，易巧蓓不禁笑了出來。「說的也是，雖然聽起來哪裡怪怪的。」

「還有問題嗎？」

「沒了，感謝向海大人神助攻，小女子感激不盡。」易巧蓓邊說邊深深一鞠躬，可惜對方看不到。

莫向海笑了笑。「好好把握這次機會。」

「是！那我先去準備了，祝你玩得愉快！」易巧蓓又舉起手做了個敬禮手勢。

「嗯。」

掛了電話，莫向海盯著和易巧蓓通話的介面，通話時間三分二十六秒。

介面消失後，他依舊注視著手機螢幕好一會兒，輕嘆了口氣。

「可以的話，我也希望妳看的人是我啊。」

♦

易巧蓓在家吃過早餐，就提著購物袋到超市採買一些食材，按照莫向海提供的地址前往他的住處。

莫向海家離捷運站不遠，易巧蓓沒花多少時間就找到路。走進一棟大樓，搭電梯上到六樓，易巧蓓對了對門牌號碼，忐忑地按下電鈴。

等了一會兒沒人應門，她又著急地按了幾次。

突然，門開了。

佘遠穿著白色帽T配牛仔褲，打開門看見是易巧蓓，神情驚愕，愣了約莫一秒，隨後迅速將門關上。

易巧蓓想起莫向海說過要趁其不備時闖進去，要是現在被他關上門大概就沒機會了，立刻伸手擋住門板，使盡吃奶的力氣不讓門闔上。

「是莫向海叫我來的，你要是敢讓我吃閉門羹你就死定了！」易巧蓓喊道。

對面推門的力道忽然消失，易巧蓓來不及收回力，就這麼推開門栽了進去。「哇啊！」

這一個重心往前，正好被佘遠接住。

「……他要妳來做什麼？」聽見頭頂上傳來一句淡淡的問話，易巧蓓抬起頭，映入眼簾的是佘遠滿臉不解的神情。

易巧蓓朝他燦笑。「照顧你呀。」

「我很好。」佘遠淡然回答。

易巧蓓盯著他的臉，從他懷中爬起來，一手冷不防貼上他的額頭，這突然的舉動讓佘遠縮了縮身子。

「還是很燙，哪裡好了？」易巧蓓先是替他把門關上，又把他推到沙發前，按著他的肩膀讓他坐下，佘遠則一臉茫然地看著她。

「你吃過早餐了吧，吃藥了嗎？」

「嗯。」佘遠盯著她，仍有些愣神。

易巧蓓看了眼手錶，「現在十點，那……我先去把食材處理一下好了，你要不要先休息一下？」

佘遠沒回答她的話，而是問：「妳要煮菜？」

「對啊！」易巧蓓舉起剛剛在超市買的一袋食材，得意地笑了笑。「你要先睡一下嗎？」

問出這句話後，佘遠突然表情古怪地看著她。

易巧蓓笑容頓時有些僵。「……幹嘛？」

佘遠快速打量了她。「妳一個女孩子，自己跑來男生家裡，還說出這種話……」

「哪種話？」易巧蓓回想剛才說了什麼，雙頰有些泛紅。「你想到哪裡去啦！」

他臉上先是浮起淡淡的笑，隨後又轉過頭對著手臂咳了幾聲。

果然就算生病還是死性不改，老愛捉弄她。

「發燒的人就是要多休息，先回房間吧？午飯我會做，做好了再叫你。」易巧蓓提議。

「不要。」

易巧蓓沒料到他會拒絕，像個小孩子。「那你要怎樣？」

「我在這裡就好。」

「你確定？」易巧蓓擰眉，該不會是怕她亂來，所以要在客廳盯著她吧？

見佘遠肯定地點頭，她只好同意。「那好吧，我去幫你拿個毛巾和毯子，可以進你房間嗎？」

佘遠指著後方通往房間的走道。「左邊。」

易巧蓓先把超市買的東西擱在廚房流理台，再走到佘遠房間，裡面簡單設置一張單人床、書桌和衣櫃，除了學校用的課本和一些課外讀物，幾乎沒有什麼雜物，意外地乾淨整齊。

在衣櫃中找到一條毛毯和毛巾後，易巧蓓不經意瞥見書桌旁的矮櫃，好奇蹲下來看看，裡頭擺放著大量的書，大部分是小說，也有少部分散文，還有一區專門放日本文學。

易巧蓓的目光很快鎖定《挪威的森林》上下集，原來他家真的有這套書，那時解釋普通哲學時，她問他有沒有看過，他毫不遲疑地點頭，還令她稍感意外。

平時看不出來，原來捨近求遠是個喜歡看書的人。

瀏覽完書櫃，她站起身望了眼書桌，餘光驀地被某個東西吸引住。

在書桌前方的牆上，貼了一張拍立得，正是他們參加試膽大會的紀念合照。

那天見他把照片往書包隨意一塞，還以為他不太滿意那張照片，沒想到他會將它貼在如此顯眼的地方，易巧蓓看著照片中的兩人，一陣喜悅湧上心頭。

帶著愉快的笑容轉過身，忽然看見佘遠站在房門邊，嚇得她身子一顫。「你怎麼跑來了？」

「妳去太久了，過來看看。」佘遠的語調平靜，似乎沒有因為她亂看東西而生氣。

易巧蓓匆匆走出房間。「我去把毛巾弄涼，你先拿著這個回去吧。」

當她把毛毯推到佘遠懷中，發現佘遠似乎站不太穩，腿軟了一下。

「你還好吧？」易巧蓓心中一驚，連忙扶住他，將他帶回原本的位子上，這才想起自己帶了額溫槍，量了佘遠的體溫，39.1度。

易巧蓓看著體溫計上的數字皺起眉。「怎麼感覺體溫越來越高？你有吃退燒藥嗎？」

佘遠愣盯著她一會兒，似在思考。「好像沒有。」

……好像？

「你不是說早上有吃藥？」

「那時候還沒這麼嚴重，所以沒吃退燒的。」

的確，處方上寫退燒藥是高燒到38度以上吃的。

「莫向海說的沒錯，放你一個人真的會不放心。」

易巧蓓倒了杯水給他吃退燒藥，又洗好冰涼的毛巾放在他額頭上，幫他蓋好毯子，一切妥當後就到廚房去洗菜。

大概是沒力氣，佘遠全程沒說話也沒反抗，只是一直盯著易巧蓓看。

忙活到現在也十點半了，易巧蓓換上自己帶的圍裙，將紅蘿蔔、香菇、洋蔥、青菜等洗淨、切好，待水燒滾後，將青菜以外的料丟入鍋中，轉成小火。

接下來需悶煮一段時間，距離她進廚房已過了約四十分鐘，易巧蓓洗了手，在圍裙上擦一擦，趁空擋跑到客廳看看佘遠的情況。

斜臥在沙發上，佘遠闔著雙眼，平穩而規律的呼吸，看來是睡著了。

易巧蓓蹲在他身旁，端詳著他挺拔的五官，縱使此刻氣色稍顯蒼白，卻仍無法掩飾他那天生俊俏的外表，面容白淨，輪廓線條柔和，使他的臉添了幾分稚氣。

這張臉，倒是很配他那屁孩的性格。易巧蓓想著，忍不住笑。

好想就這樣，一直看著他。

要是這樣一直看著，能看出他開朗外表底下藏著的心事，那該有多好。

在他身邊待了一會兒，忽然瞧見他神色起了變化，眉頭蹙起，呼吸也急促了些，看起來有些難受。

易巧蓓聽見他微弱的呻吟，頓時緊張起來，挺直身子探上前觀察他的情況。

將毛巾掀開，伸手覆上他的額頭，溫度摸起來比之前稍微不燙一些，臉龐掛著幾滴汗珠。

「怎麼了，是做惡夢嗎？」

他呼吸的起伏令易巧蓓想起試膽大會時的情況，下意識就握住他的手。

過了幾秒，她感覺手上傳來回握的力道。

佘遠在那一刻睜開了眼，微喘著氣。

「你醒了？怎麼回事，哪裡不舒服嗎？」易巧蓓立刻關切地問。

佘遠沒有回答，只是抬起被握住的手，安靜注視著。

——要是當時也有這隻手就好了。他在心裡閃過這個想法。

易巧蓓看見他的舉動，以為他是介意她握他的手，忙把手抽回來。「啊……剛剛看你的樣子有點難受，下意識就這麼做了，抱歉。」

佘遠將視線移到她身上，還來不及解釋，就聽她又問：「你剛才做惡夢了嗎？」

「嗯，算是吧。」

「那還有其他不舒服嗎？」

「沒有，都很好。」

聽見他只是因為做了惡夢才這樣，易巧蓓鬆了口氣。「別怕，有我在。」

聽了這話，佘遠驀然一愣，筆直地盯著她。

看他的反應，易巧蓓突然意識到自己似乎說了什麼很自以為是的話，頓時有些難為情。

「那個……我的湯還沒煮好，我先去用。」她說完又跑回廚房去了。

不一會兒，易巧蓓特製的蔬菜湯和蒸蛋被端上了桌。

她脫下隔熱手套，幫佘遠和自己各盛了一份，「雖然不常親自下廚，但從小看著我媽做多少有學一點，味道應該還行，你試試看，我有特地煮清淡一點。」

佘遠點頭，一手托腮，饒有興致地看著眼前的兩道菜。

易巧蓓見他遲遲不開動，但面帶笑容不像是沒食慾的樣子，不禁問：「怎麼了嗎？」

他搖搖頭。「沒事。只是想到自從我七歲以後，就沒再吃過養母做的菜，這還是第一次有人做菜給我吃。」

易巧蓓有些意外，原來他已經這麼久沒吃到家裡煮的菜，又想到自己家裡每天開伙，心中不禁有些感慨。

但為了不讓佘遠看出她在為他難過，她仍笑了笑。「我也是第一次在別人家做菜，你先試試看味道吧。」

佘遠把兩道菜分別試了一遍。

「怎麼樣？」易巧蓓略帶忐忑地問。

「很好吃。」

聽他這麼說，易巧蓓喜出望外，沒想太多就道：「你喜歡的話，我以後可以常做。」

「真的？」他揚眉。

「啊，我是說……我自己在家做好，再帶去學校分給你們。」

佘遠刻意「喔」了一聲。「我還以為妳想常來我這。」

「不是啦，這樣很奇怪吧。」

佘遠喝了一口湯。「其實妳想來也不是不行，莫向海一定也會喜歡妳做的菜。」

「是嗎？」他突然提到莫向海，讓易巧蓓一時不知道該說什麼，只是笑了笑。

「但我沒想到他今天會突然把妳叫來。」

「因為他不放心你一個人嘛。」雖然多少還有助攻的成分在，但這當然不能對他說。

況且今天一來，確實和她所想的一樣，佘遠對自己的事並不上心，不僅看個醫生要拖好幾天，連退燒藥也不知道要吃。

「對了，剛剛忘記再幫你量體溫，你現在覺得怎麼樣？」

「燒應該有退一點，不然我也不會坐在這裡跟妳說話。」佘遠說完，想了想又開口：「……我看起來有那麼需要人照顧嗎？」

「何止看起來，行為也確實是啊。」易巧蓓篤定地說。「如果今天我沒來，你會自己吃飯嗎？」

佘遠思考了一下。「看情況。」

「看吧！就是這樣讓人放不下心。」

他動作一頓，抬起頭。「為什麼？」

「正常人都不能不吃飯了，何況是病人。」易巧蓓理所當然道。

佘遠輕哂。「要我好好吃飯這種話，我只聽莫向海說過。或許是以前沒有人督促我，所以我也不太在意這種事。」

易巧蓓聽懂他的意思，心底那股淡淡的酸澀又湧了上來。

少了家人的關心，也難怪他會如此輕率地對待自己。

幾乎沒多做思考，易巧蓓便脫口：「你要好好吃飯。」

「嗯？」佘遠不明所以地看她。

「從現在開始，我也會對你說這句話。你要好好吃飯、好好生活，因為還是有關心你的人。」她把心裡想的一股腦全拋出來。

佘遠定看她半晌，將視線移回眼前的食物，輕笑了聲來掩飾情緒。「妳突然這樣，讓我好不習慣。」

「誒？會嗎？我可是很認真的！」易巧蓓正色強調。

「我知道了。」佘遠埋頭喝湯，不讓易巧蓓發現他上揚的嘴角。

吃過飯後，佘遠的燒退得差不多了，原本打算幫忙洗碗，但易巧蓓堅持要他休息，他只好留在位子上，發呆了一會兒，走到客廳打開手機一看，卻發現不得了的消息。

白熙妍從早上就開始發各種訊息關心佘遠，而且不知道從哪裡得知佘遠的住址，末尾一條還寫到她燉了雞湯，下午會過去探訪。

佘遠想了一下，發了一封訊息過去。

佘遠：我很好，謝謝關心，就不用麻煩妳跑一趟了。

對方立刻回覆。

白熙妍：不麻煩的，其實我已經在路上了。

佘遠：妳怎麼知道我家地址？

白熙妍：明君告訴我的，她說之前曾經看到你和莫向海一起回家，就把莫向海的住址告訴了我。對不起，沒有事先跟你說。

佘遠閱讀完訊息，正在思考該如何阻止白熙妍過來，這時已經把碗洗好的易巧蓓來到他身旁。

「我等一下先把晚餐煮好再走吧？」

佘遠抬眼看她，張口卻又不知該從何說起，欲言又止。

易巧蓓立刻察覺有異，下意識湊近他的手機一瞧，他也不抗拒，大方讓她看。

訊息正好停留在佘遠已讀未回的地方，易巧蓓剛瀏覽完，一則新的訊息又跳了出來。

白熙妍：我到了，可以幫我開門嗎？

兩人同時一驚。

「沒想到她來得這麼快。」

「太扯了，怎麼可以沒經過同意就來？」易巧蓓憤憤不平。

佘遠斜眼睨了她一眼，她意會過來，連忙辯解：「我可是受人之託才來的，不一樣。」

「妳要不要先躲起來？被看到應該不太好。」佘遠問。

易巧蓓當然不想，要是躲起來就等於自己也承認做了虧心事。她看向佘遠，大眼眨了眨，靈機一動，下了一個大膽的決定。

「不用，你躲起來。」

「蛤？」佘遠以為自己聽錯。

「聽我的，你先進房間，不要出來也不要發出聲音。」易巧蓓推著佘遠往房間走。

「欸欸欸，易巧蓓，妳要幹嘛？別亂來。」

「不會啦！我保證她之後不會再來糾纏你。」

「……」

被推進房間後，易巧蓓比了一個噓的手勢，就將門關上，此時正好響起門鈴聲。機會來了。易巧蓓懷著宛如做壞事般的興奮，走向門邊，將門打開。

「嗨。」易巧蓓掛上最燦爛的微笑。

白熙妍看見是她，那臉上的驚愕藏也藏不住。「這裡不是……」

「喔，妳沒走錯啦，這裡是佘遠家，妳是來找他的對吧？」

白熙妍很快恢復鎮定，朝她點頭。「嗯，那妳是……」

「莫向海今天不在家，我被叫來幫忙照顧他。」易巧蓓解釋完，看見白熙妍手上提的保溫袋，笑著伸手接了過來。「這是妳準備的雞湯對吧？他都跟我說了，交給我就可以了。」

白熙妍愣眼看著保溫袋被易巧蓓「搶」過，礙於形象不能和她翻臉，只好睜著無辜大眼，委屈巴巴地道：「那……佘遠現在在嗎？他剛剛有讀我訊息。」

「他啊，他在房間裡，因為感冒不方便接待客人，就由我代勞。」易巧蓓從頭到尾都死守在門口，沒有要邀請對方進來的意思。「還有什麼事嗎？」

「呃……沒有了。」白熙妍有些尷尬地垂下眼眸，又忽然想到什麼，抬起頭看著易巧蓓。「請務必將這碗湯轉交給佘遠。」

不知是不是易巧蓓的錯覺，總覺得她在「務必」二字上特別加重了語氣。難道是怕她自己喝掉？不過她確實打算這麼做。

「放心，我一定會的。」易巧蓓朝她點頭。

白熙妍也點頭致意。「那我就先離開了。」

對方走後，易巧蓓將門關上，整個人鬆了口氣。

要應付這種場面，而且還是跟不太熟的人交涉，她其實也是會緊張的。幸好白熙妍知分寸，沒有問什麼太過冒昧的問題，否則她還真不知道該怎麼回答。

都說是被莫向海請來幫忙了，這理由應該還算合理吧？

易巧蓓轉過身，見佘遠已經打開房門，倚在門框上看著她。

剛才他大概已經聽完全程的對話，雖然不知道他會作何感想，但易巧蓓的求生本能告訴自己，這時候先笑就對了！笑容可以化解一切尷尬、可以讓人氣消……雖然這笑容裡帶有幾分心虛，但易巧蓓仍是呵呵笑著走向他。

走到他面前，但見他仍是面無表情盯著自己，臉上看不出情緒，那模樣跟平時的莫向海有幾分像，但因為這人是捨近求遠，這種略帶陰沉的狀態實在不尋常，一股懼怕自她心底油然而生。

他始終沒開口，易巧蓓也不知道該說什麼，低下頭正好看見手中的保溫袋，遞了過去。「喏，給轉交是一回事，有沒有喝又是另外一回事。反正佘遠都吃她煮的東西吃飽了，她再找機會把這碗湯拿回來就好。

佘遠沒接過那提袋，而是開口道：「妳知道妳剛剛在做什麼嗎？」

「我？當然知道啊。」易巧蓓一臉莫名。「怎麼了嗎？」

「妳就不怕她找妳麻煩？」

「為什麼要找我麻煩？我只不過替你擋了這一次，不至於吧？」易巧蓓想了想，認為沒那麼嚴重。

佘遠嘆口氣。「不是每個人都像妳一樣單純善良。」

「你的意思是，你覺得她很可能對我怎樣？」易巧蓓略感欣慰，原來不只她一個人覺得白熙妍是反派？

「如果她有心想破壞女主角的話。」佘遠抬眼看她。「莫向海之所以會答應跟她一起參加試膽大會，就是因為她那時候就懷疑妳是女主角，而且拿這個威脅。」

「居然有這種事？」易巧蓓瞠目。

莫向海也太不夠義氣了，這麼重要的事竟對她隻字未提，而她那天和他吃飯時也沒想到要問，早把這事拋到腦後了。

這麼說來，難道女主角這事曝光也是白熙妍做的？

「總之妳小心一點，別跟她有太多接觸。」佘遠轉身走進房間，在床沿坐下。

「跟她有接觸的是你吧……」易巧蓓站在原處嘀咕。

「我要是不跟她保持友好，妳不就更容易被她找上？」佘遠說得理所當然。

「啊？是……是這樣嗎？」這回答完全出乎她意料之外。所以捨近求遠跟白熙妍來往是為了她？她可以這麼解讀嗎？

佘遠並未接話，只是看向一旁，一副懶得和她這個小呆瓜多說什麼的樣子。

「好啦，我知道了，我會多留意。」知道佘遠有在替她著想，易巧蓓心情特好，邊說邊走到他面前。「往好處想，這次也讓她知難而退，沒讓她打擾你，你應該開心吧？」

佘遠抬頭看著她的笑容，以及那副期待被誇獎的狗狗眼神，輕嘆了口氣，掌心朝上伸到她手上的提袋前。

易巧蓓順著他的手望去，意會過來，便將提把放到他手上。

「妳的危機意識太少了。」他邊說邊將保溫袋擱到一邊。

「嗯？有嗎？」

佘遠看著她半晌，冷不防抓起她的手，將她往自己的方向一拉。

易巧蓓猛然被那股力道拽向前，佘遠順勢往後一躺，她整個人就壓在他身上。

他的臉一瞬間在她眼前無限放大，若非有手臂撐著，大概就要親上去了。

易巧蓓睜大眼，只覺心跳停了好幾拍，視線不曉得該擺哪裡好。反觀佘遠，平靜注視著她的眼，神情鎮定，波瀾不驚。

「妳來我家的時候，對我完全沒有防備嗎？」他淡然問了句。

「我……」易巧蓓剛想撐起身子爬起來，但佘遠突然翻身，使她往側邊一倒，兩人呈現側躺在床上對視的姿勢。

「妳沒想過我可能是壞人嗎？」佘遠撐起上半身，輕柔地將掉落在易巧蓓臉前的髮絲勾至她耳後，輕聲問。「這麼信任我？」

易巧蓓腦子一片空白，目前的情況已經超出她腦容量的負荷，使她無法思考，傻愣傻愣地看著他。

她不確定他想聽到什麼答案，不確定他想告訴她什麼。這時的他看起來有些陌生，那雙眸子裡似乎有什麼她讀不懂的情緒，儘管如此，她依舊深陷其中。

佘遠的臉逐漸朝她靠近，易巧蓓感覺自己心跳越來越快。

他的唇慢慢湊了上來，易巧蓓不知該如何應對，緊張地閉上雙眼。

過了三秒，什麼事也沒發生，易巧蓓睜開眼，他的臉依舊如此貼近，但就此打住，沒有再更靠近。

易巧蓓和他對上眼的那刻，佘遠立刻撐起身子恢復坐姿，和她拉開距離，盯著面前的地板。

「……連反抗都不懂，笨蛋。」

易巧蓓也立刻坐起身。「哪有人主動這樣還叫對方反抗的？」

「我是想提醒妳，世界上壞人很多，並不是都像妳看到的這樣。」佘遠看向她，用指節敲了她的額頭一下。「還好妳是遇到我，不然被賣了都不知道。」

「我才沒那麼笨呢。」易巧蓓摀著額頭，不服氣道。

接下來二人無話，一股尷尬的氣氛蔓延在這陣沉默周圍，易巧蓓於是找了個藉口離開：「我……先去準備晚餐的食材，你休息一下。」

「喔。」

易巧蓓走到廚房，打開水龍頭，捧起水往臉頰潑，試圖讓自己涼快些。

可想而知，她的臉肯定從剛剛就是緋紅一片。剛剛的情況太突然，她完全反應不過來，也搞不清楚那時候的佘遠是怎麼回事。

剛才的他，不僅舉動令人感到陌生，甚至隱約散發著危險的氣息。

易巧蓓回想著剛剛的經歷，不禁用手指碰了碰嘴唇。
剛才捨近求遠是想親她對吧？
為什麼要停下來？就差一點，好可惜！
等等，不對啊，她這是什麼齷齪的想法！
易巧蓓連忙甩了甩頭，這下臉頰熱度不但沒下降，反倒還驟升了。

◆

下午五點，易巧蓓煮好一鍋粥，放入電鍋保溫。
這段期間她和佘遠正常聊天，兩人都沒有提起剛剛那段插曲，易巧蓓也如願喝掉白熙妍帶來的雞湯，兩人約定好不讓她知道，要由佘遠若無其事地將碗歸還給她。
「我差不多該回去了，粥已經煮好，等一下記得吃喔。」易巧蓓脫下圍裙摺好，收進袋子裡。
「嗯。」
「啊對了，吃完晚餐記得再吃藥，還有量體溫，這個額溫槍先放你這裡，之後再還我。」
「嗯。」
「我再傳訊息提醒你好了。」易巧蓓背起帆布袋，走到門口，佘遠幫她開門。
「到家跟我說。」
「嗯，掰掰！」易巧蓓回頭揮了揮手，走出門外。
門在她眼前闔上後，易巧蓓走到電梯前，想到佘遠開門前說的最後一句話，嘴角就忍不住上揚。

走出這棟大樓，易巧蓓想起佘遠的叮囑，還特別注意四周，看看有沒有被人跟蹤或埋伏。

最後她平安回到家，不禁為自己剛剛的舉動感到好笑，果然是想太多了吧。

「我回來了。」

易母聽見呼喊，從廚房走了出來，「回來啦，妳說妳今天去照顧那個男同學，他還好嗎？」

「很好啊，有我的照顧當然好。」易巧蓓自豪說道。

「媽媽還很擔心他會不會對妳怎樣，應該沒事吧？」

易巧蓓立刻想到佘遠將她拉到床上的那幕，但臉上波瀾不顯。「沒事，當然，能有什麼事？」

「那就好，媽媽很好奇他是什麼樣的人，等一下吃飯的時候跟媽說喔。」易母臉上的笑容忽然變得八卦。

易巧蓓頓時無言。她愛追劇的少女情懷大概是遺傳到她媽媽，有別於一般傳統保守的父母，媽媽總是特別關心她的感情狀況，凡是跟她有來往的異性都逃不過她媽媽的探問。

回到房間，易巧蓓立刻拿出手機，給捨近求遠發了訊息。

易巧蓓：我到家了，你吃粥了嗎？

佘遠幾乎馬上已讀，並且回覆：正在吃。

易巧蓓看見他立刻回覆，又驚又喜，捧著手機笑得春風滿面。

雖然認識快一學期，但這是他們第一次用訊息聊天。她以前都不知道，原來傳訊息是這種既緊張又興奮的感覺。

易巧蓓傳了一個開心撒花的小熊貼圖，又傳了一則訊息。

易巧蓓：我等一下也要吃飯了，等等聊（smile）

她想了想，還是不要現在就提醒他吃藥，這樣等等才有藉口再傳訊息給他。

佘遠回了一個OK的貼圖。

易巧蓓笑盈盈地放下手機，習慣性拿起追劇小手冊來翻了翻。

最近她都沒什麼時間追劇看漫畫，除了那兩個人的角色分析以外，小手冊也有一段時間沒有更新內容了。

易巧蓓閱讀著不久前對他們兩人寫下的評價，忽然靈光一閃。

既然她現在是在一本書裡面，那麼她也可以觀察這本書中男主角的人格特質，為小手冊添增新內容。

她翻開新的一頁，拿起筆要寫標題時，動作突然一頓。

這本書叫什麼名字啊？

只聽系統說過這是一個「書中世界」，都沒聽說書名是什麼。既然是一本書，總該有個名字吧？

滑了滑系統發送的每則通知，確實沒提到書名。既然如此，就由她暫時取一個代稱吧。

易巧蓓一邊轉著筆一邊尋思，這本書的劇情以校園為主軸，由各種活動與事件串連，敘述主線圍繞著她與兩個男生打轉，而她，也就是女主角的目標，是要培養出完美男主角。

《完美男主培育記》？不行，名字太過直白，了無新意。

《尋找男主角大作戰》？聽起來好像某個動畫的劇場版，太中二了。

《二男爭寵記》？易巧蓓想完自己噗哧一笑，哪來的爭寵，根本都在避寵吧。

易巧蓓思索了好一陣，最後終於選了個滿意的書名。

——就叫《男主角養成法則》吧。

接下來是分析角色，雖然最終的男主角還沒確定，但她現下的目標是希望捨近求遠當男主角，故而先以他作為主要的分析對象。

她將佘遠的屬性表點開，一一對照發生過的事件，最新的成就是剛剛才獲得的「被照顧」。而最後一條屬性「別愛上我」是在女主角身分曝光後不久拿到的，在那之後尚沒有新的屬性加入。

那之後，她度過了一趟愉快的旅行，不幸地發現自己喜歡捨近求遠的事實，接下來忙著準備校慶和段考，然後就是佘遠經常搞失蹤，以及感冒的小插曲。

莫向海說過，佘遠對跟自己有關的事特別遲鈍，也不太會照顧自己，讓她和莫向海都格外掛心。她想起佘遠總是雲淡風輕說著自己沒事的樣子，這種讓人在意、讓人想關心他的特質，是不是也能算作一種吸引人的主角類型？

「我覺得妳可以多關心他。」

「遠哥的內心是孤寂的，好像和誰都有距離。」

易巧蓓用筆抵著下巴，回想著齊佳樂說過的話。看來這齊佳樂，也是心思細膩的人啊。

得到靈感後，易巧蓓又翻回記載「主角必備條件」的那頁，新增一條「無法不關心」。

以前都是看著各類型的作品篩選出吸引觀眾的特質，現在由她主演的作品也被記錄到手冊裡，真人真事演出，格外有成就感，也別具意義。

而且，她還在這裡挖掘出一項新特質，是以捨近求遠為起源，專屬於他的。

她滿意一笑，又翻回《男主角養成法則》的頁面，繼續記錄關於這本書的內容。

如果真的有這本書，不知道讀起來會是什麼感覺？

第九條　他沒說的那些事

——「放心，我就在這，哪裡也不去。」

晚上在家吃飯時，易母果然興致勃勃地向易巧蓓探問佘遠，包括他個性如何、在校成績怎麼樣，平時都和誰來往等等。易巧蓓如實回答，易母聽了是越發滿意，頻頻微笑點頭；易父則採保留的態度，沒有太多表示，也並未禁止他們來往。

易巧蓓在廚房幫忙洗碗時，易母悄悄對她道：「看得出來妳很關心那個佘遠，之後有什麼進展記得跟媽媽說。」

「媽，妳會不會太急啦？」易巧蓓哭笑不得，怎麼有種急著嫁女兒的感覺？

「這些話可別被妳爸聽到，不然他又要緊張了。」易母笑著叮嚀完，就又到一旁忙去了。

看這情況，若是回到現實世界，她媽媽應該也會很喜歡佘遠吧。

家事忙完，易巧蓓又傳訊息提醒佘遠吃藥，隨意聊一聊，佘遠告訴她明天不用過來，他已經好多了，要她好好忙自己的事。

經過這天，她覺得自己好像又比之前更喜歡佘遠一點。具體的原因她也說不上來，只是一想到他，就會沒來由的有好心情。

想了想，她決定打通電話給莫向海，和他報備今天的情況，順便好好答謝他一番。

但要撥出電話前，她又想到人家在外旅行，突然打過去可能會打擾到他們，便改為發訊息。

易巧蓓：今天你家佘遠被我照顧得很好，謝謝你給我這個大好機會，該怎麼報答你呢？我的軍師。

過了一會兒，就看見莫向海回覆。

莫向海：不客氣，妳欠我兩次。

易巧蓓：兩次？

莫向海：妳忘了上次我幫妳付晚餐錢？

易巧蓓想起莫向海那天用著惡魔微笑和她說「要還的」，這人也計較得真仔細。

易巧蓓：當然不敢忘。敢問軍師大人有何吩咐？小女子赴湯蹈火，在所不辭。

莫向海：先欠著吧，我再想想。

見莫向海如此慎重，易巧蓓也不催促他，反正債主不催，她樂得輕鬆，便沒再提這件事。

最近在學校的日子可以說是相當平和，由於莫向海那天當眾放話，導致再也沒人敢公開追求易巧蓓，情書的數量也驟減，只有幾個抱持著死馬當活馬醫的心態，偷塞情書企圖引起注意，但總是杳無回音，幾次之後也放棄了。

而星期一到了學校，看似反派的白熙妍也完全沒有動作，對易巧蓓的態度仍是和氣友善，也沒提那天在佘遠家遇到她的事。

易巧蓓不禁想，或許他們都誤會她了？

翌日，不對勁的事發生了。

校內的人看易巧蓓的眼神忽然和平常不太一樣。她走在走廊上，路過的人看見她，紛紛開始交頭接耳，竊竊私語。

本來她身為女主角的事傳開，走在學校就常常引人注目，她也很習慣了，但這次的氣氛卻和往常不同，有點詭異。

走進教室，同學們也用奇怪的眼神看著自己。易巧蓓還沒來得及問他們是怎麼回事，就被匆匆跑過來的安曉琪拉回自己的座位上。

「蓓蓓，不好了，現在到處都在傳妳的事。」安曉琪神色焦急。

「我的事？」

安曉琪點點頭。「有人說看到妳上個禮拜去佘遠家，還說妳明明跟向海在一起，卻腳踏兩條船，行為不檢點……」

易巧蓓眉頭緊皺成一團。「是誰說的？」

「不知道，我來的時候聽到大家都在講，沒人知道一開始是誰傳的。」安曉琪滑開手機，遞給易巧蓓看。「有人用匿名帳號在學校交流版發了妳從佘遠家離開的照片。」

照片中只拍到她和佘遠家門口，沒拍到佘遠本人，但底下留言瘋狂討論，一些愛帶風向的人隨口說個幾句，眾人就把事情導向更誇大的結論，甚至連佘遠和莫向海同居，而莫向海上週末去家庭旅遊的事都被爆料出來，立刻有人下了「趁男友不在，女主角偷吃」等低俗的標題。

雖然她和莫向海並沒有真的交往，但自從上次女主角曝光事件，莫向海出面解圍後，大家幾乎都這麼認定，而為了保護易巧蓓不受打擾，他們也沒對此事多作澄清，不料這卻成了中傷她的箭靶。

觀察這照片的角度，肯定是躲在樓梯間之類的地方偷拍，但有誰事先知道她在佘遠家？

易巧蓓馬上就想到一個人。

佘遠和莫向海的座位此時也熱鬧非凡，許多人圍在他們那裡探聽八卦，但即便他們說出事情真相，大家相不相信又是另一回事了。

這時，易巧蓓的手機響起訊息通知聲，她立刻拿起來查看，但並非她心裡想的那人，而是從未和她有過聯繫的陸明君。

陸明君：我是莫向海的表妹，有事想和妳談談，中午在明德樓後面的空地等妳。

這時候找她，肯定和這些謠言脫不了關係。易巧蓓想起這個陸明君經常與白熙妍走在一塊，也許這一切真的是她在背後策劃，陸明君會有她的聯絡方式，大概也是白熙妍透露的。

兵來將擋，水來土淹，這兩人到底在耍什麼花招，去一趟便知。

◆

中午要去赴約的事，易巧蓓只有告訴安曉琪一個人，安曉琪十分擔心她的安全，想陪她一起去，但被她拒絕了。

明德樓與學校圍牆中間隔著一條狹窄的走道，此處較為隱蔽偏僻，平時鮮少人路過，選在這裡大概是因為談話不會被其他人聽到。

易巧蓓繞到明德樓後方，只見一個長髮及腰的背影筆直佇立在中央，沒看見陸明君。

聽見腳步聲，那道背影旋即回身，正是對她綻開笑容的白熙妍：「妳來啦。」

「怎麼是妳？」雖然是在預料之內，易巧蓓仍然這麼問。

白熙妍抿唇，嘴角上揚。「妳現在總算能理解，那天我去佘遠家看到妳的心情了吧。」

易巧蓓聞言，臉色一沉。「那些話是妳傳出去的？」

白熙妍擺出不以為然的表情，噘起嘴無辜道：「照片不是我拍的，話也不是我說的，跟我完全沒關係呀。」

雖然知道她定是在鬼扯，易巧蓓還是暫且壓下反駁她的衝動。「那妳現在怎麼會站在這裡？」

白熙妍勾唇，笑意深深。「我是來幫妳的。」

易巧蓓沒答話。

「有件事我想先跟妳懺悔，一開始我要求莫向海和我一起參加試膽大會，是因為我不希望他被妳搶走，就拿妳是女主角的事來威脅他。」

「這我已經知道了。」易巧蓓平淡說道。

白熙妍往旁邊走了幾步，續道：「我猜到妳是女主角，就把風聲放給一些人，想實驗看看是不是真的。結果被我猜對了，而且來保護妳的居然是莫向海，看來他真的很喜歡妳呢。」

說到這裡，白熙妍輕快地笑了幾聲。易巧蓓微微皺眉。

白熙妍轉過身，朝她說出結論：「所以，我決定把莫向海讓給妳，但妳也必須放棄佘遠。」

「說得好像莫向海是妳的一樣。」易巧蓓微笑。

白熙妍的笑聲如銀鈴。「也是，莫向海早就是妳的了。」她朝易巧蓓走近，微微俯身在她耳邊道：「不過，一次抓著兩個人，不會太貪心了嗎？」

易巧蓓呼出一口氣，果然就是白熙妍在造謠生事，白的也能說成黑的。

沒等易巧蓓反駁，白熙妍就道：「這是一場交易，如果妳同意了，我就幫妳跟大家解釋，說那天我也在場，妳真的是受莫向海請託才去的。」

「要是我不答應呢？」

白熙妍側頭，彷彿覺得這問題很蠢。「顏面掃地的女主角，還會有人想看嗎？」

「妳……」看著白熙妍那副囂張得意的神情，實在很難不想給她一巴掌。「我根本沒跟莫向海在一起。」

「那他為何當眾宣示主權？你們走得那麼近，妳現在說這些，還有人會信嗎？」像在看笑話一般，白熙妍露出同情的眼神。「我開的條件對妳完全沒壞處，又可以幫妳洗白，為什麼不要？」

「妳的要求完全沒道理，為什麼要我放棄佘遠？」

「妳還聽不懂嗎？我是在幫妳，兩個男主角妳最後還是只能選一個，按照現在的走向，妳已經擺脫不了莫向海了。」白熙妍說得理所當然。
「我的選擇不需要妳來干涉。」
「還真是執迷不悟啊。」白熙妍故作惋惜地嘆了口氣。
「如果妳也喜歡佘遠，歡迎妳來公平競爭，但這種在背後造謠的卑劣手段，我無法認同。」易巧蓓看著她的眼神冷冽。
白熙妍不以為然。「同時霸佔兩個人的妳，沒資格說我。」
「我跟妳不一樣，我是用真心在跟他們來往，不像妳只是把他們當作所有物，莫向海要不到就轉移目標到佘遠身上，這種行為相當幼稚。」易巧蓓毫不遲疑反擊回去。
白熙妍微微變了臉色，彷彿被說中痛處。
易巧蓓趁勢追擊，繼續說下去：「我不會同意妳的要求，更不會說要得到誰、放棄誰這種話。」
話說完，易巧蓓轉身要走，卻聽白熙妍道：「無法完成完美結局也沒關係嗎？」
易巧蓓頓步，回過頭。「什麼意思？」
「到處都在傳對妳不利的謠言，我很好奇如果妳繼續在他們兩個之間猶豫不決，到底要怎麼寫出好結局？」白熙妍用食指抵著下巴，裝作一副疑惑的模樣。
易巧蓓沉默半晌。「妳錯了，我並沒有猶豫不決。」
白熙妍沒有多意外，只是勾起嘴角。「那要是有人繼續破壞你們呢？不是完美結局，妳還是執意跟他一起嗎？」
被她這麼一問，易巧蓓心裡忽有一絲動搖。

被系統欽點的她，老早就立下達成完美結局的目標，並未想過如果最後無法完成會是什麼結果。只有她和男主角兩個人回到現實世界，這並不是她想要的，倘若真的如此，她定會對剩下的人心懷愧疚，無法原諒自己。

如果被人破壞，真的就無法達成完美結局了嗎？

連系統都還沒告訴她完美結局的定義，白熙妍又怎麼可能知道？這鐵定只是虛張聲勢，想用話術讓她動搖吧。

『順著自己的心吧，我會幫妳的。』

安曉琪的話驀然迴盪在她耳畔。

說不定完美結局就是要順從自己的心意才能達到，她若是現在就屈服於惡勢力之下，那才真的是一個失敗的故事。正義必勝，哪有主角會向反派低頭的？

況且有安曉琪和莫向海大軍師幫她，她還有什麼好怕的？破壞就破壞，反正男主本人就夠難搞了，反派這些搞破壞的雕蟲小技根本就是小菜一碟。

易巧蓓挺起胸膛，毫不畏懼對上白熙妍的眼。「妳要破壞就來吧，我奉陪。」

白熙妍又笑出了聲，笑得比方才還開心，彷彿看見什麼有趣的事，令易巧蓓完全摸不著頭緒。

「那如果我說，妳不答應就無法離開這裡呢？」

易巧蓓頓時凝起臉色。「妳說什麼？」

「開玩笑的，瞧妳緊張的。」白熙妍輕笑。「我很佩服妳的決心，妳走吧。」

易巧蓓看著白熙妍臉上那毫無半分真心的微笑，總覺得這整件事都過於詭異。

為什麼約她的人是陸明君，但她從頭到尾都沒出現？

易巧蓓從口袋裡摸出手機，想對她提問，忽然後腦勺傳來一陣劇痛，似乎被什麼東西重擊，眼前景象瞬間朦朧一片，強烈暈眩感竄入腦門，使她立刻失去了意識。

「……如果妳走得了的話。」白熙妍看著倒在地上的易巧蓓，以及一旁碎裂的盆栽與傾覆的土壤，輕聲說道。

忽然，白熙妍敏銳地聽見一陣急促的腳步聲由遠而近，她立刻發出一聲尖叫，快步跑至易巧蓓身旁。

「易巧蓓！」佘遠與安曉琪自牆後出現，看見眼前景象，大喊了聲，立刻衝上前，蹲下身查看她的狀況。

「怎麼回事？」佘遠抬眼瞪向白熙妍，眼神凌厲。

白熙妍睜著大眼，神情惶恐。「我聽明君說她和巧蓓約在這裡碰面，就過來找她們，結果就看到她倒在這裡……」

佘遠對一旁的安曉琪道：「快去通知保健室叫救護車！」

安曉琪點點頭，飛快跑走。

此時明德樓二樓的空教室內，陸明君靠在窗戶旁，方才拿著盆栽的手還在微微顫抖。

沒事的，沒人看見是她。她不斷告訴自己，好不容易才讓呼吸平穩下來。

鬆手後，她完全不敢往窗外看一眼。

現在只要趁沒人的時候走出這裡就好。她緩緩移動自己發顫的雙腿，小心翼翼走出教室。

到了門口，一道身影冷不防擋在她身前。

陸明君差點撞上那人，驚叫出聲，立刻退後一步，抬起頭，映入眼簾的是莫向海毫無溫度的面容。

◆

意識逐漸恢復，易巧蓓左右張望，發覺自己身在一處全然漆黑之所，伸手不見五指。雖是昏暗，氣氛卻不覺壓迫，反倒予人無邊無際，恢宏遼闊之感。

須臾，一個微小的光點自遠方浮現，由於是此處唯一的光源，立刻吸引住她的目光。她往前走了幾步，發現光點也逐漸朝自己逼近，隨著距離縮短而逐漸擴大，最後停在易巧蓓面前，是一個約莫拳頭大小、散發白光的漂浮體。

「嗨，我們終於見面了。」不知從何處傳來一道年輕女孩的嗓音，悠悠迴盪在她耳邊。

「妳是誰？」易巧蓓不確定是不是眼前的光球在說話。

彷彿要證實她的想法，女孩的聲音出現時，光球也上下浮動。「妳肯定認得出我吧？我們聊過天的，雖然是透過訊息。」

「難道妳是……系統？」

「答對了，真聰明。」女孩的聲音愉悅，光球跳動的幅度也增加。

「那這裡是哪裡？」易巧蓓環顧周遭，透過光芒映照出地板是黑白相間的方格，但四周仍是一片漆黑，看不見盡頭。

她明明記得自己原本是在學校，和白熙妍說話，後來的事情就沒有印象了。

「這裡是我的地盤，妳放心，很安全的。」系統充滿自信地保證。

原本易巧蓓把系統想像為男性，沒想到系統是個女孩子，令她稍感意外。

系統續道：「妳很勇敢，面對壞人的威脅沒有退縮，讓這個故事得以繼續進行，所以我很感謝妳，我果然沒有看錯人。」

「這是我應該做的……」面對系統突如其來的稱讚，易巧蓓有些不好意思。

「遭受這種劫難辛苦妳了，既然我們有機會見面，我決定要報答妳。」

易巧蓓沒先關心系統要給她什麼報答，倒是問：「劫難？什麼劫難？」

「妳沒印象了嗎？妳被高空掉落的盆栽砸到，失去意識了，所以我們才得以見面。」

原來是這樣，難怪依稀記得當時頭部猛然一陣劇痛。

「妳放心，我會盡快將傷害妳的人遣送回現實世界，她們沒資格留在這裡。」化為光球的系統繼續說道。

說到傷害她的人，她都還沒搞清楚是誰朝她扔盆栽的。「妳是說白熙妍嗎？」

「還有陸明君，是白熙妍指使她丟盆栽的。」

「等一下，送回現實世界？這聽起來是件好事吧？」要是陷害別人就可以回到現實世界，大家都這麼做不就好了，還當什麼女主角？

「當然沒那麼簡單，我已經將她們的紅線綁在奇怪的人身上了，今後她們將會情路坎坷，遇人不淑。」系統信誓旦旦說道。

易巧蓓聽見這話，登時傻住了。紅線？

似乎是發現自己說漏了嘴，系統連忙拉回正題。「啊咳，總之為了感謝妳維持這個世界的秩序，我要送妳一個禮物。」

「什麼禮物？」出於對人的直覺，易巧蓓已經不對這個系統抱有太大的期待，不會是要送她紅線吧？

「那兩位男主角候選人，妳可以選擇觀看其中一個人的回憶。」

「觀看回憶？」易巧蓓頓時睜亮了眼，著實被這個條件吸引住。

光球又跳動了一下。「沒錯，我會播放對他們來說最重要、影響他們人生最大的回憶，這樣可以幫助妳更了解他們，這福利很不錯吧？」

「是很不錯，但妳真的能做到？」她原以為系統的背後不是真人就是人工智慧，但這兩者能夠做到提取他人回憶這種事嗎？

系統輕笑了幾聲。「這點小事難不倒我。來吧，妳想觀看誰的回憶呢？」

既然系統都可以在她失去意識時與她對話，又可以隨意把人抓來這個世界，看個回憶似乎也沒有什麼好質疑的。

回憶呀……要選誰的好？

易巧蓓腦中驀然閃現幾個片段。

『比起我，莫向海才是需要回到現實世界的人。』

『能先別談這件事嗎？我有點累了。』

『那就好，因為我已經有喜歡的人了。』

『順著自己的心吧。』

最後，又是安曉琪的這句話。

易巧蓓深吸一口氣。「那……請告訴我，關於佘遠的回憶。」

「沒問題。」系統說完，光球上的光芒逐漸擴大，包覆了整個視野。

扎眼的白光漸漸消退之時，周遭的環境已變為簡單的居家擺設，易巧蓓的面前擺著一張矮茶几，茶几後方是一套灰色棉麻沙發。

這應該是一戶人家的客廳，右方是一大片落地窗，向外延伸一方陽台，種植疏落花草，正值白日，陽光斜照進室內，在地面映出一列錯落光影。易巧蓓想往旁邊走，卻發現雙腳像是被固定住般動彈不得。

忽然有人從客廳旁的走道走了出來，易巧蓓轉頭望去，只見佘遠邊走邊看著手中的一張紙，臉上笑意清淺。

「捨近求遠？」易巧蓓脫口喊出，但佘遠似乎完全沒注意到她的存在。

易巧蓓頓時明白，這裡是佘遠的回憶，因此她就像個旁觀者，只能站在原地觀看，無法介入。

觀察佘遠的臉上、手臂上都有著幾道快要癒合的傷疤，看來這裡應該是還沒穿越前的現實世界。

一陣開鎖聲傳來，一位中年男子自大門而入，身材高大粗獷，渾身酒氣，雙頰通紅，手裡還握著一支空酒瓶。

佘遠抬眼看見對方，立刻斂起笑容，將手中的紙藏至背後。

中年男子瞟了他一眼，神情嫌惡。「這時間怎麼會看到你？真晦氣。」

「學校放假了。」佘遠盯著地面，以不帶感情的聲音淡然回答。

「你背後藏著什麼？拿來。」男子瞇起眼，嚴聲命令道。

佘遠不動。

「我叫你拿來！」男子厲聲吼道，踹了佘遠一腳，最後直接從他背後抽走那張紙。

只見男子前後翻閱瀏覽了一番，最後不屑地嗤笑了聲，將紙隨手扔在地面，正好飄到易巧蓓面前，她蹲下一看，才發現那是學期成績單。

「第三名？第三名有錢拿嗎？你這死小子，只會拿我的錢，一點用也沒有！」男子用酒瓶不斷抵著佘遠胸口，破口大罵，似乎是有些醉意，另一隻空著的手還在胡亂揮舞。

佘遠彷彿沒知覺似的，任憑男子對他謾罵，他始終垂眸望著地面，神情漠然，彷彿罵的人不是他。

「說話啊？不要以為你是我兒子，我就不敢對你怎樣。告訴你，老子壓根不想要你這個兒子，你這晦氣東西，要不是你，我不會生意失敗，你媽也不會自殺！都是你把這個家搞得烏煙瘴氣！」男子放聲大吼，原本就通紅的臉，因怒氣而更加面紅耳赤。

提及母親，佘遠的表情才有了一絲鬆動，但語調仍是毫無起伏。

「我知道。」

「你知道？知道還有臉站在這裡啊！」伴隨著最後那聲怒斥，男子高舉手中的酒瓶，朝佘遠的頭部重重揮下，一陣清脆響聲，酒瓶應聲碎裂。

「不要！」易巧蓓害怕地用手摀住臉，但在場沒人聽得見她的叫喚。

玻璃渣滓在佘遠周遭落了一地，幾道鮮血自他額際流淌下來。

然而，在他臉上沒有一絲痛苦或悲傷，只是木然了好一陣，隨後緩緩牽起笑意。

男子見他露出微笑，又朝他腹部猛踹一腳，使他跌坐在地。

「還笑？害死你媽很好玩是不是？不知羞恥的混帳東西！」男子扔下手中僅存的酒瓶頸部，揪起佘遠的衣領，將他整個人提起來，往他臉上揍下一拳。「你是想再被關到貨車去嗎？」

此刻佘遠被打得奄奄一息，意識有些朦朧，強撐著一口氣，木然看著男子不發一語。

「呵，還是我現在就把你扔下去，讓你拿命去還你媽！」男子搖搖晃晃指著陽台，邊說邊咧開一抹笑容，怕是酒後瘋言瘋語。

佘遠聞言，卻是再度扯出微笑，吐出兩個字：「好啊。」

男子見狀，驀然斂起笑意，似是被激怒。「別以為我不敢！」

他拖著宗遠經過易巧蓓面前，朝落地窗走去，易巧蓓伸手想攔住他，身體卻如幽靈般直接被穿透，什麼也碰不著。

當兩人進入陽台，易巧蓓的所在位置也自動被移到他們旁邊，一個看得見事發經過的絕佳視野。

男子捉著衣領將宗遠拎起，提到欄杆上方，「怕了沒？要不要收起你那副死樣子，好好下跪道歉？」

宗遠的表情依舊不見起伏，嘴唇翕動著說了什麼。

「什麼？」男子沒聽清。

「……放手。」他以微弱的聲音道。

男子勃然大怒，又掄起一拳朝他臉上打。「他X的混帳！叫你求饒你說什麼？」

「不要……不要再打了……」易巧蓓崩潰地喊，實在不忍心再看下去。她轉而望向陽台下方，他們位於四樓，底下正對著一條小巷，此地看起來較為偏僻，光天化日之下，小路上竟杳無人煙。

「我說，放手。」宗遠用僅存的力氣又說了一遍。

男子牙一咬，爆了個粗口，揪著衣領的手向外猛一使力，當真鬆開了手。

「不要！」易巧蓓聲嘶力竭，撲上去想抓住他，那一刻，她的雙腳竟可以移動了。

但她的手仍是抓了個空。只能扶在欄杆邊，眼睜睜看著他迅速下墜。

墜落那一瞬間，她似乎看見他輕輕揚起嘴角。

就和平常的他一樣。

◆

易巧蓓猛然驚醒，睜開眼所看見的，是佘遠放大的面容。

「妳醒啦？」佘遠朝她露出燦笑。他的兩隻手分別撐在易巧蓓身側，呈現床咚的姿勢。

「我才剛進來沒多久妳就醒了，不會是有裝什麼感應雷達吧？」他笑著輕點易巧蓓的眉心。

易巧蓓愣盯著眼前笑得開懷，宛如一道光芒燦爛耀眼的佘遠，腦海裡全是剛剛看到的畫面，包括他墜落時那一抹淒然的微笑。

忽覺鼻頭一陣酸，他的笑顏在她眼前變得模糊。

「易巧蓓？」見她沒有反應，佘遠收起笑容，神情轉為疑惑。

易巧蓓忽然使勁坐起身，用力抱住他。

佘遠愣了愣，被這突然的舉動嚇著。「呃，怎麼啦？易巧蓓？」

剛才看回憶時想哭卻沒辦法哭出來，現在她終於忍不住，方才積累的悲傷此時全數傾瀉，任憑淚水奪眶而出。

佘遠聽見她的啜泣聲，有些不知所措。「妳在哭嗎？是不是哪裡不舒服？」

易巧蓓沒回話，只是哭個不停，佘遠只好輕輕摸她的頭來安撫她。

「好好好，乖，我在這……」

醫院的檢查結果顯示易巧蓓有輕微腦震盪，住院觀察兩天，沒有大礙便可以出院，但這一週還是需多休息，不可有激烈運動。

易巧蓓回到學校後，得知陸明君已被退學，由於陸明君是現行犯，難辭其咎，但她並沒有將白熙妍供出來，也沒有明確證據可證明白熙妍是共犯。

然而儘管白熙妍逃過一劫，幾天後卻聽聞他們舉家搬遷，臨時轉學的消息。果然身為書中世界主宰的系統就是任性，只要有心沒有弄不走的人，白熙妍大概怎麼算也沒算到這步。

那兩人被逐出學校，眾人都在討論她們去了哪，系統只發了個公告簡單聲明她們已經遭受懲處，卻沒說明懲處的具體內容，有人甚至懷疑她們已經從此消失在世界上。

只有易巧蓓知道，那兩人是被遣送回了現實世界，而懲處方式是讓人摸不著頭緒的「牽紅線」。為了不讓莫向海擔心他表妹，她把這件事告訴了他，也算是還他一次欠的人情。

據說陸明君被莫向海撞見後，不斷哭著向他求饒，說她有多後悔，但直到她被退學，莫向海都沒原諒她。

而謠言的始作俑者就是那兩人，這件事也已傳得人盡皆知，無人再對他們說閒話。

出院後的隔天放學，易巧蓓提出想與佘遠單獨說話的要求，讓莫向海與安曉琪先走。

兩人到了上回買完參考書後路過的小公園，一同坐在長椅上。

「妳要跟我說什麼？」佘遠轉頭看向她，神情輕鬆。

易巧蓓稍微在腦中組織詞句，接著便把她昏迷後的遭遇描述給他聽。

「妳看到系統了？」佘遠饒有興致地聽著，對這離奇的遭遇絲毫不感意外，甚至有些興奮。

「嗯，然後她說可以給我看你們其中一個人的回憶。」

佘遠頓了片刻。「然後呢？」

「然後……」易巧蓓深吸一口氣。「我在你的回憶裡，看到……」

接下來的話，特別難說出口。

「看到什麼？」佘遠神色十分慎重。

「看到你……被推……」

聽到這裡，佘遠已經知道她要說什麼，目光黯下。

「被推下樓。」易巧蓓一鼓作氣，終於把那句話完整說了出來。

佘遠將視線移向地面，沉默了半晌。

「妳都知道啦。」

「所以是……」

「就是妳看到的那樣。」佘遠輕哂。「那裡的我，已經沒有未來了。」

易巧蓓心頭一顫。

「怎麼會……」

「那時候你們在談論筆記本，我插不上話，因為我根本沒看過那本筆記。我穿越的地方，也不是什麼樓梯間，而是在墜樓以後。」他平靜地坦承。

難怪當時，他的反應有些猶豫。易巧蓓心情有些低落，他究竟有多少事是藏在心裡，沒說出來的？

「醒來的時候，已經在這裡了。原本我還以為，這裡是死後的世界。」他自嘲道。

「後來遇見莫向海，稍微了解這裡是怎麼一回事，當我知道會回到『穿越當下的時間點』以後，我就明白我只能永遠留在這裡。」

易巧蓓搖搖頭。「這不可能，你一定是在還沒死之前就穿越過來的，不可能要永遠留在這裡……」

「但只要我一回去，就一定會墜樓身亡。」佘遠說得雲淡風輕，似在說別人的事。

他轉頭看向易巧蓓，眼裡含著愧疚，而在對方眼裡看見了悲傷。「對不起，我一直沒告訴妳，因為……我實在說不出口。」

易巧蓓吸了吸鼻子，搖頭表示沒關係。

「我也沒打算告訴莫向海，之前才會要妳幫忙保守祕密。一直以來都是他在幫我，要是他知道了，肯定不會丟下我自己回去，但我只希望他能趕快回到現實世界。」佘遠遙望此刻空蕩蕩的溜滑梯與盪鞦韆，冷風颳起一陣寂寥。

「這是我唯一能為他做的。」他輕聲道。

「所以你才一直要莫向海當男主角？但如果莫向海是完美男主角，那你也會……」

「那樣也沒關係。」他語氣淡然。「不管在哪裡都一樣，反正我已經沒有未來了。與其在這裡重複輪迴，直接死掉也不錯吧？」

他嘴角微揚，半開玩笑地說。

但易巧蓓的表情完全不是這麼一回事。

沒等到她回話，佘遠再度看向她，見她凝重的臉色不禁失笑，軟聲哄道：「妳別那個臉嘛，我這不是還……」

話還沒說完，易巧蓓忽然湊上前抱住他。

佘遠一愣，有些慌張。「易巧蓓，妳在幹嘛？這裡是外面。」

「我知道，讓我感受一下你的存在。」

佘遠靜默了片刻，才道：「妳這麼怕我消失啊？」他嘆了口氣。「看來妳真的很喜歡我……」

「才不是！」易巧蓓可不記得自己的心意有讓佘遠知道，連忙推開他。「只是……只是確定一下而已，沒別的意思！」

在佘遠看來，易巧蓓慌忙否認的模樣實在特別可愛。

他的雙眼與她平視，輕輕勾起嘴角。

「放心，我就在這，哪裡也不去。」

◆

易巧蓓坐在房內的書桌前，發呆了好一陣。

只要回到現實世界，捨近求遠就會死。

這項事實，她一時之間還難以接受。

如此一來，不論是完美結局或是和莫向海達成普通結局，似乎都不是可行的辦法。她不可能讓捨近求遠面臨死亡，卻也無法接受將他永遠留在這裡。

但是，他已經決定哪裡也不去了。

她也不是沒想過要永遠待在這裡，但這真的有可能嗎？這裡是系統為了完成任務而創造出來的世界，他們終究不屬於這裡。若是留在此處，就無法見到現實世界的家人朋友，更無法繼續過自己的人生，身體將會永遠停留在十七歲，年復一年過著同樣的高二生活，猶如靈魂被禁錮在無形的牢籠，在重複的時間線上打轉，永無止盡。

不，這一定不是解決辦法。

而在她想著要過下去自己的人生時，有人已經失去了選擇的權利。

易巧蓓思及此，眼角的淚水又忍不住失守。

可惡，為什麼要讓他遭遇這種事情？

易巧蓓用手抹了抹滑落臉龐的淚珠。倘若佘遠是在墜樓的時候穿越到這裡，代表系統其實算是救了他一命。

既然如此，系統總會有辦法的吧？

易巧蓓趕緊拿出手機，點開系統的聊天室。

【易巧蓓】：系統小姐，我有件事想拜託妳。

不知道系統是不是在線。易巧蓓片刻不離地盯著手機螢幕，幸好這次很快就收到系統的回覆。

【系　統】：請說。

【易巧蓓】：妳有辦法能救佘遠嗎？

【系　統】：他現在不是好好的嗎？

【易巧蓓】：既然妳知道他的回憶，一定知道他在現實世界的情況……

【系　統】：很遺憾，我並沒有起死回生的能力。

不是的，不是起死回生。易巧蓓有如醍醐灌頂，忽然看見了一絲希望。

【易巧蓓】：既然他能穿越進來，他肯定還沒死對吧！有沒有辦法能夠阻止他墜樓？

這次，系統回覆的時間間隔變長了。

【系　統】：妳有想到什麼辦法嗎？

問她？

如果回到現實世界後，會回到穿越當下的時間點，那肯定是來不及的，除非……

【易巧蓓】：雖然這樣好像有點不合理，但可不可以讓我們暫時回到他墜樓前的時間點，這樣就來得及阻止了？

過了好一段時間，系統都沒有再回覆，令易巧蓓焦急萬分，擔心她是否又在關鍵時刻下線，這段對話可不能就此不了了之。

【易巧蓓】：哈囉？妳在嗎？

易巧蓓又敲了一下，系統也幾乎在同時間傳來。

【系　統】：可以的唷。

易巧蓓看見這行訊息，心中驚喜不已。原本以為系統八成會告訴她行不通，都已經做好心理準備了，沒想到她隨口提出的意見竟然是可行的？

【系　統】：但是這麼做，等於也阻止了他穿越，到時候妳腦中跟他有關的記憶會消失，他也會忘記關於這個世界的一切，這樣也沒關係嗎？

易巧蓓驀然一愣。

記憶會……消失？

也對，如果捨近求遠沒有穿越，就不會遇見她，他們就等於是陌生人了。

想到這裡，易巧蓓咬著下唇，胸口翻湧著一陣苦澀。

但只要捨近求遠能在現實世界活下來，這又算得了什麼呢？

總比他永遠留在這個世界，永遠見不到面要來得好。

易巧蓓很快釐清思緒，深呼吸後繼續打字。

【易巧蓓】：沒關係！只要他能活下來就好！

【系　統】：好。只要妳達成完美結局，我就照妳說的做。

「完美結局啊……」易巧蓓喃喃自語。也對，這就是系統找她進來的目的。

【系　統】：按照現在的屬性分配表，佘遠會是本書的男主角，這是妳期望的嗎？

這行訊息的下面，又跳出了那兩人的屬性一覽表。

◆角色　莫向海　擁有屬性：

隨遇而安

毒舌

冰山王子

為了你

暖男

傲嬌

霸道總裁

◆角色　莫向海　擁有成就：

接住女主角

貼近

◆角色　佘遠　擁有屬性：

普通哲學

陽光下耀眼的你

撩人大師

為了你

弱點
別愛上我
無法不關心
◆角色　佘遠　擁有成就：
打勾勾約定
患難與共
被照顧

易巧蓓數了數兩個人分別拿到的項目，確實是佘遠多了一項。沒想到她那天心血來潮加在手冊內的「無法不關心」也被納入了屬性列表中，看來系統還真的隨時都在關注她的小手冊。

易巧蓓糾結了一陣子，才把打好的訊息發送出去。

【易巧蓓】：是的，沒錯。

要親口承認自己心目中的男主角人選，還真是一件不容易的事。

【系　統】：那麼，妳想知道完美男女主角的定義嗎？我現在可以告訴妳了。

易巧蓓倒抽一口氣，心跳不自覺加快。這一刻終於要來了嗎！

【易巧蓓】：好，請告訴我！

【系　統】：定義就是——

易巧蓓屏氣凝神。

當她看見系統接著傳來的那行字，心頭微微一顫，內心有股說不上來的微妙。

第十條　完美男主角

——她是他活下去的解藥，他的生命，因她而完整。

寒假第一天，易巧蓓約了莫向海、安曉琪三個人來到一間泡沫紅茶店。

在佘遠說出不願當男主角的真相後，他和易巧蓓也說好接下來不要有太多互動，讓她能專心培養莫向海成為男主角。

因此兩個人一直到學期結束都沒有什麼交集，這件事看在莫向海與安曉琪眼裡，也在他們心中留下大大的疑問。

易巧蓓原本就因這件事對男主角的選擇感到徬徨，而在系統告訴她完美主角的定義後，她又陷入了一道難題，認為有必要與她的閨蜜和軍師好好討論。

且此次的會面還有一項最主要的目的，那就是告訴他們拯救佘遠的作戰計劃。根據親眼目睹那段回憶的經驗，易巧蓓認為單憑她一個人力量不足，需要他們兩個共同協助。

綜合以上的理由，雖然很對不起佘遠，但為了他，她必須把這件事說出來。

向他們說出佘遠穿越前經歷的事後，安曉琪不可置信地摀住了嘴，但莫向海卻和平常一樣，沒有太大的反應。

易巧蓓看向平靜的莫向海，小心翼翼地問：「你……還好嗎？」

她原以為，莫向海應該會和她一樣無法接受，甚至更受打擊，畢竟身為多年好友，竟長時間都被蒙在鼓裡。

「嗯。其實我也不是沒想過這個可能，雖然實際聽到以後，感覺還是不太真實。」莫向海用吸管徐徐攪動著紅茶，垂下眼眸。「……居然瞞我這麼久，這個白痴。」

「所以，他沒辦法回到現實世界了嗎？」安曉琪神色憂傷地問。

易巧蓓輪流看看他們倆，繼續把和系統討論過的解救辦法娓娓道來。

「真的可以的話就太好了！雖然會失去這裡的記憶……」安曉琪聽完，雙手合十，語氣雀躍，但想到美中不足之處，又有些失落地垂眸。

「但是一定要完美結局才有辦法讓我們都回去吧？」莫向海立刻點出關鍵。

易巧蓓點頭。「不愧是軍師大人，真聰明。可是……」

「可是？」

易巧蓓將完美男女主角的定義告訴他們。

「……你們覺得，有可能達成嗎？」她弱弱地問了句。

「當然可以！對不對莫向海？」沒想到安曉琪毫不猶豫認同，並且尋求莫向海附和。

「嗯。」莫向海應了聲。

「真的嗎？可是他不是已經有喜歡的人？」易巧蓓正要說出她的疑惑，卻被安曉琪打斷。

「哎呀，妳都還沒試過就在害怕，不試試看怎麼知道呢？」

易巧蓓一時間被堵得無法反駁。「那我該怎麼做？」

「直接去把定義告訴他！」安曉琪拍了桌子一下，乾脆地道。

「這樣好嗎？」易巧蓓一驚。

「嗯，我贊成。」莫向海竟也跟著附和。

「可是萬一……」

「別可是了，為了完美結局，只能勇敢一次！」安曉琪將手用力搭上易巧蓓的肩膀，堅定說道。

「我現在就打電話問他在哪。」莫向海拿起桌上的手機，站起身往店外走。

「欸？現在?!」易巧蓓看著莫向海離去的背影驚呼。這些人怎麼一個比一個還行動派？

「蓓蓓，照妳說的計畫，我們非得達成完美結局不可，對吧？」

易巧蓓看著安曉琪，點了點頭。「對啊。」

「那現在就去吧，我相信妳可以的。」安曉琪推了她一把。「快去啊！」

「喔……」易巧蓓抓起包包，走到店門外找莫向海。

莫向海瞥見她，便把手機轉成擴音，此時剛好接通。

「喂，你現在在哪？」

『我？我在附近的賣場啊，不是跟你說我要去買點東西嗎？』

「喔，只是想跟你說我今天晚上有約，晚餐你自己解決。」

電話那頭傳來一聲笑。『這種事傳訊息就好了，幹嘛打電話？』

「誰知道你什麼時候會看訊息？」莫向海不以為然。

『好啦，我知道了。』

「嗯，掰。」

莫向海掛掉電話，又操作了一下手機，最後對易巧蓓說：「位置我已經發給妳了，去找他吧。」

易巧蓓盯著他半晌。「向海大軍師，你真的幫我很多忙。」

「幹嘛突然說這些？」

「沒什麼，只是忽然想到，我不是還欠你一次嗎？都還沒還完，現在好像又越欠越多了。」易巧蓓不好意思地笑了笑。

莫向海注視著她好一會兒。

「就欠著吧。」

「啊？」

只見莫向海緩緩朝她跨出一步，用右手輕輕摟住易巧蓓。「我想要的，妳給不了。」

易巧蓓微微睜大眼，在那一瞬才忽然懂了。

「所以，不管欠多少都沒關係。等妳追到自己的幸福，就算是還清了。」

莫向海退後一步，鬆開了手，直視她的雙眼。「明白了嗎？」

易巧蓓定看著他良久，眸中除了感謝，更多的是道不出的複雜情緒，匯聚在一起，便化為感動。

她抿下心中的傷感，扯出一個大大的、發自內心的微笑，朝莫向海鞠了個躬。「真的很謝謝你，你是我永遠的軍師，永遠的兄弟！」

莫向海也揚起微笑，輕輕點頭。「嗯。」

「我走囉！等我好消息！」易巧蓓拉了拉斜背包的肩帶，和莫向海揮了揮手，便往車站跑去。

莫向海也舉起手，一直到看不見易巧蓓的背影，才緩緩將手放下。

「加油。」他輕聲說。

◆

易巧蓓出了車站，順利走到賣場門口，正踟躕著該不該進去找人。

過了一會兒，自動門打開，一抹黑色夾克的身影走了出來。

易巧蓓趕忙迎上前去。「捨近求遠！」

佘遠見她奔來，著實一愣。「易巧蓓，妳怎麼會在這裡？」

「那還用說，當然是來找你啊。」

佘遠忽然露出了然神情，瞥向一旁不屑道：「我就想說莫向海怎麼會突然打電話來，難怪。」

「喂，你什麼意思，不想見到我啊？」易巧蓓雙手環胸。

佘遠看向她。「這個時間妳不是該好好跟莫向海培養感情嗎？怎麼有空來找我？」

「我……我有話想跟你說。」見佘遠露出疑惑的表情，易巧蓓舉起事先買好的兩瓶飲料。「找個地方談談吧？」

車站出口前方有一處廣場，周圍設置著一些長椅供人休憩。兩人並排坐著，喝著易巧蓓買的微糖綠茶。

「不知道你喜歡喝什麼，上次說要請你的時候你也是選這個，我就買了一樣的。」易巧蓓不知該如何啟口，只好先說些不著邊際的話。

「嗯，我喜歡這個。」佘遠又喝了一口，將瓶蓋旋上。「說吧，什麼事？」

到了真正要開口的時候，易巧蓓的心跳又不由自主加快。只是被安曉琪大力慫恿一番就糊裡糊塗來了，她其實根本還沒做好心理準備。

易巧蓓試圖緩和自己緊張的情緒，還沒說出一個字，佘遠的臉就湊到她面前來。

她嚇了一跳，往後仰了些。

「妳又在緊張了，是很嚴重的事嗎？」佘遠詢問的神情認真。

「呃……也不是。就是……完美主角的定義，我已經知道了。」心一橫，還是告訴了他。

佘遠聽了，笑逐顏開。「真的啊？那你們達成了嗎？」

「咦？你不先問我定義是什麼嗎？」這回覆和易巧蓓的預設不太一樣，害她接不下去。

佘遠愣了一下。「我需要知道嗎？」

「需要！」易巧蓓答得飛快。真是的，要不要那麼置身事外？

「喔，那……是什麼？」佘遠雖然心裡疑惑，但還是乖乖問了。

易巧蓓認真瞧著他的雙眼，深吸一口氣。「是真心喜歡彼此的兩個人。」

佘遠靜默了半晌。「所以……」

「是你啊。」易巧蓓接話。

「蛤？」他一臉懵。

見他呆愣的反應，易巧蓓心裡的緊張頓時都飛走了，調整坐姿，朝他一字一句清楚地道：「我真心喜歡的人，就是你。」

霎時，風止息，時間彷彿凝結在這一刻，周遭一點一滴崩落，他的世界除了自己，只剩下她。

「妳現在是在……跟我告白嗎？」他愣怔地問。

被他這麼一問，易巧蓓的雙頰再度染上桃紅，害羞地想找個洞鑽進去。「你、你知道也不用說出來啦！」

一反平日神態自若的模樣，佘遠避開她的視線，慌忙看向地面，臉龐也染上一層紅暈。

氣氛尷尬了好一陣子，對方遲遲不說話，易巧蓓想死的心情都有了。

正在為了等等該如何下台階而擬稿，終於聽見佘遠開口。

「妳還記得上次妳來我家，叫我要好好吃飯嗎？」

易巧蓓不明白他怎麼會突然提這個，愣愣應聲。

「那時候我心裡很高興，現在也是。其實我一直不覺得有人會真心喜歡我，所以聽妳那樣說，我真的很開心。」他盯著地面說。

易巧蓓轉頭，定睛注視著他。

「自從遇到妳之後，不知怎麼的，我開始覺得後悔，那天為什麼不讓自己活下去。」佘遠的眸中透著一絲哀戚，易巧蓓終於明白，為何在聽完試膽大會的故事背景後，他眼裡會有和現在一樣的情緒。

「本來，一切應該都無所謂了……」他淡然說完，微微一笑掩蓋掉臉上的憂傷神色。

「我……之前瞞著妳很多事，也說了一些欺騙妳的話，甚至躲著妳，因為我不希望妳喜歡上我，喜歡上一個沒有未來的人。」他無奈地輕哂。「結果，還是失敗了。」

易巧蓓有些意外，沒料想到他是刻意躲著自己。

「所以，你說有喜歡的人也是騙我的？」若是騙她的，害她為此黯然傷神這麼久，實在不可饒恕。

佘遠頓了一會兒，對上她的眼。「……那個是真的。」

易巧蓓頓覺心涼了一半。

果然，達不到完美結局了嗎？

易巧蓓忽又像洩了氣的皮球，眼神黯下，神情掩不住失落。

佘遠看著她輕輕一笑。「我喜歡妳。」

「?!」易巧蓓驚詫抬眸，不敢相信自己聽到什麼。

「很意外嗎？」佘遠臉上笑渦更深。

「嗯……」易巧蓓連連點頭。

「我也很意外，我居然會喜歡一個平時常犯蠢，又有點暴力的女生。」

易巧蓓立刻皺起眉，噘起嘴反駁。「誰常犯蠢啊？還有不是我暴力，是你太欠揍！」

佘遠的臉朝她湊近了些，望進她富有靈氣的眼眸深處，眼裡含笑。「但是，也很可愛。」

易巧蓓一愣，這是捨近求遠第一次稱讚她，一陣燥熱登時攀升臉頰，差點要懷疑自己在做夢。

「妳的願望是達成完美結局對吧？」佘遠牽住她的手，溫柔一笑。「我陪妳。」

「可是你……」

「我說過，就算回去也沒關係，反正我本來就要死了。」

易巧蓓猛力搖頭。「不會的，我有辦法，一定不會讓你死掉。」

「是嗎？」他莞爾。「以前我努力撮合妳和莫向海，是因為我覺得自己不可能會是完美男主角。但如果妳的選擇是我的話……」

他傾身湊上前，讓彼此的臉逐漸靠近。

易巧蓓闔上眼，感受他的唇輕輕吻上她的，在那一刻屏住了呼吸。

僅只短暫幾秒的貪戀，他便緩緩離開。

易巧蓓睜開眼，看見他的迷人微笑。

「那我就陪妳完成願望。」

就算死了也沒關係。

在生命消逝前遇見妳，已經足夠幸運了。

冬日的微風捎過臉龐，吹起額前細碎的髮絲，也拂過不知何時出現在長椅角落的紫色霧面筆記本，自扉頁一路向後翻飛，最終停在寫著字的最後一頁，一段文字在接續的空白處驀然浮現。

在最末尾的一行，一筆一畫寫上了「The End」的字樣。

◆

易巧蓓覺得自己好像做了一個很不真實的夢。

夢裡的捨近求遠說喜歡她，而且還吻了她。

她用手指輕碰嘴唇，唇瓣上依稀還殘留著當時的觸感。

捨近求遠笑著對她說，要陪她完成她的願望。

他的溫柔、他的笑容，她都還沒來得及好好收藏，這幅景象就在她眼前逐漸淡去，最後消逝在風中。

回過神來，她發現自己佇立在一條小巷，卻仍因方才的那場如夢似幻而失神良久。

「易巧蓓。」一聲呼喚拉回她的注意力。她轉頭一看，是莫向海站在她身後。

「蓓蓓、向海，你們都在這！」一個女孩自巷口匆匆跑來，正是安曉琪。

易巧蓓輪流看了看他們兩人，又忽然注意到自己的追劇小手冊掉在腳邊，連忙蹲下拾起。

翻開一看，卻發現這不是她的追劇小手冊，而是一本一模一樣的筆記本，裡面密密麻麻寫著類似小說情節的文字。

易巧蓓一路翻到最後，看見故事已有了結尾。

隔壁那一頁則寫著一行小字：倒數五分鐘，剩下的交給妳了！

「這裡似乎是現實世界，妳達成完美結局了嗎？」莫向海出聲問。

易巧蓓忽然醒悟，頓時明白倒數五分鐘可能代表的意義。

「現在是幾月幾號？」她急忙問。

莫向海看了下手機。「二〇一九年七月三號。是我和他穿越到書裡的那天沒錯。」

果真是現實世界，那佘遠很可能也已經回來了。

「捨近求遠的家在哪裡？我們只有五分鐘的時間。」易巧蓓急切說道。

「跟我來。」

莫向海領著他們繞出小巷，來到一扇公寓鐵門前。

他按下四樓的電鈴，然而不管怎麼按都杳無回應。

「怎麼辦，該怎麼進去？」安曉琪焦急地問。

莫向海轉而按了幾次三樓的電鈴，終於聽見對講機開啟的聲音。

「誰啊？」

「陳奶奶嗎？我是莫向海，來佘遠家拿點東西，但他家沒人應門，妳可以幫忙開門嗎？」

「啊，是小海啊，沒問題，我馬上幫你開。」

喀啦一聲，鐵門的鎖彈開，三人趕緊推門而入，直奔四樓。

到了佘遠家大門前，易巧蓓猛按一旁的電鈴，又敲了敲門板，但大門依舊緊鎖。

「快開門！」易巧蓓一邊拍打門板一邊大喊，但裡面的人似是有意忽視，不論他們怎麼呼喊都不予理會。

莫向海冷靜下來思考，依稀記得佘遠和他提過備用鑰匙的事。

他掀開地毯，檢查了一旁擺放花瓶的茶几，甚至把花瓶拿起來看了底部，仍一無所獲。

「怎麼了，難道有備用鑰匙？」安曉琪注意到他的動作。

「對，但我不確定放在哪裡。」莫向海答。

安曉琪看了看周邊，把花瓶拿起來傾倒，裡頭落了些許土壤出來，連帶掉出一把鑰匙。

「是這個嗎？」她驚呼。

莫向海迅速拿起鑰匙，轉開門鎖，闖了進去。

易巧蓓一進門立刻往陽台的方向看去，果見那名中年男子提著佘遠的衣領，將他抵在欄杆上。她即刻衝向他們。

男子猛然轉頭，看見有人闖入他家，神色驚詫，一時竟放開了手。

「捨近求遠！」

在男子放手那刻，易巧蓓疾步上前，自他剛墜落的那一瞬抓住了他的手。

剎那間，佘遠和她四目相對，滿臉愕然。易巧蓓卻仍能感受到他回握的力道。

——易巧蓓來他家那天，他夢中的情景正是如此。

安曉琪也立刻湊上來幫忙易巧蓓一起拉。莫向海則一把推開愣在原地的男子，拉住佘遠的另一隻手。

三人奮力將佘遠拉了上來，癱坐在地，此時紅通著臉、神智不清的男子忽然大聲嚷嚷道：「你們是誰？來我家做什麼！」

莫向海起身面向男子，冷言道：「我已經報警了，你很快就會被逮捕。」

「報警？報警……」男子喃喃複誦了幾次，神色難得地慌張，最後匆匆跑出門外。

易巧蓓驚魂未定地喘著氣，看見佘遠平安坐在她面前，露出放心的笑容。「捨近求遠，你沒事……太好了。」

佘遠有些茫然地看著她。「妳是……」

易巧蓓驀然一愣，笑容逐漸自臉上退去。

安曉琪掩住嘴，眼眶泛淚。

佘遠又將視線移向安曉琪，最後看向莫向海。「莫向海，你認識她們？」

莫向海望向易巧蓓，一時之間不知該怎麼回答。

易巧蓓勉強擠出笑容，出聲解釋：「不認識不認識，我們兩個剛好路過，跟著你朋友上來救人，剛才真是好險，對不對？」

易巧蓓看向安曉琪，她也用含著淚水的眼回望，輕輕點了點頭。

忽然，她注意到安曉琪的身影似乎逐漸變淡，而她自己亦然。

她直覺想，大概是時間到了，她和安曉琪得回到各自穿越當下的時空。

易巧蓓翻出剛剛胡亂塞進包包的筆記本，原本那行「倒數五分鐘，剩下的交給妳了！」已然消失。只剩下前面的故事還保留著。

回到原本的時空之後，她也會逐漸淡忘關於佘遠的記憶吧。

她大致掃過內容，確實在裡頭看見她與佘遠的名字。

如果他們改變了歷史，佘遠沒有穿越，那這個故事是否也會被改寫？

現在想這些也不重要了。

她抬眼，面前佘遠的身影逐漸模糊，就和不久前的經歷一樣，但她依稀可見，佘遠正片刻不離地盯著自己。

她對他微笑。

「再見。」

一陣風吹來，這兩個字如同一縷輕煙，隨著她的身影一同消散。

一切回歸寂靜。

佘遠轉頭看向從剛剛就躺在他身側的紫色霧面筆記本，將之拾起，若有所思地盯著封面。

驀然，一陣警鳴劃破這片刻安寧。

「警察來了，走吧。」莫向海站起身。

「莫向海。」佘遠叫住他。

莫向海回頭。

佘遠的視線從筆記本封面移到他臉上。「剛剛那兩個女生去哪了？」

莫向海沉默了會兒，才道：「哪有什麼女生，一直都只有我一個人。我看你是產生幻覺了吧。」

「是嗎？」

見莫向海頭也不回地往門外走，佘遠只好起身跟上，以對方聽不見的聲音低語：「這騙人的技術也太爛了吧。」

◆

易巧蓓在滿是乘客的公車上醒來，那本記載著故事內容的紫色霧面筆記就躺在她的大腿上。

她還來不及仔細翻閱，就聽見車上廣播著她家的站名，便匆匆下了車。

檢查一下自己身上的制服，是她原本學校的校服，書包裡頭的教科書也全都是高一下學期的。

打開手機，上頭顯示二〇二〇年五月十三日，是她穿越的日期。手機裡早已沒有系統的聊天室，也沒有可觀看屬性的軟體，除卻那本筆記本，書中世界已全然退出她的生活。

回到家後，她馬上打開那本筆記本，第一頁大標題竟就寫著《男主角養成法則》，內容完全是照著她的經歷詳實記載，從她與兩個男生的邂逅開始敘述。

故事內容絲毫沒更動過，仍是她與佘遠、莫向海三個人的故事。

易巧蓓沒有細讀內容，就將筆記本闔上。或許是讓佘遠從這本書中淡出還需要一點時間吧，在她記憶裡淡出亦是如此。

第二天，故事依然沒有任何改變。

第三天，亦然。

到了第十天，她打開筆記本，仍舊會看見佘遠的名字。

且佘遠仍然留在她的記憶中，未曾淡去，甚至更加鮮明。

易巧蓓闔上筆記本，嘆了口長氣，崩潰地趴在桌上。

不是說好會遺忘關於他的一切嗎？為什麼還老是想起他？

這幾天她都只是大略翻翻內容，確認佘遠是不是還在故事中，根本不敢詳細閱讀，因為害怕自己會懷念那時候的生活。

現在她趴在桌上，盯著那本筆記本，終於禁不住好奇，手指緩緩游移到封面上方，翻開扉頁，從第一頁開始慢慢往下看。

從一開始她不小心叫錯佘遠名字，從此有了捨近求遠這個綽號跟著他，到後來鬧笑話的幹部選舉，接著她和莫向海因為放學一起回家而熟識起來。再後來，籃球比賽、買參考書、試膽大會，全部都是和佘遠共同的經歷。

他大概就是在那時候，悄悄佔據了她心中某個角落。

閱讀過程中，易巧蓓經常忍不住笑出來，但也不時用手抹去滑落臉龐的淚。

既然捨近求遠已經喪失這段記憶，為什麼還要讓她記著呢？真是不公平啊。

當她翻到試膽大會破關成功的情節，發現書頁裡竟夾著一張拍立得，正是那天他們拍下的紀念照，留在易巧蓓這邊的是拿著活動看板的合影。

易巧蓓拿起那張照片，仔細端詳了一番。照片中的笑容，她渴望重新拾起；照片中的時光，她只敢偷偷懷念。

但這些都不是她最在意的重點。

捨近求遠還留在這張照片中，不就代表，他還是有穿越到書裡面？

不僅故事內容沒變，她對佘遠的記憶也尚存，現在甚至連合照也說明了這段回憶的存在，各種線索都指向易巧蓓的猜測——佘遠的穿越並沒有被阻止。

既然這樣，為什麼他還會忘了她？

疑問在易巧蓓心中一點一滴地擴大，好幾次她都想拿起手機，發訊息向系統問個清楚，才突然憶起系統已經不存在了，或者該說，她聯絡不到她了。她也試過在那本筆記本上寫下想問系統的問題，但筆記本上不曾主動浮現任何字。

手機裡還存有他們的電話，但安曉琪的穿越時間是在八月，也就是說現在的她還不認識他們，不能聯絡；至於莫向海，她打過兩通電話，但都沒人接，也沒回電。仔細想想，距他回到現實都過了快一年，現在突然聯絡確實有點唐突。況且，倘若佘遠穿越的事實不存在，那他們照理來說也不會有關於他穿越的記憶，就算聯絡也問不出什麼。

反過來說，如果莫向海也保留佘遠穿越的記憶，應該會主動聯絡她才對。

「易巧蓓，不是我的錯覺，妳最近眼睛真的變腫了欸，是常哭嗎？」林舒辰一邊從火鍋裡撈起肉片，一邊問。

回到現實世界後的一個禮拜就是第二次段考，易巧蓓順利地又拿到班排一，週末立刻被林舒辰抓來請客。

「哪有啦，大概最近水腫吧。」易巧蓓隨口胡謅。

「哪有人水腫只腫眼睛的啦！妳當我白痴喔。」林舒辰皺起眉。「妳最近真的怪怪的，上禮拜四突然跟我說好久不見，我就覺得有鬼。」

「唉唷，我想妳還不行嗎？」易巧蓓用撒嬌的語氣說。

林舒辰邊搖頭邊咂嘴。「太不正常了，難道是失戀？我怎麼都沒聽說？」

「最好是啦！」還沒做好將穿越的經歷告訴林舒辰的準備，易巧蓓儘管有話憋著難受，卻仍只能打哈哈敷衍過去。

由於易巧蓓口風緊，林舒辰完全套不出任何話。

吃完火鍋，林舒辰又嚷著要去吃學校附近的黑糖冰，於是歷經穿越後事隔半年，易巧蓓又再度踏進這間懷念已久的冰店。

要點餐的時候，易巧蓓腦中浮現某人最愛的黑糖冰加布丁的邪教，鬼使神差地加點了布丁。

將各自的冰端上桌後，林舒辰一臉不可思議地望著易巧蓓冰上的布丁。「易巧蓓，妳今天是怎麼了？平常不是堅決不加料的嗎？」

「這是之前一個朋友的吃法，我也想嘗試看看。」易巧蓓用湯匙挖了一口布丁加上少許的冰，送進口中。

布丁的甜味在舌上蔓延開來，與黑糖的香氣交織，滑嫩的口感為刨冰增添了豐富度，雖是甜上加甜，卻是兩種味道的完美融合。

「怎麼樣？」林舒辰也饒有興致地等待易巧蓓的評價。

「……有點甜。」

林舒辰笑了聲。「哈，果然還是傳統冰比較合胃口吧！」說完也開始吃起自己的黑糖冰。

『真是有眼不識泰山，布丁配黑糖才是絕配。』易巧蓓仍然記得那時佘遠一邊白眼她一邊說的話。

如果佘遠聽見她這麼說，一定又會吐槽吧？

「……但是，還是好吃。」易巧蓓說完，又挖了一口。

這也是真心話。

她忽然很想聽見佘遠與她鬥嘴、挑戰她的價值觀，因此下意識就先說了貶低的部分。以前都不知道，那段時光會這麼令人懷念。

他聽到她說好吃，會露出開心的笑容吧？雖然心裡藏了很多事，可骨子裡就是這麼單純，像個小孩一樣容易滿足。

易巧蓓一邊想，一邊不停將冰往嘴裡送。

林舒辰抬起頭，忽被眼前景象嚇著。

「唉唷，我的寶貝妳怎麼了？怎麼來吃個冰也能哭啊？」林舒辰慌忙拿出面紙擦了擦易巧蓓的眼角。

「咦？」被她這麼一說，易巧蓓這才發現自己眼眶泛了幾滴淚，趕緊接過她手中的面紙擦了擦。「抱歉，一時沒忍住……」

「到底怎麼了，妳趕快跟我說清楚！」林舒辰的眼裡布滿焦急與擔憂。

易巧蓓注視著林舒辰好一會兒，還是不知該如何啟口。

要是跟她說自己穿越到一本書裡，肯定會被當成神經病吧。

「對不起，舒辰，我還沒準備好，不知道怎麼跟妳說……」易巧蓓滿臉歉意，看上去十分委屈。

「看妳的樣子，是很嚴重的事吧？妳是要把我急死啊。」林舒辰皺起眉，但看易巧蓓難以開口的模樣，又不好苛責她。

「也不是，真的不嚴重，等我想好怎麼告訴妳的時候就會說了，我保證！」易巧蓓握住林舒辰的手，希望她能相信自己。

林舒辰見狀，雖然仍是擔心，卻也放軟了態度。「好啦，妳說的，不可以瞞著我喔！」

「嗯！」易巧蓓用力點了點頭。

估摸易巧蓓最近碰上了什麼傷心事，為了轉移易巧蓓的注意力，林舒辰主動開了新話題，向易巧蓓提出要看看追劇小手冊的要求。

「上次妳向我推薦的《烽火麗人》我去看了，我想看看妳是怎麼分析的。」

「真的嗎？」聽見對方看了自己推薦的作品，易巧蓓立刻興奮地從包包裡取出小手冊遞給她看，並滔滔不絕地說著她的心得。

林舒辰翻了翻小手冊，忽然打斷易巧蓓的長談：「嗯？這個《男主角養成法則》是什麼啊，看起來好有趣喔。」

易巧蓓頓時一僵，都忘了小手冊裡寫著那些東西。「啊，別看那個……」

「為什麼？看這描述是兩大天菜欸，我想看！而且分析得好詳細喔！」易巧蓓伸手過來搶，林舒辰就把小手冊舉高，硬是不讓她拿到。

「不行，那個是我亂掰的，還我啦！」

「蛤？怎麼可能？」

在一陣慌亂的搶奪中，小手冊不慎飛到了地上。
易巧蓓正要起身去拿，就見一個別校制服的男生箭步上前，蹲下身將其撿起。
「這是妳的東西吧？」那人走到她身側，將筆記本遞還給她時，易巧蓓看見他的臉，整個人愣在原地。
過了好久，她才找回自己的聲音。「……捨近求遠？」
不對，他都不記得她了，叫這個綽號是給誰聽？
「嗨。」佘遠笑著舉起手，忽然瞥見她們桌上的冰，面露驚喜。「喔！是黑糖冰加布丁！妳還記得啊？」
易巧蓓有些搞不清楚狀況，緩緩接過他遞給她的小手冊。「你怎麼會……」
「巧蓓，妳認識他？他是誰啊？」林舒辰忽然從旁插話，從眼神的亮度可以判斷她是偵測到了帥哥。
易巧蓓還沒答話，佘遠就默默從自己的書包裡取出一本一模一樣的筆記本，答道：「我嗎？我是這本，呃……《男主角養成法則》的男主角。」他邊說邊翻開自己手中的筆記本確認書名。
可想而知，林舒辰聽見他的回答便傻住了。
佘遠拉起易巧蓓的手，對林舒辰道：「不好意思，易巧蓓借我一下。」
說完便拉著她走出冰店。
易巧蓓糊裡糊塗地被拉出店外，這時佘遠才放開她的手，轉身面向她。
易巧蓓愣看著他。「你……沒忘記嗎？穿越的事？」
佘遠直視她的雙眼，浮起笑意。「妳說呢，易巧蓓？」
「可是你那時候不是問我是誰？」
「那是騙妳的。」他燦笑，十足的屁孩模樣。「我回到現實之後，妳才正好抓住我的手，所以一切我都還記得。」

原來，他穿越的時間點，是在養父放手的那一刻。

「那你的養父……」

「他和我沒有關係了。法院判他入獄，收養關係終止，把監護權判給我養母的哥哥。」他說完輕輕一哂。「謝謝妳。是妳讓我有了新的人生。」

易巧蓓愣盯著他，不知該如何形容現在的心情。得知自己被捉弄當然生氣，同時又有些無法相信，畢竟都已經認定他忘了自己，現在又突然出現在她面前，簡直像做夢一樣。

這份笑容，是她多想再見到的。

儘管看著那張賞心悅目的臉，易巧蓓仍然嚥不下這口氣，憤而舉起拳頭，朝他左胸槌去。

佘遠不躲不閃，只是用手掌覆上她的拳頭，將她的手壓在胸口。

「妳這幾天是不是都在想我？」他挑眉，擺出一副痞子調調。

「才沒有。」易巧蓓抽開手，慌忙否認。

佘遠一臉不以為然，翻開他手中的筆記本，徐聲念道：「系統，我想問妳，佘遠是不是還保留著穿越的經歷？」

易巧蓓神色大驚，那不是她之前試圖透過筆記本問系統的話嗎？

所以這筆記本是她和佘遠各有一本，而且寫上去的字還會同步？

天啊，她寫的話都被看見了，超級丟臉！她在內心崩潰大喊，立即伸手想搶去佘遠的本子。

佘遠俐落地將筆記本闔上，躲過她的搶奪，看著她道：「我也是啊。」

也是？

沒等易巧蓓回話，佘遠忽然上前一步，將她擁在懷裡。

「這一年來，我每天都想到妳，很奇怪吧？」他輕聲道。

易巧蓓沒說話，靜靜感受他身上傳來的溫暖。

「回到這裡以前，我發現身邊有這本筆記，就先看過這本書的內容，知道妳為了救我，寧願讓我們忘記彼此。」他輕哂。「真是個笨蛋。」

易巧蓓聽了，不滿地反駁。「你才是笨蛋，居然覺得自己死了也沒關係。」

「或許吧。」佘遠不否認。

「所以，你是故意裝作忘了我？」戲精也不是這樣當的吧？

「回來以前系統告訴我，妳會回到妳穿越的時間點，也就是二〇二〇年五月，所以我要等到現在才能來找妳。要是我馬上跟妳相認，我怕之後會太想妳。」

……果然是厚臉皮，說這話還臉不紅氣不喘的。

「而且我也想知道，如果我真的忘記，妳會是什麼反應？」他頓了頓，又道：「我知道妳有打電話給莫向海，是我叫他不要接的，怕他說漏嘴。」

敢情莫向海是和他串通好，故意不跟她聯絡的？她還真是……敗給這堅定的友誼了。

易巧蓓稍稍推開他。「你太過分了，害我難過這麼久。」

他揚起欠揍的笑容。「抱歉，所以我帶了驚喜來賠罪。」

「什麼驚喜？」

他比了比自己。「我啊。」

「……白痴。」易巧蓓終究忍不住笑了出來。

「黑糖冰加布丁才是真理，對吧？」
「才不是，一點都不好吃。」
佘遠輕笑。「妳明明都快吃完了，真是不坦率。」
易巧蓓哼了一聲，當然不打算告訴他自己想刻意唱反調的小心思。
但佘遠彷彿能看透她似的，刻意問：「妳是懷念我跟妳鬥嘴嗎？以後我可以每天陪妳鬥。」
「誰會懷念這個……」好吧，她似乎真有那麼點不坦率。
佘遠深吸一口氣，將她抱得更緊了些，在她耳畔悄聲道：「我等了一年，終於可以來找妳了。」
易巧蓓眼眶湧上一陣溫熱，也緩緩伸出雙手環抱住他，將臉埋在他的肩窩。
契闊多時，佘遠私心希望時間能暫停在這一刻，讓他能一直抱著她，感受著她就在身邊。
她是他活下去的解藥，他的生命，因她而完整。
他很珍惜，她的這份喜歡。
書中世界走向完美結局，而他們的故事，還在續寫。

◆

在遙遠的天際，一位少女穿著粉色襦裙，端坐在梳妝檯前，正替自己編著髮辮，目光卻非對著鏡子，而是片刻不離注視著面前的水晶球。桌邊還擱著兩本書，一本紫色封面筆記本，另一本是厚重的精裝封面，紅底上刻著「姻緣簿」三個大字。
水晶球內的映像一幕換過一幕，倒映出世間有情男女，最後停留在白熙妍與母親對坐在咖啡廳的畫面。

少女翻開姻緣簿，挽袖提起毛筆蘸了蘸墨，在空白處寫上白熙妍與其繫上紅線的有緣人——鄭耀名。

「這人雖是富家子弟，但好吃懶做，心術不正，又有暴力傾向，有妳受的。」少女邊寫邊得意地自言自語。

「熙妍啊，這個週末我已經安排好了，跟鄭董和他的兒子吃個飯。」

「為什麼？妳不要又亂幫我牽線，我是不會同意的。」白熙妍早已看穿母親的意圖，悻悻然別過臉去。

「妳又不是不知道，最近莫家對我們頗有微詞，也不知道莫允盛從他兒子那聽了些什麼。他不賞臉，我們白氏也不稀罕，憑我女兒的條件還怕找不到好對象嗎？」白母優雅地端起茶杯啜了一口，續道：「這鄭董的兒子我見過，也是一表人才，配得上妳的。」

「我不要。」

白母皺起了眉。「我的安排妳聽就是，什麼時候輪到妳有意見？」

見她們母女倆快吵起來，少女沒興趣聽下去，擺一擺手，水晶球又換到下一個畫面。

陸明君躲在一棵樹下，引頸望著球場的方向，兩手緊捏著一枚信封，臉上現出嬌羞的神色。

當她注視的對象朝自己走來，她深吸一口氣，從樹後跨出。「翊明學長，我……啊！」

一句話還沒說完，天外飛來一顆籃球，好巧不巧砸中了她，令她狼狽跌坐在地。而宋翊明也只是匆匆瞥了她一眼，連腳步也沒停下。

「她不是已經有對象了？幹嘛還纏著翊明？」走在宋翊明身後的兩名女生邊訕笑邊議論著，擺明是要說給她聽。

此時，一個人拖著笨重的步伐衝至陸明君身旁。「明君寶貝！妳還好吧？」

「說人人到。」那兩名女生露出看好戲的神情。

那人要攙扶陸明君，卻被她狠狠甩開。「臭羅宋，你別碰我！」

「抱歉……我昨天有洗澡啦，真的！」

這羅宋人如其名，身形就和羅宋麵包一樣，還有個特色是忒不愛洗澡，以致身上經常帶著一股異味，人人敬而遠之。

——不幸的是，他纏上陸明君了。死纏爛打，斷了她好幾株桃花。陸明君至今為止的告白沒一次成功，也不知是個人問題還是這位麵包先生造成的。

但可以確定的是，這兩人之間的紅線纏得可緊了。

少女掩嘴輕笑，偏頭看了看時辰，算一算也該是那兩人重逢的時刻，玉手輕揮，畫面倒映出她的代表作——在一間不甚起眼的冰店外，兩個人相擁的身影。

若仔細點看，可以發現有一條紅線分別繫在他們彼此的手上。

時機算得可真準。少女看著這一幕，漾起一抹甜笑。

「這可是我當上正式月老的考核，怎麼可能輕易讓故事消失？說會忘記一切，當然是考驗你們的呀。」

她翻開姻緣簿第一頁，手指輕輕劃過上頭醒目的兩個名字——佘遠與易巧蓓。

透過水晶球注視著這兩個小可愛，她不由自主露出和他們一樣的，幸福而滿足的笑靨。

（全文完）

後記——我的人生，我才是主角

《男主角養成法則》是我寫的第一本校園愛情小說。雖然我將這本書定位為校園愛情故事，但仍是融入不少穿越和養成的腦洞，還望大家包容。

這裡想先跟大家聊聊《男主角養成法則》的誕生過程。一開始的構想就只是一個對角色很有研究的人，可能因為我很愛看小說與電視劇，所以才萌生這樣的想法。那時候第一個靈感來源，即是各位在第二章看到的「普通哲學」，這確實是根據《挪威的森林》發想而來的。當時我覺得，這麼平凡而不起眼的主角，都可以因為「自視平凡」而形成一種風格，不自覺在人群中突顯出來，那麼在千百種作品當中，一定還可以發掘出各式各樣的主角屬性，是可以讓這些角色在芸芸眾生當中脫穎而出，成為主角的。不同的是，原本構想的是男性第一人稱視角，所以是個自己滿懷自信走上主角養成之路的故事（笑）。

後來我因為腦中無意冒出一句「穿越到書中，自己當主角」，便決定把主角養成的元素融入到書本裡，成為現在看到的模樣。

寫這本書時我很開心，畢竟一次可以享受兩種不同類型的天菜，蓓蓓實在是太好命了！雖然一開始這兩個人都看似嫌棄男主角的位子，佘遠是有著說不出口的原因，至於莫向海呢，就悶騷嘛。

也因為如此，蓓蓓的培育男主角之路走得磕磕絆絆，不甚順遂，幸好身邊有好朋友在助攻。尤其是安曉琪，在本書裡可說是不可或缺的關鍵人物，是她提醒蓓蓓要順著自己的心意，而我最喜歡的是她跟蓓蓓說的：「為了完美結局，只能勇敢一次！」若不是有她和向海大軍師擔任背後推手，蓓蓓和佘遠也不會這麼順利踏上完美結局。

在動漫《路人超能１００》裡面，影山茂夫說過一句話：「人生只要重要的部分可以自己選擇就好，因為我的人生，我才是主角。」（抱歉讓大家看到宅的一面，但真心推薦這部。）每個人都是自己人生中的主角，屬於你的完美結局是什麼呢？你會為了這個結局勇敢做出選擇嗎？

願你們都能像蓓蓓一樣，正視自己的心意，不留遺憾。

謝謝編輯讓這本書變得更好，還有每個願意閱讀到這裡的人，有你們才有這本書的誕生。

下一個故事會讓系統以另外一種身分登場，期待和大家華麗見面。

陌櫻晴

要青春81　PG2597

要有光
FIAT LUX

男主角養成法則

作　　者	陌櫻晴
責任編輯	姚芳慈
圖文排版	蔡忠翰
封面設計	王嵩賀

出版策劃	要有光
發 行 人	宋政坤
法律顧問	毛國樑　律師
印製發行	秀威資訊科技股份有限公司 114台北市內湖區瑞光路76巷65號1樓 電話：+886-2-2796-3638　傳真：+886-2-2796-1377 http://www.showwe.com.tw
劃撥帳號	19563868　戶名：秀威資訊科技股份有限公司 讀者服務信箱：service@showwe.com.tw
展售門市	國家書店（松江門市） 104台北市中山區松江路209號1樓 電話：+886-2-2518-0207　傳真：+886-2-2518-0778
網路訂購	秀威網路書店：https://store.showwe.tw 國家網路書店：https://www.govbooks.com.tw
總 經 銷	聯合發行股份有限公司 231新北市新店區寶橋路235巷6弄6號4F 電話：+886-2-2917-8022　傳真：+886-2-2915-6275

出版日期	2021年8月　BOD一版
定　　價	330元

讀者回函卡

Printed in Taiwan

國家圖書館出版品預行編目

男主角養成法則/陌櫻晴著. -- 一版. -- 臺北市：
要有光, 2021.08
面；　公分. -- (要青春；81)
BOD版
ISBN 978-986-6992-75-9(平裝)

863.57　　　　110009442